U0109373

古典詩歌研究彙刊

第三六輯

龔鵬程 主編

第 2 冊

漢魏古詩研究（下）

木 齋 著

國家圖書館出版品預行編目資料

漢魏古詩研究（下）／木齋 著 -- 初版 -- 新北市：花木蘭文
化事業有限公司，2024〔民113〕
目 4+234 面；17×24 公分
（古典詩歌研究彙刊 第三六輯；第 2 冊）
ISBN 978-626-344-782-0（精裝）
1.CST：中國詩 2.CST：詩評

820.91   113009353

ISBN-978-626-344-782-0

古典詩歌研究彙刊
第三六輯　第 二 冊   ISBN：978-626-344-782-0

漢魏古詩研究（下）

作　　　者	木齋
主　　編	龔鵬程
總 編 輯	杜潔祥
副總編輯	楊嘉樂
編輯主任	許郁翎
編　　輯	潘玟靜、蔡正宣　美術編輯　陳逸婷
出　　版	花木蘭文化事業有限公司
發 行 人	高小娟
聯絡地址	235 新北市中和區中安街七二號十三樓
	電話：02-2923-1455／傳真：02-2923-1452
網　　址	http://www.huamulan.tw 信箱 service@huamulans.com
印　　刷	普羅文化出版廣告事業
初　　版	2024 年 9 月
定　　價	第三六輯共 4 冊（精裝）新台幣 8,000 元

漢魏古詩研究（下）

木齋 著

目次

第八章　遊宴詩的興起

第一節　遊宴詩的興起

　　建安十六年之後，隨著銅雀臺的建成和徐幹、劉楨等被仁命為文學侍從，隨著曹氏兄弟進入詩歌寫作的黃金時代，五言樂府詩的寫作活動出現了真正的高潮，其中，遊宴詩是最早興起的五言詩題材，主要的創作地點，一是南皮，二是西園。

　　《七子年譜》記載，建安十六年五月，阮瑀與吳質等參與以曹丕為中心的南皮之遊。[註1]《宋書·謝靈運傳論》有「採南皮之高韻」的說法，則南皮之遊有著相當重要的地位。《太平寰宇記》卷六十五《滄州南皮縣》下曰：「醼友臺在縣東二十五里。《魏志》云文帝為五官中郎將，與吳質重遊南皮，築此臺醼友。」南皮之遊，似乎還僅僅是鄴中西園之遊的預演，大抵以清談賞樂為主，曹丕《與朝歌令吳質書》：「每念昔日南皮之遊，誠不可忘。……高談娛心，哀箏順耳。……」吳質參與了南皮之遊而不會寫作劉楨、徐幹、王粲等人大量寫作的遊宴詩，說明南皮之遊早於西園之遊的遊宴詩寫作，也說明南皮之遊主要是飲酒、賞樂、清談等活動，二曹六子的大規模五言詩創作，在南皮之遊中還沒有拉開序幕。

〔註 1〕俞紹初輯校《建安七子集·七子年譜》，中華書局 2005 年版，第 430 頁。

　　建安十六年暑期之後，二曹六子開始了西園之遊，並伴隨著大量的五言詩的寫作。這裡所說的西園之遊，實際上就是銅雀臺之遊，需要特意說明的是，筆者所說的不論是西園還是銅雀臺，都是以局部替代總體的一種代稱。鄴城有內外二城，內城中建有宗廟和聽政殿、文昌閣兩座主建築。文昌閣西面是內苑，其中有三座著名的亭臺建築，就是銅雀臺、金虎臺和冰井臺。銅雀臺居中，因此又稱中臺；金虎臺在南，冰井臺在北，合稱「三臺」。三臺在文昌閣西，因此稱為西園，在銅雀臺東面還有一個芙蓉池，曹丕《臨高臺》詩「下有水且寒」，即詠此池。曹丕等人在銅雀臺於建安十五年歲末建成之後，又經過建安十六年半年左右的進一步修繕加工，於該年暑期之末開始進入銅雀臺建築群中遊宴賦詩，這是合於常理的，即便是現代工業化的建設，也是需要在主體建築完成一段時期之後，進一步地完善加工，而不是主體工程剛剛建成就可以開放遊覽。

　　建安十六年暑期末之後，曹丕、曹植以及建安六子，基本上都有銅雀臺之遊，或說是西園之遊的詩作或是記載，如曹丕詩「逍遙步西園」，曹植詩「清夜遊西園」，王粲《雜詩》「日暮遊西園」、「從君出西園」等，即詠此園。曹操登臺的明確記載，最早的是建安十七年春。趙幼文《曹植集校注》在曹植《登臺賦》後的《銓評》說：「考曹丕《登臺賦序》：『建安十七年春，上游西園，登銅爵臺，命余兄弟並作。』」〔註2〕曹操遊西園，再登銅雀臺，也可以知道，西園和銅雀臺建築群的密切關係。

　　還有「建章臺」，也應該是銅雀臺的初名。俞紹初先生說：應瑒《侍五官中郎將建章臺集詩》「題所云建章臺，疑即銅雀臺。《藝文類聚》卷六二載繁欽《建章鳳闕賦》，其敘建章鳳闕之地理、形制與左思《魏都賦》說銅雀臺相符，豈建章臺或為銅雀臺之初名邪？」〔註3〕

〔註2〕趙幼文校注《曹植集校注》，人民文學出版社1984年版，第47頁。
〔註3〕參見俞紹初輯校《建安七子集・七子年譜》，中華書局2005年版，第432～433頁。

《藝文類聚》載繁欽《建章鳳闕賦》：「築雙鳳之崇闕，表大路以遐通……嘉樹翁蔓，奇鳥哀鳴。臺榭臨池，萬種千名。」〔註4〕繁欽卒於建安二十三年（218），與七子約略同時人，魚豢《魏略》記載他「長於書記，又善為詩賦」，以豫州從事，遷為丞相主簿。《文選》著錄有《與魏太子箋》一首，《玉臺新詠》一有《定情詩》一首。其中「築雙鳳之崇闕，表大路以遐通」，正與曹植筆下的「雙闕」相互吻合，則曹植寫作有關在雙闕下遊玩之作，也應在此西園之遊的遊宴詩之內；而繁欽筆下的「嘉樹翁蔓，奇鳥哀鳴。臺榭臨池，萬種千名」，正與王粲、曹丕、劉楨、曹植等人筆下的西園遊宴的場景吻合（參見下文），按：建章宮原為西漢在上林苑所建宮殿，曹魏鄴城乃用漢建築名稱：「建章宮建於漢長安城西的上林苑內，其地原為建章鄉，因鄉名為宮名。」〔註5〕因此，建章臺之作，也可以納入到西園之遊的遊宴詩中。是故，西園之遊，狹義而言，可以作為發生在建安十六年暑期末到十七年之間，曹丕、曹植以及建安六子參與並寫作大量遊宴五言詩這一活動的總稱。由於此前並沒有大量的五言詩寫作活動，是故，這次遊宴詩的群體寫作，就具有著成為窮情寫物五言詩興起的搖籃的地位和作用。

西園之遊的時間，應是南皮之遊之後，暑期有南皮之遊，暑末初涼時，移師鄴城的西園和東閣講堂。南皮之遊，主要為酒宴哀箏、高談娛心，而西園之遊則在清談基礎上增加了五言樂府詩的唱和活動，《建安七子年譜》在建安十六年下說：「瑀等六子與曹丕、曹植兄弟在鄴中讌集，各有詩作。《初學記》卷一〇引《魏文帝集》曰：『為太子時，北園及東閣、講堂並賦詩，命王粲、劉楨、阮瑀、應瑒等同作，按此，當後人編《魏文帝集》時所加之詩敘。曹丕於建安二十二年為太子，阮瑀則前此已亡去，而云同作者有瑀，則『太子』二字當編輯

〔註4〕〔唐〕歐陽詢撰《藝文類聚》卷六十二，上海古籍出版社1999年版，第1117頁。

〔註5〕何清谷校注《三輔黃圖校注》，三秦出版社2006年版，第144頁。

人所追書。」〔註6〕俞紹初先生所論不錯,「太子」二字當為後人所加,而阮瑀建安十七年過世,則這些遊宴詩作,大抵皆為建安十六年銅雀臺建成之後所為作也。

這些五言遊宴詩作,引人思考的有以下幾點:

1. 二曹和七子中的五位詩人,全部參加了這次寫作活動,七子中除了孔融已死,徐幹沒有記載,但也當有詩參與外,其餘均有遊宴詩作。現存的篇章,如建安十六年,陳琳「有預鄴中遊宴事,作《宴會詩》。」〔註7〕根據傅如一先生考證,《飲馬長城窟行》非陳琳所作,〔註8〕則這首《宴會詩》是陳琳五言詩寫作的最早記載,其詩如下:「凱風飄陰雲,白日揚素暉。良友招我遊,高會宴中闈。玄鶴浮清泉,綺樹煥青葰」;再看王粲寫的《公讌詩》,可知是同一個節氣中的作品:「昊天降豐澤,百卉挺葳蕤。涼風撤蒸暑,清雲卻炎暉。高會君子堂,並坐蔭華榱。嘉肴充圓方,旨酒盈金罍。管絃發徽音,曲度清且悲。合坐同所樂,但愬杯行遲。常聞詩人語,不醉且無歸。今日不極歡,含情慾待誰?見眷良不翅,守分豈能違?古人有遺言,君子福所綏。願我賢主人,與天享巍巍。克符周公業,奕世不可追」〔註9〕《文選》李善注:「此詩侍曹操宴」。陳琳另有《遊覽詩》二首,時令與王粲此詩相連接,寫秋季的景色,《其二》有「秋風涼且清」,可能是這一組遊宴詩的後期作品,在此一併敘及,《其一》云:「高會時不娛,羈客難為心。殷懷從中發,悲感激清音。投觴罷歡坐,逍遙步長林。蕭蕭山谷風,黯黯天路陰。惆悵忘旋反,歔欷涕沾襟」。

劉楨《公讌詩》:「永日行遊戲,歡樂猶未央。遺思在玄夜,相與復翱翔。輦車飛素蓋,從者盈路傍。月出照園中,珍木鬱蒼蒼。清川

〔註6〕 參見俞紹初輯校《建安七子集·七子年譜》,中華書局1989年版,第431頁。
〔註7〕 俞紹初輯校《建安七子集·七子年譜》,中華書局1989年版,第430頁。
〔註8〕 傅如一《樂府古辭〔飲馬長城窟行〕考索》,《文學遺產》1990年1期。
〔註9〕 見吳雲、唐紹中注《王粲集注》,中州書畫社1984年版,第19頁。

過石渠，流波為魚防。芙蓉散其華，菡萏溢金塘。靈鳥宿水裔，仁獸遊飛梁。華館寄流波，豁達來風涼。生平未始聞，歌之安能詳？投翰長歎息，綺麗不可忘。」其中「園中」，正應該指銅雀臺之西園，參看曹植的《公讌詩》：「公子敬愛客，終宴不知疲。清夜遊西園，飛蓋相追隨。明月澄清景，列宿正參差。秋蘭被長阪，朱華冒綠池。潛魚躍清波，好鳥鳴高枝。神飈接丹轂，輕輦隨風移。飄颻放志意，千秋長若斯」，而曹植此詩是和曹丕的《芙蓉池作詩》而作的。曹丕的《芙蓉池作詩》為：「乘輦夜行遊，逍遙步西園。雙渠相溉灌，嘉木繞通川。卑枝拂羽蓋，修條摩蒼天。驚風扶輪轂，飛鳥翔我前。丹霞夾明月，華星出雲間。上天垂光彩，五色一何鮮。壽命非松喬，誰能得神仙。遨遊快心意，保己終百年。」可知這些詩作，具有共同主題相互唱和的性質，三首詩均寫曹丕「乘輦夜行遊」之意，劉楨為「輦車飛素蓋」，曹植為「飛蓋相追隨」，同此，三詩均寫夜景，劉楨詩為「月出照園中，珍木鬱蒼蒼」；曹植詩為「明月澄清景，列宿正參差」；三者都寫西園，曹丕為「逍遙步西園」；曹植詩為「清夜遊西園」，以三詩之間的唱和性，可知劉楨詩中的「園中」亦為西園。

　　阮瑀《公讌詩》：「陽春和氣動，賢主以崇仁。布惠綏人物，降愛常所親。上堂相娛樂，中外奉時珍。五味風雨集，杯酌若浮雲。」應瑒《公讌詩》：「巍巍主人德，佳會被四方。開館延群士，置酒於新堂。辨論釋鬱結，援筆興文章。穆穆眾君子，好合同歡康。〔促坐褰重帷，傳滿騰羽觴〕。」〔註10〕應瑒的《侍五官中郎將建章臺集詩》也應該是這個時期的作品，特別是後半部分：「公子敬愛客，樂飲不知疲。和顏既以暢，乃肯顧細微。贈詩見存慰，小子非所宜」，更是與這組公讌詩相似。其中後者的「辨論釋鬱結，援筆興文章」和「公子敬愛客，樂飲不知疲」還有些意味，概括了當時遊宴的場景。總體來看，遊宴詩還帶有一些兩漢議論詩的尾巴。

〔註10〕逯欽立輯校《先秦漢魏南北朝詩》，中華書局 1983 年版，第 393 頁。

　　曹丕的《芙蓉池作詩》、《善哉行》兩首：「朝日樂相樂」，「朝遊
高臺觀，夕宴華池陰」，〔註 11〕連同《燕歌行》共計四篇，但《燕歌
行》雍容華貴，有帝王之氣，應為曹丕黃初之後的作品，不在建安十
六年遊宴詩之內，但曹丕還存有一斷句：「高山吐慶雲」，題為《東閣
詩》，也在東閣講堂和西園詩的系列之中，是故曹丕可以計算為四篇。
曹植有《公讌詩》《鬥雞詩》兩篇（劉楨的《鬥雞詩》，連同應瑒、曹
植各有《鬥雞詩》一首，也都應為西園遊宴詩作），還有曹植《侍太子
坐》，其中的「太子」，當是後來追改，由詩中稱「公子」可證。以上
所舉，這麼多的詩人，在同一地點、同一時間，使用同一詩體形式（五
言詩），寫作相同相似題目的文人雅集，可以說是中國詩歌史上第一
次大規模文人雅會的集體唱和寫作活動。五言詩正是在這種大規模的
文人集體寫作、唱和切磋中漸次走向成立的。

　　2. 這一組詩作，明顯地呈現了真正成熟五言詩的諸多特徵，譬
如五言詩的音步、節奏基本成熟，很少有單音節的五字詩痕跡，譬
如五言詩的抒情性已經基本上取代了建安之前的言志性。這一轉型
的原因，與建安時代大的背景有關，與建安時代的新興的文學觀念
有關，譬如由原來的「詩言志」到建安時代的「詩緣情」的觀念轉
型。更為直接的因素，是因為這組詩作，與傳統詩作的寫作背景有
著本質的不同，以前的詩作，由於有著「言志」的觀念，所以，一定
是有著某種必須要寫、要記錄的寫作原因，或是發憤寫作，或是客
觀上需要有詩來加以記錄，如蔡文姬的《悲憤詩》，以及曹操的一些
詩作如《苦寒行》等，都是有著重大的創作使命，因此成篇。而二
曹五子的這組《公讌詩》，原本就是遊宴賞樂的產物，帶有某種為文
造情、為詩而詩的意思。由於並沒有真正的重要的事件需要加以
「志」，因此，必然走向了寫景和抒情，也就走向了華美的一途。一
向所說的建安詩歌以反映社會動亂、民生疾苦為特色，其實還主要

〔註11〕　逯欽立輯校《先秦漢魏南北朝詩》：「詩紀云：藝文類聚作銅雀臺詩」，
　　　　　中華書局 1983 年版，第 383 頁。

是指建安十四年之前的作品，以曹操的詩歌為主，建安更為本質的特徵，是開闢了「詩緣情」的路途，一直到唐詩的近體詩的形成，都是這一詩歌運動的果實。因此，遊宴詩這一寫作題材，促進了五言詩的成立，也促進了由兩漢言志教化向文學自覺觀念上的進一步轉型。

3. 這一組詩作，在「詩緣情」的探索中，不自覺地觸摸到中國詩歌走向的脈絡，如景物的摹寫，詩歌韻律節奏的美感等，使遊宴詩更為生動，總體來看，遊宴詩還帶有一些兩漢議論詩的尾巴，如阮瑀、應瑒的兩首詩作，主要是議論，重心在於對曹操的讚美上。但更為顯者的，是開始寫作眼前之具體場景，如上述陳琳、王粲的遊宴詩，既寫了遊宴，又寫了宴會上的「嘉肴」「旨酒」「金罍」「管絃」等物象，顯得較為具體。曹植詩作中的「秋蘭被長阪，朱華冒綠池。潛魚躍清波，好鳥鳴高枝」除了第三句的「波」字，幾乎就是唐人的絕句了。曹丕的「卑枝拂羽蓋，修條摩蒼天。驚風扶輪轂，飛鳥翔我前。丹霞夾明月，華星出雲間」，劉楨的「月出照園中，珍木鬱蒼蒼。清川過石渠，流波為魚防。芙蓉散其華，菡萏溢金塘」等，都有描寫景物的名句，可以說，開了謝靈運山水詩的先河。

4. 這一組詩作，是配合新興的清商樂的樂曲寫作的，是文人填寫的五言歌詩。如曹丕的《善哉行》兩首，或是題云「於講堂作」，或是題云「銅雀園詩」，也是此時於東閣講堂之作，其中第二首云：「齊倡發東舞，秦箏奏西音。有客從南來，為我彈清琴。五音紛繁會，拊者激微吟……飛鳥翻翔舞，悲鳴集北林。樂極哀情來，寥亮摧肝心。……」曹植《侍太子坐》詩云：「白日曜青春，時雨靜飛塵。寒冰辟炎景，涼風飄我身。清醴盈金觴，肴饌縱橫陳。齊人進奇樂，歌者出西秦。翩翩我公子，機巧忽若神。」都在遊宴題材中描繪了清商樂演奏及歌舞的場面。五言詩的體制在新興的清商樂中形成與成熟，正與以後的詞體在曲子中成熟一樣，同時，它們是在應制、應歌、應社中寫作的，這一點，也與詞體形成的歷程驚人的相似。

5. 建安十六年開始的遊宴詩寫作，其參與者局限於曹丕兄弟和他們的文學侍從，除此七八人之外，曹魏政權的其他詩人，如吳質、邯鄲淳、繁欽等都沒有參加，因此，他們雖然原本才華不下於七子，但由於沒有參加，或者較少參加曹丕、曹植兄弟遊宴詩寫作等活動，因此，都沒有學會這種新興的具有「窮情寫物」特色的五言詩寫作。邯鄲淳無五言詩作，吳質在曹丕死後，才寫有一首《思慕詩》，文章敘錄曰：文帝崩。吳質思慕，作《詩》云：「愴愴懷殷憂，殷憂不可居。徙倚不能坐，出入步踟躕。念蒙聖主恩，榮爵與眾殊。自謂永終身，志氣甫當舒。何意中見棄，棄我就黃壚。㷀㷀靡所恃，淚下如連珠。隨沒無所益，身死名不書。慷慨自俯仰，庶幾烈丈夫。」這首詩比之兩漢五言詩作，當然有進步，帶有較為濃鬱的情感，不同於兩漢的空泛言志，但仍然不是窮情寫物詩作，而且是吳質一生中唯一的一首五言詩。繁欽《玉臺新詠》一載有其《定情詩》，大概是受到三曹五子女性題材之作的影響，但也不是窮情寫物之作。曹魏政權之外的詩人，更沒有其他詩人受到影響（應該說，漢魏之際，曹魏北方政權之外，並無嚴格意義上的五言詩人）。這說明，經過曹操孤明先發的探索之後，這種真正意義上的「窮情寫物」有「滋味」的五言詩之出現群體性的寫作，是在建安遊宴詩的背景下發生的，在他們這一個文人集團創作之後，並沒有在真正意義上地被傳播和接納，五言詩寫作，仍然僅僅局限於曹魏政權內部的部分詩人群體之中。

6. 如前所述，遊宴詩由於具有遊戲和當筵命筆的即席寫作性質，出現了多人同時寫作同一題目的現象，從而出現了大量的相似的語句、意象、場景，從而具有唱和的性質，也可以說，這些是中國五言詩最早的唱和寫作。十九首中有些詩作，蘇李詩中的相互唱和，都應該是建安五言遊宴詩寫作之後的產物。

順便說及，鬥雞詩可以視為遊宴詩中的一個重要組成，譬如曹植、劉楨以及應瑒都有《鬥雞》詩。這幾篇現存的《鬥雞》詩，為後人瞭解曹魏清商樂演奏，以及歌舞娛樂場景的一些具體情形提供了寶貴的

資料，同時，對建安五言詩在興起時候的娛樂性質，也給予了有力的說明。

曹植《鬥雞詩》：「遊目極妙伎，清聽厭宮商。主人寂無為，眾賓進樂方。長筵坐戲客，鬥雞間觀房。群雄正翕赫；雙翹自飛揚。揮羽邀清風，悍目發朱光。觜落輕毛散，嚴距往往傷。長鳴入青雲，扇翼獨翱翔。願蒙狸膏助，常得擅此場。」當厭倦了觀賞那些美妙的舞姿，也厭倦了那些動聽的宮商妙樂，主人正在寂寞無為、百無聊賴的時候，有賓客獻上了新的娛樂方式，於是，賓主在長筵短席上坐滿，一起來觀賞鬥雞表演。你看那一對雄雞個個氣勢兇猛，兩個長長的尾毛高高翹起，翅膀揮動，引來了陣陣清風，眼珠中發出兇悍無比的目光。尖尖的嘴如同利劍，嘴啄之處，羽毛飄散，輕輕地飛揚，有力的雞（距），鋒芒所向，無不見傷，勝者一聲長鳴，直入雲霄，扇動著翅膀，獨自翱翔，雞主人常常希望得到狸膏，塗抹在雞冠上，常常會戰無不勝，蓋雞畏狸，聞狸膏即退避故。這最後兩句很有意思，有些像是現代體育競賽中的興奮劑，則曹植這首《鬥雞詩》，也許就是關于競技比賽中使用興奮劑的第一個記載。但這也許僅僅是詩歌中的第一個記載，在散文體中，《事類賦注》引《莊子》逸篇：「羊溝之雞，時以勝人者，以狸膏塗其頭也」。

應瑒的同題《鬥雞詩》：「戚戚懷不樂，無以釋勞勤。兄弟遊戲場，命駕迎眾賓。二部分曹伍，群雞煥以陳。雙距解長縲，飛踊超敵倫。芥羽張金距，連戰何繽紛。從朝至日夕，勝負尚未分。專場驅眾敵，剛捷逸等群。四坐同休贊，賓主懷悅欣。博弈非不樂，此戲世所珍。」，都不說君臣，而言「兄弟」，當是曹丕兄弟與七子在建安十六年遊宴期間所作。其中更寫出了曹丕兄弟帶領他們的文學侍從鬥雞的場景，從清晨鬥到晚上，還是不分勝負：「從朝至日夕，勝負尚未分」。

劉楨的《鬥雞詩》則把雞比為身披華采、瞋目含火的鬥士：「丹雞被華采，雙距如鋒芒。願一揚炎威，會戰此中唐。利爪探玉除，瞋

目含火光。長翹驚風起，勁翮正敷張。輕舉奮勾喙，電擊復還翔。」
〔註12〕

　　三詩比較，還是曹植之作更好，將鬥雞大戰群雄相鬥的場景，鬥雞的眼神、形體等都描繪得惟妙惟肖：「揮羽邀清風，悍目發朱光」，何等形象，雄雞扇動翅膀，本是鬥雞時常見景象，但曹植卻將其擬人化，說他是揮動羽扇，邀請清風，而「悍目發朱光」，則在儒雅秀士形象之外，寫出了它的兇悍逼人的一面。總體而言，三首《鬥雞詩》都有開創性的意義。

　　或說，不就是寫寫鬥雞嗎？公子哥兒、聲色犬馬而已，何以要提到如許之高的地位呢？這要將建安時代的詩歌還原到中國詩歌史的流變進程之中方能知曉。《鬥雞詩》在中國詩歌史上具有極為重要的地位，從中我們可以見到建安詩歌與兩漢詩歌的不同。王夫之《薑齋詩話》說：「一詩止於一時一事，自《十九首》至陶、謝皆然。」這無疑是深刻而具有宏觀意義的概括。兩漢詩歌，大體上沒有「一詩止於一時一事」之作，這是因為「詩言志」的觀念問題，既然詩歌的本質是抒發或者記錄政治志向的，自然就多是議論的、敘說的、概括的，從曹操的詩作開始，才逐漸出現一詩記錄一時一事的作品，到了建安十六年的遊宴詩之後，才開始大量出現這種形式的五言詩作。曹操的樂府詩也好，建安十六年之後的遊宴詩也好，都與音樂和演唱有關，與娛樂有關，這就使詩歌的目的得以脫離開政治教化，開始與審美的愉悅相關，而「一詩止於一時一事」，詩作主題的縮小，就使詩歌得以走向更為細膩，更為生動的境界。譬如《今日良宴會》，就寫今日眼前的場景和歡樂；《涉江採芙蓉》，就寫涉江採芙蓉之一時一事。《鬥雞詩》則就鬥雞的場面進行摹寫，題材小了，反而騰出了抒情的空間，同時也為精練的詩意表達奠定了基礎。這樣，曹植和七子的《鬥雞詩》，在中國詩史「一詩止於一時一事」的表達方法上，就更有了開創性的地位。可以說，曹丕兄弟以及七子等第二個

〔註12〕逯欽立輯校《先秦漢魏晉南北朝詩》，中華書局1983年版，第372頁。

階段的寫作，從建安十六年，依次寫作了遊宴題材、山水題材、女性題材等，他們在言志的窠臼之外，發現了一片廣袤的原野，幾乎他們所有的五言詩作，都是五言詩一個新的題材領域的開拓。這樣來看，建安時期的這三首《鬥雞詩》，就有了詩歌史上雄雞唱曉的意味。

第二節　曹操的《短歌行》

曹操《短歌行》值得探討：

> 對酒當歌，人生幾何？譬如朝露，去日苦多。
> 慨當以慷，憂思難忘。何以解憂？唯有杜康。
> 青青子衿，悠悠我心。但為君故，沈吟至今。
> 呦呦鹿鳴，食野之苹。我有嘉賓，鼓瑟吹笙。
> 明明如月，何時可掇？憂從中來，不可斷絕。
> 越陌度阡，枉用相存。契闊談讌，心念舊恩。
> 月明星稀，烏鵲南飛，繞樹三匝，何枝可依？
> 山不厭高，海不厭深。周公吐哺，天下歸心。〔註13〕

曹操《短歌行》作於何時？有學者說曹操征討烏桓，經昌國（今山東淄博東北）見邴原而作「對酒當歌」，查《三國志·邴原傳》，並未見有此記載，不知此說來自何處。很多鑒賞者認為是作於建安十三年，赤壁之戰之前，這是受到《三國演義》橫槊賦詩情節的影響。還有學者認為作於建安十五年，《三曹年譜》引用「周公吐哺，天下歸心」等句，認為本篇「抒發延攬人才之激切願望，蓋與《求賢令》作於同時。」〔註14〕此說有一定道理，應該是作於《求賢令》之前後，但此詩還有一個線索，就是曹操在此詩中明確以周公自比，如朱熹就說：「詩見得人，如曹操雖說酒令，亦說從周公上去，可見是賊。」（《朱子語類》）「詩見得人」，這是對的，但曹操也不是一直都以周公自況，這就需要考察曹操究竟何時開始產生自比周公的思想。

〔註13〕逯欽立輯校《先秦漢魏晉南北朝詩》，中華書局1983年版，第349頁。
〔註14〕張可禮編著《三曹年譜》，齊魯書社1983年版，第111頁。

　　建安十五年十二月，漢獻帝封曹操邑兼四縣，曹操讓還四縣，作
《讓縣自明本志令》，其文曰：

　　　　孤始舉孝廉，年少，自以本非岩穴知名之士，恐為海內
　　人之所見凡愚，欲為一郡守，好作政教以建立名譽，使世士
　　明知之。故在濟南，始除殘去穢，平心選舉，違忤諸常侍，
　　以為強豪所忿，恐致家禍，故以病還。

　　　　去官之後，年紀尚少，顧視同歲中，年有五十，未名為
　　老，內自圖之，從此卻去二十年，待天下清，乃與同歲中始
　　舉者等耳。故以四時歸鄉里，於譙東五十里築精舍，欲秋夏
　　讀書，冬春射獵，求底下之地，欲以泥水自蔽，絕賓客往來
　　之望，然不能得如意。後徵為都尉，遷典軍校尉，意遂更欲
　　為國家討賊立功，欲望封侯作征西將軍，然後題墓道言「漢
　　故征西將軍曹侯之墓」，此其志也。

　　　　而遭值董卓之難，興舉義兵。是時合兵能多得耳，然常
　　自損，不欲多之。所以然者，多兵（兵多）意盛，與強敵爭，
　　倘更為禍始。故汴水之戰數千，後還到揚州更募，亦復不過
　　三千人，此其本志有限也。後領兗州，破降黃巾三十萬眾。
　　又袁術僭號於九江，下皆稱臣，名門曰建號門，衣被皆為天
　　子之制，兩婦預爭為皇后。志計已定，人有勸術，使遂即帝
　　位，露佈天下。答言「曹公尚在，未可也。」後孤討禽其四
　　將，獲其人眾，遂使術窮亡解沮，發病而死。及至袁紹據河
　　北，兵勢強盛。孤自度勢，實不敵之；但計投死為國，以義
　　滅身，足垂於後。幸而破紹，梟其二子。又劉表自以為宗室，
　　包藏奸心，乍前乍卻，以觀世事，據有當州，孤復定之，遂
　　平天下。身為宰相，人臣之貴已極，意望已過矣。今孤言此，
　　若為自大，欲人言盡，故無諱耳。設使國家無有孤，不知當
　　幾人稱帝，幾人稱王。

　　　　或者人見孤強盛，又性不信天命之事，恐私心相評，言
　　有不遜之志，妄相忖度，每用耿耿。齊桓、晉文所以垂稱至
　　今日者，以其兵勢廣大，猶能奉事周室也。《論語》云：「三
　　分天下有其二，以服事殷，周之德可謂至德矣。」夫能以大

事小也。昔樂毅走趙，趙王欲與之圖燕。樂毅伏而垂泣。對曰：「臣事昭王，猶事大王；臣若獲戾，放在他國，沒世然後已，不忍謀趙之徒隸，況燕後嗣乎！」胡亥之殺蒙恬也，恬曰：「自吾先人及至子孫，積信於秦三世矣。今臣將兵三十餘萬，其勢足以背叛，然自知必死而守義者，不敢辱先人之教以忘先王也。」孤每讀此二人書，未嘗不愴然流涕也。

孤祖、父以至孤身，皆當親重之任，可謂見信者矣，以及子桓兄弟，過於三世矣。孤非徒對諸君說此也，常以語妻妾，皆令深知此意。孤謂之言：「顧我萬年之後，汝曹皆當出嫁，欲令傳道我心，使他人皆知之。」孤此言皆肝鬲之要也。所以勤勤懇懇敘心腹者，見周公有《金縢》之書以自明，恐人不信之故。

然欲孤便爾委捐所典兵眾，以還執事，歸就武平侯國，實不可也。何者？誠恐已離兵為人所禍也。既為子孫計，又已敗則國家傾危，是以不得慕虛名而處實禍，此所不得為也。前朝恩封三子為侯，固辭不受；今更欲受之，非欲復以為榮，欲以為外援，為萬安計。孤聞介推之避晉封，申胥之逃楚賞，未嘗不捨書而歎，有以自省也。奉國威靈，仗鉞征伐，推弱以克強，處小而禽大。意之所圖，動無違事；心之所慮，何向不濟，遂蕩平天下，不辱主命，可謂天助漢室，非人力也。然封兼四縣，食戶三萬，何德堪之！江湖未靜，不可讓位；至於邑土，可得而辭。今上還陽夏、柘、苦三縣戶二萬，但食武平萬戶，且以分損謗議，少減孤之責也。

從「欲為一郡守，好作政教以建立名譽」，到「意遂更欲為國家討賊立功，欲望封侯作征西將軍」，再到「身為宰相，人臣之貴已極，意望已過矣」，此其志之大略也。此文大概是比較早的提及周公：「所以勤勤懇懇敘心腹者，見周公有《金縢》之書以自明，恐人不信之故」。此前曹丕、王粲等六子，不乏以周公比曹操，但曹操自比周公，以及自比的角度、程度還是有一個變化的過程的。比較《短歌行》的「周公吐哺，天下歸心」，前者僅僅是以周公的典故來比擬和申說自己並

無易代革命的野心，後者則明確以周公自比，以周公為號召，以求達到「天下歸心」的政治目的。兩者之間還是有所不同的。

曹操之周公「天下歸心」的思想，當與魏的建立前後不遠。曹操於建安十七年征討馬超還鄴，獻帝詔操贊拜不名，入朝不趨，劍履上殿，十八年，「自立為魏公」（《獻帝本紀》）。

《三曹年譜》說：建安十五年「曹操率諸子登臺，使各為賦。曹植揮筆即成。」並引《曹植傳》：「太祖嘗視其文，謂植曰：『汝倩人邪』？植跪曰：『言出為論，下筆成章，顧當面試，奈何倩人？』時鄴銅雀臺新成，太祖悉將諸子登臺，使各為賦。植援筆立成，可觀，太祖甚異之。」認為「操諸子是年登臺所作之賦，已佚。」〔註15〕這樣，似乎是建安十五年和建安十七年正月，在不同時間，發生了兩次相同的事件，都是曹操率領諸子登銅雀臺，諸子都各自作賦。趙幼文《曹植集校注》在曹植《登臺賦》後的《銓評》說：「考曹丕《登臺賦序》：『建安十七年春，上游西園，登銅爵臺，命余兄弟並作。』」〔註16〕則作賦時期，當在十七年春，與賦中所述景物相合。這一辨析成立的主要理由：1.諸子之賦同時丟失，這種概率不高。2.曹植《登臺賦》分明寫明是「建安十七年春」。3.銅雀臺是在建安十五年冬建成，應該是指是年歲末，而賦中所寫乃為春景。由此，可以將曹操的《短歌行》大體界定在建安十六年暑期至十七年之間，其中尤以建安十七年正月率諸子登銅雀臺所作可能性最大。

《短歌行》屬《相和歌·平調曲》，是曹操按舊題寫的新辭。樂府《相和歌·平調曲》中除了《短歌行》還有《長歌行》，唐代吳兢《樂府古題要解》引證古詩「長歌正激烈」，魏文帝曹丕《燕歌行》「短歌微吟不能長」和晉代傅玄《豔歌行》「咄來長歌續短歌」等句，認為「長歌」、「短歌」是指「歌聲有長短」。全篇抒寫年華易逝的感慨，表達求賢若渴的心情和任用人才、實現一統天下的宏偉抱負。對

〔註15〕張可禮編著《三曹年譜》，齊魯書社1983年版，第112頁。
〔註16〕趙幼文校注《曹植集校注》，人民文學出版社1984年版，第47頁。

人生短暫的哀傷和對事業的追求，構成了全篇的兩大主題和兩個旋律。

　　《短歌行》原來有「六解」（即六個樂段），現在大都按照詩意分為四節來讀：「對酒當歌，人生幾何？譬如朝露，去日苦多。慨當以慷，幽思難忘。何以解憂，唯有杜康。」第一層重在說人生短暫之愁，「對酒當歌」是產生「人生幾何」這一具有普遍意義的人生命題的典型環境，而「人生幾何」則是「對酒當歌」所最為容易流露出來的心情，二者之間，構成情與境的有機統一，遂成千古名句。

　　第二個層次重在表達求賢若渴的心情：「呦呦鹿鳴，食野之苹。我有嘉賓，鼓瑟吹笙。青青子衿，悠悠我心。但為君故，沉吟至今。」曹操引用《詩經・小雅・鹿鳴》中的四句，描寫賓主歡宴的情景，用典故比喻，「婉而多諷」，「青青」兩句出自《詩經・鄭風・子衿》，原寫愛情：「青青子衿，悠悠我心。縱我不往，子寧不嗣音？」（你那青青的衣領啊，深深縈迴在我的心。縱然我不能去找你，你為什麼不主動給我音信？）以「青青子衿，悠悠我心」，直接比喻對「賢才」的思念；省掉「縱我不往，子寧不嗣音？」「但為君故」這個「君」字，在曹操的詩中也具有典型意義。本來在《詩經》中，「君」只是指一個具體的人，而在這裡則具有了廣泛的意義：在當時凡是讀到曹操此詩的「賢士」，都可以自認為他就是曹操為之沉吟《子衿》一詩的思念對象。曹操妙用典故，以古說今，以他人之酒杯，澆自我胸中之塊壘。

　　第三個層次：「明明如月，何時可掇？憂從中來，不可斷絕。越陌度阡，枉用相存。契闊談讌，心念舊恩。」前八句重在說愁，後八句重在表現求賢若渴的襟懷，第三個八句則是前兩個旋律的合一，其中前四句重在說愁：「憂從中來，不可斷絕」，後四句是在想像人才到來的場景，是「何以解憂」的另一種答覆，不僅僅是「唯有杜康」，人才的到來，是解憂的更好的藥方。由於「主題旋律」的復現和變奏，因此使全詩更有抑揚低昂、反覆詠歎之致，加強了抒情的濃度。天上的明月常在運行，不會停止（「掇」通「輟」，「晉樂所奏」的《短歌

行》正作「輟」，即停止的意思）；同樣，我的求賢之思也是不會斷絕的。求賢之心就像明月常行那樣不會終止，人們也就不必要有什麼顧慮，早來晚來都一樣會受到優待。「枉用相存，契闊談讌」，枉，屈駕；用，以；問候；闊，聚散；讌，談心宴飲。全句說，賢人志士，穿越田野，枉駕來歸，久別重逢，談心宴飲，暢敘情誼，歡快奚似？

第四個層次承接第三個層次而來，「月明星稀」句意承接「明明如月」和「越陌度阡」而來，是從對方的角度來寫作，「月明星稀，烏鵲南飛」，影響極大。如：王籍「蟬噪林愈靜，鳥鳴山更幽」（《入若耶溪》），王維的「月出驚山鳥，時鳴春澗中」（《鳥鳴澗》）等，都受到曹操此詩的衣被。清人沈德潛《古詩源》說：「月明星稀四句，喻客子無所依託」正是從對方角度著筆。以後，杜甫：「遙憐小兒女，未解憶長安」，李商隱「何當共剪西窗燭，卻話巴山夜雨時」受此啟發。「良禽擇木而棲，賢臣擇主而事」。陳沆：「鳥則擇木，木豈能擇鳥？天下三分，士不北走，則南馳耳。分奔蜀吳，棲皇未定，若非吐哺折節，何以來之？山不厭土，故能成其高；海不厭水，故能成其深；王者不厭士，故天下歸心。」（亦見《詩比興箋》）「周公吐哺」典出於《韓詩外傳》，哺，口中所含的食物。周公，周武王弟弟，名姬旦，因為采邑在周，因稱周公。周公自言：「吾文王之子，武王之弟，成王之叔父也；又相天下，吾於天下亦不輕矣。然一沐三握髮，一飯三吐哺，猶恐失天下之士。」「山不厭高，海不厭深」，泰山不讓細壤，故能成其高；江河不讓細流，故能成其深。

綜上所論，五言詩成立於建安十六年之後，遊宴詩為其最早的詩歌題材，遊宴詩帶動了其他各類詩歌題材的寫作，曹操的四言詩《短歌行》和十九首中的《今日良宴會》（參見下文論證），都是這次建安遊宴詩中的作品，它們共同促進了五言詩體制的成立。

建安十六年的遊宴詩寫作，帶動了建安五言詩各種題材的寫作。寫作題材的嬗變來說，兩漢詩歌多為類型化寫作，難以區別出不同的題材，建安時代，詩歌易代革命，題材競出，遊宴、女性、山水景物，

可說是建安詩歌的三大題材。此外，軍旅、送別、遊仙、詠史、述懷、贈答等題材也都時有出現。從建安時代文學的自覺，直到唐詩的鼎盛，除了中間陶淵明開拓了田園題材，建安詩的諸多題材可以說是後來唐人邊塞詩、山水詩、送別詩、遊仙詩，以及唐宋詞女性題材，宋詩日常生活等題材詩的濫觴。

　　遊宴詩之所以能夠帶動其他題材的寫作，是由於遊宴詩具有從兩漢空泛言志詩向具體場景寫作的轉型意義，而詩人們一旦離開遊宴的環境，而走向社會，就會發現一片廣袤的原野，發現一個蔚藍的天空，發現人生社會，有許許多多的具體場景值得寫作，發現這眾多具體場景，擁有著許多耐人尋味的美學含義。可以說，曹丕的西園，就像是一所五言詩歌學校，曹氏兄弟與六子一旦走出這所學校，廣袤的社會人生必然會觸發他們新的寫作衝動，也就必然會走出遊宴詩的題材，在新的領域中筆走游龍。由於五言詩就其真實意義來說，是個新的領域，因此，但凡他們筆之所到，大多是開拓性的，即便是前人有所觸及的，一經他們來寫，也具有了推陳出新的意味，雖然其地位、影響和價值不如筆者前文所列的三大題材，但畢竟展現了建安十六年之後五言詩壇百花盛開的繁榮局面。

第九章 五言詩女性題材的興起及《怨歌行》的作者

第一節 五言詩女性題材興起的原因

　　女性題材，特別是「男子而作閨音」的女性視角寫作，是中國詩歌特有的一種文化現象。其中有兩次高潮，或者說是高峰，一次是唐五代時期以飛卿體、花間體開端並代表的詞體女性題材寫作，另一次就是本章將要探討的以建安為開端的五言詩女性題材寫作。中國詩詞史中的兩次女性化寫作之間的比較，本身就是極有意味的論題，限於篇幅，本章僅探討建安時期的女性題材寫作。

　　本章之所以要論證「五言詩女性題材的興起」，其目的和意義主要有：

　　1. 建安時代，詩歌易代革命，題材競出，遊宴、女性、山水景物，可說是建安詩歌的三大題材。本章是在論證了建安遊宴詩題材的興起之後，繼續論證女性題材的興起。就建安詩歌的演進歷程而言，建安遊宴詩大抵發生在建安十六年至十七年之間，而女性題材的寫作，則大抵發生在建安十七年至二十一年之間，由此，可以重新勾勒出建安詩歌的演進歷程。

2. 前文所論，五言詩真正的興起時間是建安十六年，此前的文人五言詩，還僅僅是涓涓細流，是五言詩形成之前漫長歷史時期的濫觴。兩漢文人五言詩，囿於「言志」的窠臼，空泛議論，尚無題材可言。曹操是真正意義上的五言詩體制的探索者和奠基者，他的幾首五言詩，也就因此顯示了五言詩探索的明顯痕跡。從兩漢文人五言詩到曹操的五言詩作，女性題材尚未出現，因此，五言詩的女性題材，是建安詩人的創造結果。

3. 具體論證中國詩史真正可以確認時間和作者的五言詩女性題材寫作，是從建安時代曹丕、徐幹開始的，而曹、徐的開始寫作女性題材，並進一步演進為女性視角寫作，有著歷史文化的、詩史進程的必然因素，也有著當時出現三個事件的偶然因素，同時，此三個偶然事件，由於有著詩歌史發展的必然，也就成為了當時女性題材寫作的三個主題。

4. 由此確認，十九首中的女性題材之作，應是建安曹、徐後之作。

本論題中的「五言詩女性題材」，首先是指文人五言詩中的女性化寫作，故《詩經》、楚辭及漢樂府中的女性題材作品，不在本書探討之內。蓋首先因風騷、樂府中的女性，或者是比興手法，或者是男女情愛的客觀表達，與五言詩的女性題材寫作性質不同。其次，本書所論五言詩中的女性題材，不僅僅是寫女性的題材，而是漸次出現了與後來唐宋詞的女性視角、「男子而作閨音」的女性化表達極為類似的性質。如果以上述兩點作為參考標準，除去寫作時間和作者有爭議的作品之外，則這種真正意義上的女性題材寫作現象是從建安時代開始的。如上所引葉嘉瑩先生所論，《玉臺新詠》中有些作品是「不足採信的」，但《玉臺》畢竟是中國第一部女性題材的詩歌專集，因此仍以《玉臺》為考索對象。從《玉臺新詠》來看，建安之前的作品選有：第一類，十九首、蘇李詩、班婕妤《怨詩》、蔡邕《飲馬長城窟行》、署名張衡的《同聲歌》等，此類詩作者及寫作時間都存在極大的爭議，

因此，不能確認其寫作時間是在建安曹、徐之前。第二類，屬於漢魏樂府詩，如《上山採蘼蕪》《日出東南隅行》（《陌上桑》）《相逢狹路間》《隴西行》《豔歌行》《皚如山上雪》《雙白鵠》，以及署名辛延年的《羽林郎》，署名宋子侯的《董嬌饒》等，這些樂府詩，大多是敘事詩，與筆者探討的十九首抒情五言詩不是一個範疇，而且其寫作時間和作者，也不能得到真正的確認。其中卷一《古詩八首》中的兩首和《相逢狹路間》以下五首，不為人所熟悉，其寫作時間也不可考。第三類，是李延年的「北方有佳人」，漢詩《童謠歌一首》，〔註1〕寫作時間基本可以確認，但也還个是真正意義上的女性化寫作。

　　也就是說，真正意義上的五言詩的女性題材寫作，是建安時代開始的事情，那麼建安時期又是從誰開始寫作女性題材並使用女性視角呢？從三曹七子的現存全部五言詩作來看，三曹中，只有曹操不寫女性題材，曹丕則有由男性視角到女性視角轉型的痕跡；七子中，只有徐幹有明顯的女性題材的五言詩之作（《飲馬長城窟行》，現在多署名陳琳，但據學者考證，並非陳琳之作，〔註2〕況其主題中雖有女性的因素，但並不是真正的女性化寫作，而是寫戰爭的苦難），因此，是曹丕、徐幹首開建安五言詩女性化寫作之先河。

　　在建安時期開始出現文人五言詩的女性題材及女性視角，這是有其必然性和偶然性的原因的。從必然性因素來說，首先是曹操易代革命的結果，由於篇幅關係，本書對時代的政治文化、文學思想等方面的變遷，只能述而不論，概言之：

　　1. 時代的政治文化，由一種功利文化，而開始漸次解脫為一種審美文化：「兩漢之世，戶習七經，雖及子家，必緣經術；魏武治國，頗雜刑名，文體因之，漸趨清峻。」「迨及建安，漸尚通侻，侻則侈陳

〔註1〕參見〔南朝陳〕徐陵編，〔清〕吳兆宜注《玉臺新詠箋注》，中華書局1985 年版，第 1～54 頁。

〔註2〕傅如一《樂府古辭〔飲馬長城窟行〕考索》《文學遺產》，1990 年，第 1 期。

哀樂，通則漸藻玄思。」〔註3〕士人的生命價值中心，由立功立德立言，而漸次走向了追求個體生命的存在和愉悅，因此，「建安詩歌的最為突出的特點，便是完全擺脫了漢代詩歌那種『經夫婦，成孝敬、厚人倫、美教化、移風俗』的功利主義詩歌思想的影響，完全歸之於抒一己情懷。」〔註4〕從而，實現了建安文學的群體覺醒。就具體的時間來說，就連發起這次革命的奠基者曹操本人，在建安初期，也還未必形成後來的那種易代革命的雄心和「通侻」自由的思想。隨著曹操的官渡之戰（建安九年攻取鄴城）的勝利和建安十三年的收取荊州，建安十五年十二月，作《讓縣自明本志令》，特別是得到魏公的封號（建安十八年）前後這段時間，曹操才開始逐漸真正形成易代革命的思想，漸次形成曹魏政權的鄴下文化。其中的重要標誌，就是建安十五年頒發的《求賢令》。也就是說，建安十五年，才在真正意義上開始了建安文學的時代。

2. 同樣發生在建安十五年，曹操修建銅雀臺，標誌了清商樂的興起。〔註5〕傳統雅樂的功能在於郊廟祭祀等嚴肅的政治、軍事場合，故其音樂性質樂而不淫，哀而不傷，而清商樂更為注重娛樂性和抒情性，男女相愛的主題以及女性化的歌詩應運而生。這一點，與詞體初興的情形極為相似，因此，建安時代徐幹以及曹氏兄弟的地位類似飛卿之於詞體的建構。但也有不同，建安時代因為詩本體的建構尚在上升時期，所以，詩體的需要更甚於歌詩的需要，因此，建安時代的女性視角寫作，並沒有如同詞體那樣，具有本色當行的主導地位，相反，慷慨悲涼成為這一時代的主旋律。所以，曹植和十九首的作者在充當溫庭筠的角色的同時，很快就成為了詞體演進中的蘇東坡，「歌詩」很快就成為了五言詩。

〔註3〕劉師培著《中國中古文學史講義》，上海古籍出版社2000年版，第7頁。
〔註4〕羅宗強著《魏晉南北朝文學思想史》，中華書局1996年版，第20頁。
〔註5〕劉明瀾《魏氏三祖的音樂觀與魏晉清商樂的藝術形式》，《中國音樂學》，1999年第4期。

3. 就詩體演進來說,屈原楚辭的香草美人的比興手法,是對五言詩人的一種啟示,而建安時代的「通侻」,想說什麼就說什麼的時代特色,使建安詩人可以沒有顧慮地扮演女性的角色,並且說些兩漢時代詩人做夢都無法想像的話語,傳達出人生短暫、行樂及時的近乎頹廢的情調。建安五言詩中的女性題材寫作,一方面是可以被之管絃的清商樂樂府詩,另一方面,由於許多作者都是文人寫作,也就同時轉型為文人五言詩,如同前賢所論:「五言詩本出於樂府,但經過他(曹植)的手,詩和樂府的界限幾乎沒有了。」〔註6〕

但也有其偶然性,而且這種偶然性是一種更為重要的直接因素,這就是曹、徐等所作的女性詩(的產生)不是孤立之作,而是由三個事件引發的。

第一,建安十七年阮瑀故去,曹丕等人以其妻子的角度進行寫作:「阮瑀卒,曹丕作《寡婦詩》、《寡婦賦》,命王粲並作之。」〔註7〕曹丕《寡婦詩》,其序說:「友人阮元瑜早亡,傷其妻孤寡,為作此詩」,其詩使用六言騷體,但屬於女性口吻:「歸雁翩兮徘徊,妾心感兮惆悵」,一事而寫一賦一詩,顯示了賦體仍然盛行而五言詩剛剛興起時代的特點。同時,其詩使用的是六言騷體詩,尚未進入本章所討論的五言詩寫作的範疇,但其女性化寫作的題材和視角,無疑具有啟蒙的作用。

第二,是與清河有關的詩作,流經鄴城的河水主要是漳水,而漳水有清漳水、濁漳水,《水經注》卷十有《濁漳水 清漳水》,其中記載:「魏武王又堨漳水,回流東注,號天井堰。」〔註8〕「建安十八年,魏太祖鑿渠引漳水,東入清、洹,以通河槽。」〔註9〕曹丕等人活動頻繁的清河,有兩種可能,其一為清漳水,其二,可能為曹操「建安

〔註6〕王瑤著《中古文學史論》,北京大學出版社1986年版,第216頁。
〔註7〕張可禮編著《三曹年譜》,齊魯書社1983年版,第122頁。
〔註8〕〔北魏〕酈道元著,陳橋驛校證《水經注校證》,中華書局2007年版,第258頁。
〔註9〕〔北魏〕酈道元著,陳橋驛校證《水經注校證》,中華書局2007年版,第262頁。

十八年，魏太祖鑿渠」所引的漳水。再考徐幹與曹丕之間的關係，徐幹於建安十六年，為五官將文學，有預鄴中遊宴事，至十九年改為臨淄侯文學，建安二十一年，徐幹「稱疾避事，著《中論》」，〔註10〕曹植有《贈徐幹》詩：「顧念蓬室士，貧賤誠足憐。」故暫且將曹丕和徐幹詩中多次寫到的清河，並在清河上見到挽船士（拉纖的士兵）新婚別離妻子的詩作列在建安十八年左右。

　　第三，是寫作劉勳妻被出的事情。當時劉勳妻因無子被出，成為文人們感興趣的題材，這一題材的具體發生時間還有待於進一步考證。劉勳在建安四年已經是廬江太守，據《三國志‧吳書‧孫破虜討逆傳》載建安四年「廬江太守劉勳要擊，悉虜之……勳獨與麾下數百人自歸曹公。」〔註11〕「孫策破廬江太守劉勳，勳北歸曹操，封為列侯」，〔註12〕建安末期被曹操誅殺，建安十八年五月，劉勳曾「與荀攸等上書勸曹操進魏公，知勳伏法必在是年五月後」〔註13〕《玉臺新詠》記載：「王宋者，平虜將軍劉勳妻也。入門二十餘年，後勳悅山陽司馬氏女，以宋無子出之。」〔註14〕劉勳妻子「入門二十餘年」被休，而建安二十二三年左右，七子皆已經去世，是故劉勳妻子被休事件不會太早也不會太晚，當在建安十八年至二十年之間，姑且排在第三位。

　　可以說，阮瑀故去，清河挽船士新婚別妻，劉勳出妻，正是這三個似乎偶然的事件，才促成了建安時代的女性化寫作。當然，更為重要的，是時代文化的大氛圍、建安文學思潮的大變革，才使這些在兩漢社會生活中人們視而不見的事情，被賦予了某種審美意義。到了曹氏兄弟和七子的時代，寫作氛圍漸由「鞍馬間賦詩」，轉為遊宴賦詩

〔註10〕　參見俞紹初編《建安七子集》，中華書局 1989 年版，第 422～436 頁。
〔註11〕　〔晉〕陳壽撰〔宋〕裴松之注《三國志‧吳書‧孫破虜討逆傳》，中華書局 1982 年版，第 1104 頁。
〔註12〕　張可禮編著《三曹年譜》，齊魯書社 1983 年版，第 74 頁。
〔註13〕　張可禮編著《三曹年譜》，齊魯書社 1983 年版，第 128 頁。
〔註14〕　〔南朝陳〕徐陵編〔清〕吳兆宜注《玉臺新詠箋注》，中華書局 1985 年版，第 58 頁。

和在清商樂的美妙樂曲中寫作歌詩，審美視角漸由壯麗而轉向婉約，審美追求漸由闊大激昂而轉向慷慨悲越，詩體性質漸由言志而轉向抒情，有了這些內在的轉型需要，建安五言詩寫作，由言志而轉向女性題材，就成為了十分自然的事情。

筆者提出，建安五言詩的群體寫作，發軔於建安十六年暑期至建安十七年初的遊宴詩，隨後才是女性題材之作，這又有什麼根據呢？1.這個次序符合事物發展的規律，建安六子皆於建安十六年被任命為曹丕、曹植的文學侍從，從某種意義上來說，具有某種專職寫作的意味，而銅雀臺恰恰在建安十五年歲末嚴冬之際建成，經過半年左右的修繕、裝飾，到十八年暑期完備，曹丕等文學之士前往賞玩、飲酒、賦詩，五言詩伴隨美妙的清商樂在遊宴中興起，合於常理。2.阮瑀於建安十七年病故，這就為我們提供了一個準確的參考坐標，假定阮瑀參與了女性化題材寫作而未參與遊宴詩寫作，則應該是女性題材寫作在先而遊宴詩題材再後，反之，若是阮瑀參與了遊宴詩寫作而未參與女性題材寫作，則說明遊宴詩在先。從目前筆者看到的資料來看，恰恰可以證明，遊宴詩在先。3.同此，我們也可以以此來衡量三組女性化題材五言詩作的寫作次序，目前來看，阮瑀並未受到建安女性化題材寫作的影響，而其他五子大都參與到這次五言詩女性題材寫作之中，由此，也可以知道，女性題材寫作的起始時間點，發生在阮瑀死後的建安十七年。4.阮瑀故去時，曹丕等人的作品，主要還是使用賦體，詩歌則主要使用六言體，而另外兩組女性題材之作，才開始使用真正意義上的五言詩體。它大體說明了創制於建安十六年的遊宴詩（阮瑀參加，說明了遊宴詩不可能晚於建安十六年）及其五言詩體制，並沒有直接成為建安詩人的自覺行為，由於其為遊宴鬥雞之類活動的產物，帶有公子哥兒飲酒鬥雞的放蕩，詩人們不一定能從理性上認清其偉大之意義，是故，當阮瑀故去，各位詩人採用傳統嚴肅的賦體和六言騷體，可能會更有一種莊重的氣氛，否則，採用新興樂府詩的五言詩體，會對故者有褻瀆之感，這種原因也是有的。

第二節　曹丕、徐幹首開五言詩女性化寫作之先河

　　上舉的三組題材，其中第一組，雖然曹丕、王粲等（人）都有作品，但幾乎都還沒有人使用五言詩的形式，曹丕有六言騷體詩一首，賦作一篇，王粲有《寡婦賦》一篇（有「人皆懷兮歡豫，我獨感兮不怡」之句），不過這些作品都使用了女性化視角的寫作手法，這對以後的五言詩寫作的同類寫法，無疑具有啟發作用。

　　因此，真正的五言詩女性化寫作，以曹丕與徐幹寫作清河挽船士兵新婚離別題材的唱和而揭開序幕。徐幹有一首《於清河見挽船士新婚與妻別詩》〔註15〕，全詩如下：「與君結新婚，宿昔當別離。涼風動秋草，蟋蟀鳴相隨。列列寒蟬吟，蟬吟抱枯枝。枯枝時飛揚，身體忽遷移。不悲身遷移，但惜歲月馳。歲月無窮極，會合安可知。願為雙黃鵠，比翼戲清池。」

　　曹丕則有《見挽船士兄弟辭別詩》（樂府作《折楊柳行》），全詩如下：「鬱鬱河邊樹，青青野田草。舍我故鄉客，將適萬里道。妻子牽衣袂，抆淚沾懷抱。還附幼童子，顧託兄與嫂。辭訣未及終，嚴駕一何早。負笮引文舟，飢渴常不飽。誰令爾貧賤，諮嗟何所道。」

　　此兩首不僅題目相似，句數相同，都是十四句，而且主題相似，一寫新婚夫婦離別的悲哀，一寫在清河見到挽船士（拉縴的兵士）的離別（其中也涉及到與妻子離別的場景），有學者認為是唱和之作。〔註16〕曹丕之作，帶有摹寫夫妻離別的原型的意味。這兩首詩作，給予我們許多啟迪：

　　1.「鬱鬱河邊樹，青青野田草」，是原型場景的寫生，特別是「野田草」，非山水，也非田園，而是詩人在清河所見夫妻離別場景的實際摹寫。

〔註15〕　此詩《玉臺新詠》題在魏文帝名下，逯欽立已辨其誤，說：「此篇乃幹作。魏文別有一首，玉臺於此偶誤。」參見逯欽立輯校《先秦漢魏晉南北朝詩》，中華書局1983年版，第378頁。

〔註16〕　徐公持認為兩詩題目相同，「當為一時唱和之詩」，《魏晉文學史》，人民文學出版社1999年版，第49頁。

2.「我」是那對離別夫妻中的男子的代稱,「妻子」則是這位男子的「妻子」,這是男性視角的寫作,而後來的經驗證明,女性題材寫作,最能表達出「清越哀怨、慷慨動人」審美效果的,是女性視角。但這種詩歌寫作視角的尋求,是有一個過程的,不是隨意獲得的,或者說,不是詩歌史與生俱來的。《詩經》的作者性別多不可考,暫且不論,屈原楚辭的香草美人,是描寫屈原自己的「求女」過程,仍然是男性視角,兩漢文人詩,也沒有女性視角,因此,曹丕此詩,由真實抒發到代詩中之男子立言,為這位被迫離家出走的男子表達出離別的愁苦。

3. 曹丕之作當為原型寫作,是故曹丕之作並沒有採用新婚離別這種更能打動人心的題材,而徐幹的詩作,改寫成為「與君結新婚,宿昔當別離」,這樣,曹丕詩中的「還附幼童子,顧託兄與嫂」這樣的場景自然就不會出現了,而代之以新婚別離的種種懸想。但全詩的女性特徵不明顯,特別是沒有後來的明顯的女性聲口和女性心理。雖然如此,徐幹詩還是顯示出了由原型場景的摹寫,向抒情詩轉型的痕跡:詩中的場景更為詩意化,剔除了「野田草」之類的不具有審美意義的場景,而是動用一切可以想像到的悲哀景象,如「涼風」「秋草」「蟋蟀」,並加以誇張渲染,「列列寒蟬吟,蟬吟抱枯枝。枯枝時飛揚,身體忽遷移。不悲身遷移,但惜歲月馳。歲月無窮極,會合安可知。願為雙黃鵠,比翼戲清池」使用頂真手法,步步進逼,極調情悲越之能事,由「寒蟬」而「枯枝」,由「枯枝」而「身體」,由有形之物體而至無形之歲月。

4. 因此,曹、徐之唱和,很有可能是曹丕先寫作了這首女性題材的詩,而徐幹和作。從前文所論來看,嚴格意義上的文人五言詩的女性題材寫作,肇始於建安曹、徐,隨後,才有曹植以及十九首的女性題材寫作,其中嬗變的痕跡大抵有:(1)由曹丕《見挽船士兄弟辭別詩》的男性視角,代言男性:「鬱鬱河邊樹,青青野田草。舍我故鄉客,將適萬里道。妻子牽衣袂,拭淚沾懷抱」,到徐幹早期的準女性視

角，再到曹丕、徐幹、曹植紛紛採納的女性視角，有著漸進的過程。
（2）由曹、徐代表的早期帶有明顯擬樂府性質的女性題材之作，到
曹徐後期較為精練的女性題材抒情詩，再到曹植和十九首意象性質的
女性題材抒情詩，這是在寫作方式上的漸進軌跡。（3）由曹徐的為文
造情的女性題材寫作，再到曹植的生命寫作，慷慨悲歌的寄託，這是
更深一個層面的轉型。十九首和所謂蘇李詩，其實都應該是曹植後期
的這種悲哀情懷時代的產物。

第三節　劉勳妻子被出事件的寫作及傳為班婕妤作品的《怨歌行》

　　建安時代的第三組女性化寫作題材，是圍繞劉勳妻被出的事情來
展開寫作的。之所以將劉勳出妻的題材列在建安女性題材寫作三組詩
作的最後面，不僅僅是由前文論述過的有關劉勳出妻事件的可能發生
時間大體應該在建安十八年之後，而且，通過二曹五子的寫作變化，
也大體可以看出這一點。譬如曹丕、曹植、王粲等，於建安十七年寫
作阮瑀故去的寡婦題材時，還局限於賦體和騷體，寫作清河挽船士與
妻子離別的題材，則發生了由曹丕的原型寫法到徐幹的脫略原型，轉
為新婚離別的典型場景寫法，但其女性視角的寫法還沒有完成。徐幹
之作，除了前文所論之外，其《室思詩》也很值得關注，這首詩不是
喪妻題材，也不是別妻題材，而是出妻題材，詩中有：「自君之出矣」，
其原型當是劉勳休妻。

　　茲錄《室思詩》全詩：

> 沉陰結愁憂，愁憂為誰興。念與君相別，各在天一方。
> 良會未有期，中心摧且傷。不聊憂餐食，慊慊常饑空。
> 端坐而無為，髮髻君容光。
>
> 峨峨高山首，悠悠萬里道。君去日已遠，鬱結令人老。
> 人生一世間，忽若暮春草。時不可再得，何為自愁惱。
> 每誦昔鴻恩，賤軀焉足保。

　　　　浮云何洋洋，願因通我辭。飄颻不可寄，徒倚徒相思。
　　　　人離皆復會，君獨無還期。自君之出矣，明鏡暗不治。
　　　　思君如流水，何有窮已時。

　　　　慘慘時節盡，蘭華凋復零。喟然長嘆息，君期慰我情。
　　　　展轉不能寐，長夜何綿綿。躡履起出戶，仰觀三星連。
　　　　自恨志不遂，泣涕如涌泉。

　　　　思君見巾櫛，以益我勞勤。安得紅鸞羽，覿此心中人。
　　　　誠心亮不遂，搔首立悁悁。何言一不見，復會無因緣。
　　　　故如比目魚，今隔如參辰。

　　　　人靡不有初，想君能終之。別來歷年歲，舊恩何可期？
　　　　重新而忘故，君子所尤譏。寄身雖在遠，豈忘君須臾。
　　　　既厚不為薄，想君時見思。〔註17〕

　　此詩有幾點引人注目：

　　1. 此詩也是寫作女性被拋棄之事，當是寫作劉勳妻被棄這同一題材。第一首想像女性被拋棄而離別時的悲哀：「念與君相別，各在天一方。良會未有期，中心摧且傷」；第二首揣摩女子被拋棄之後的對時光易逝、青春難再的悲哀：「君去日已遠，鬱結令人老。人生一世間，忽若暮春草」；第三首遐想寫離別後女子的思念和忠貞：「人離皆復會，君獨無反期。自君之出矣，明鏡暗不治。思君如流水，何有窮已時」；第四首想見女子夜夜難眠的悲苦：「展轉不能寐，長夜何綿綿。躡履起出戶，仰觀三星連」；第五首描述女子設想如何能夠與男子相會的渴望：「安得紅鸞羽，覿此心中人」，以及無緣相見的失望：「何言一不見，復會無因緣。故如比目魚，今隔如參辰」；第六首代言女子對男子的勸告：「人靡不有初，想君能終之」「重新而忘故，君子所尤譏」。

　　2. 使用女性視角和女性口吻，其中明顯處有四：「每誦昔鴻恩，賤軀焉足保」；「浮云何洋洋，願因通我辭」；「喟然長嘆息，君期慰我

〔註17〕俞紹初輯校《建安七子集》，中華書局 2005 年版，第 145～146 頁。

情」;「思君兒巾櫛,以益我勞勤」,此四處皆用女性第一人稱。還有使用第二人稱明顯為女性話語者多處,如「自君之出矣,明鏡暗不治」等。另,此詩句使用虛詞而十分生動傳神,成為名句,自劉宋孝武帝始,取「自君之出矣」一語為題,另創樂府新歌,繼續寫作者到唐代張祜,達到十五人之多。此處使用虛字而成名句,與建安初期曹操、王粲多用虛字而令人生厭者不同,但畢竟又與十九首以及曹植後期五言詩的漸次走向精練的詩作不同,能見出建安詩歌由曹徐時代模擬樂府詩,多用虛字,多寫敘事,到曹植後期走向更為精練的抒情五言詩的痕跡。

3. 第三點值得關注的,是徐幹此詩是六章一體的聯章詩,體現了五言詩早期尚帶有樂府詩的特點,也體現了建安詩歌由敘事、言志的寫作風格,轉關為抒情詩過程中的時代痕跡。

徐幹和曹植後來寫的作品,都呈現了更為精練的抒情詩的特點。徐幹另外還有《情詩》,也同樣是女性視角寫作:「高殿鬱崇崇,廣廈淒泠泠。微風起閨闥,落日照階庭。峙嶸雲屋下,嘯歌倚華楹。君行殊不返,我飾為誰容。爐薰闔不用,鏡匣上塵生。綺羅失常色,金翠暗無精。嘉肴既忘御,旨酒亦常停。顧瞻空寂寂,唯聞燕雀聲。憂思連相屬,中心如宿醒。」其特點:1.詩中女主人公是貴族女性,這一點與詞體興起時候的飛卿詞極為相似。詩中也同樣使用宮廷的環境器物描寫,來映襯主人公的華貴,如「高殿」「廣廈」「華楹」「爐薰」「鏡匣」「綺羅」「金翠」「旨酒」等。2.也是使用女子視角:「君行殊不返,我飾為誰容」等。3.此詩與《室思詩》有著相似的寫法,如「鏡匣上塵生」等。總體而言,《情詩》較之《室思詩》,要精練了許多,應該是寫作於《室思詩》之後的作品,顯示了徐幹由擬樂府女性題材詩向女性抒情詩自身飛躍、轉型的痕跡。

建安時期,曹丕、徐幹等首開女性題材之作的先河,曹植積極參與其中,受到了深刻的影響,為以後曹植寫作真正意義上的愛情詩作,作出了寫作手法等方面的積極準備。

曹丕、曹植都分別寫有詩賦同詠此事。一事而寫詩賦不同體裁，是曹丕、曹植早期作品的特徵之一，早期作品鋪排有餘而凝練不足，才藻有餘而興寄不深，這既是因為作者受人生閱歷之局限，也是由時代思潮所決定的。先看曹植寫作此題材的兩篇。曹植《棄婦篇》使用詩人自我之視角，從自己的角度給予同情和遐想：「有子月經天，無子若流星；天月相終始，流星沒無精。棲遲失所宜，下與瓦石並。憂懷從中來，歎息通雞鳴。反側不能寐，逍遙於前庭。踟躕還入房，肅肅帷幕聲。搴帷更攝帶，撫弦調鳴箏。慷慨有餘音，要妙悲且清。」〔註18〕這都是客觀的描述和抒情，只有結句的「晚獲為良實，願君安且寧」轉為女性話語。

曹植另有《出婦賦》，也使用女性視角，如起首便說：「妾十五而束帶，辭父母而適人。以才薄之陋質，奉君子之清塵。承顏色而接意，恐疏賤而不親。悅新婚而忘妾，哀愛惠之中零。⋯⋯恨無愆而見棄，悼君施之不終。」〔註19〕大抵從女性視角描述，更為形象貼切，更為具有感染人的效果。

曹丕的《出婦賦》和《代劉勳妻王氏雜詩》，也是詩賦同寫一事。開始使用女性角度，其詩如：「翩翩床前帳，張以蔽光輝。昔將爾同去，今將爾同歸。緘藏篋笥裏，當復何時披。」〔註20〕傳為班婕妤的《怨歌行》：「新裂齊紈素，鮮潔如霜雪。裁為合歡扇，團團似明月。出入君懷袖，動搖微風發。常恐秋節至，涼飆奪炎熱。棄捐篋笥中，恩情中道絕。」與此詩極為相似。《文選》二十七載班婕妤《怨歌行》，《玉臺新詠》載之，作班婕妤《怨詩》，並有序云：「昔漢成帝班婕妤失寵，供養於長信宮，乃作賦自傷，並為《怨詩》一首。」〔註21〕

〔註18〕　趙幼文校注《曹植集校注》，人民文學出版社1984年版，第33頁。

〔註19〕　趙幼文校注《曹植集校注》，人民文學出版社1984年版，第35頁。

〔註20〕　逯欽立輯校《先秦漢魏晉南北朝詩》，中華書局1983年版，第402頁。

〔註21〕　〔南朝陳〕徐陵編，〔清〕吳兆宜注《玉臺新詠箋注》，中華書局1985年版，第26頁。

　　此處出現兩個名稱：《怨歌行》和《怨詩》，到底是哪個名稱更為準確？以筆者所見，《怨歌行》應該是此詩的原題。《樂府詩集》卷四十二，《相和歌辭十七》之下，若以時間次序排列，則傳為班婕妤的此篇作品題為《怨歌行》，隨後有曹植的《怨歌行》，一直到六朝同題之作，都是題為《怨歌行》的，一直到唐代詩人的同題之作，才題為《怨詩》。〔註22〕可知，傳為班婕妤的這首作品，應該是《怨歌行》。

　　《怨歌行》開始被變為《怨詩》，大抵是開始於《玉臺新詠》。為了編輯《玉臺新詠》「撰錄豔歌」的需要，為了使這種「奏新聲於度曲」「西子微顰，橫陳於甲帳」的豔歌之作，具有「往世名篇，當今巧製」源遠流長、由來已久的傳統的需要，徐陵不惜改編詩史，將原本是建安時期的五言詩作，或附會蘇李，託名枚乘，或演繹秦嘉夫婦故事，將其書信中的語句改編為秦嘉五言詩作，或將原本是曹植的《怨歌行》，附會於班婕妤，以便取得更好的閱讀效果，同時，也滿足閱讀者的某種好古、崇古的需要，滿足讀者的好奇心理，從而達到為他和當時帝王所提倡的宮體詩推波助瀾的作用，這就給中國文學史帶來了極大的混亂，以致直到今天，還需要學者們付出艱辛的努力來撥亂反正，也許還需要若干代的學者們的努力，才能夠真正復原歷史的原貌。

　　徐陵改編《怨歌行》而為《怨詩》，其中的一個原因，可能就是「歌行」的這種音樂形式，出現於曹魏時代，對這一點，徐陵應該是心知肚明的，為了掩人耳目，他才將《怨歌行》改為了《怨詩》，將一首原本是樂府歌詩的作品，改為了文人五言詩。但後來者有許多人寫作這一題材的時候，還是稱其為《怨歌行》，同時，這一點也為我們破譯所謂班婕妤詩作的問題提供了線索。

　　歌行，是興起於曹魏時代，伴隨清商樂而來的新的音樂演出形式，最早出現「歌行」字樣的詩，是曹操的《短歌行》，出現在建安時期的歌行體樂府詩篇主要有：曹操、曹丕父子的《短歌行》，曹丕

〔註22〕參見〔宋〕郭茂倩編《樂府詩集》，中華書局 1979 年版，第 614～619頁。

的《燕歌行》，可能是曹植寫作的《怨歌行》兩首，還有《陌上桑》
在晉代也被稱之為《豔歌行》，都是新興歌行體的樂府歌詩作品。以
前有學者說歌行是漢魏時代興起的，這是由於《陌上桑》後來被稱
之為《豔歌行》和傳為班婕妤的《怨歌行》所致，實際上，歌行體是
不可能出現於曹魏之前的，因為，它是伴隨清商樂新興的音樂消費
形式，是銅雀臺遊宴文化的產物。關於音樂史變革的問題，詳見後
文《燕歌行》的論述。

　　以筆者之見，所謂班婕妤的詩作，也當是建安時代這組女性題材
之作的組合作品之一。曹植有《班婕妤贊》，按理說，若曹植能夠讀到
《怨詩》（即《怨歌行》，下同），會是極好的材料，一定會提及或化
用，但《班婕妤贊》只有「有德有言，實惟班婕。盈沖其驕，窮其厭
悅。在夷貞堅，在晉正接。臨飆端幹，沖霜振葉」〔註23〕這樣八句，
明顯沒有借鑒《怨詩》。逯欽立先生在對兩漢魏晉的有關扇子題材的
作品作出考察之後，也得出這樣的結論：「慣以婦女情節納入篇什之
中，實鄴下文士之特殊作風也。總上所述，合歡團扇之稱詠，見棄懷
怨之意境，悉可證其始于鄴下文士。可知傳行西晉之《怨歌》，亦必產
生斯時。」這一結論，與筆者的結論基本相同，只不過關於《怨詩》
的作者，逯欽立先生推測為：「大抵曹魏開國，古樂新曲，一時稱盛。
高等伶人，投合時好。造為此歌。亦詠史之類也。殆流傳略久，後人
遂目為班氏自作，此與唐人《胡笳十八拍》歸諸蔡琰，蓋同類之事實
也。」〔註24〕須知，建安時代不似唐代，唐代詩歌寫作已經過幾百年
的積澱，普及率極高，故伶人舞女皆會寫詩，可以代作，而建安時代，
五言詩剛剛興起，會作成熟的五言抒情詩的詩人主要在三曹七子，其
他會寫五言詩者，屈指可數。因此，所謂班婕妤之《怨詩》，既然「必
產生斯時」，則其作者，也必在曹植、徐幹、王粲等人之內了；從其寫

〔註23〕趙幼文校注《曹植集校注》，人民文學出版社 1984 年版，第 86 頁。
〔註24〕逯欽立輯校《漢魏六朝文學論集》，陝西人民出版社 1984 年版，第
　　　　27 頁。

作技巧來看,《怨詩》也較之於曹丕的原詩更為圓熟,《怨詩》應當是在曹丕之作的基礎上寫作出來的。

　　除曹丕之作外,王粲的《出婦賦》和徐幹的《圓扇賦》,也都與此有關。王粲的《出婦賦》:「既僥倖兮非望,逢君子兮弘仁。當隆暑兮翕赫,猶蒙眷兮見親。更盛衰兮成敗,思彌固兮日新。竦余身兮敬事,理中饋兮恪勤。君不篤兮終始,樂枯夷兮一時。心搖盪兮變易,忘舊姻兮棄之。馬已駕兮在門,身當去兮不疑。攬衣帶兮出戶,顧堂室兮長辭。」〔註25〕由此來看,王粲此賦先說出了《怨詩》的意思,大概也是《怨詩》以團扇寫女性之被寵幸和拋棄這一立意的由來:「當隆暑兮翕赫,猶蒙眷兮見親」,就是《怨詩》中的「出入君懷袖,動搖微風發」中的意思;「心搖盪兮變易,忘舊姻兮棄之」,就是《怨詩》中的「棄捐篋笥中,恩情中道絕」的意思。如果筆者的立論基礎能夠成立的話,應該是先有王粲此賦,隨後,曹丕將王粲《出婦賦》中的「當隆暑兮翕赫,猶蒙眷兮見親」「心搖盪兮變易,忘舊姻兮棄之」的立意形象化地轉為《代劉勳妻王氏雜詩》中的「翩翩床前帳,張以蔽光輝。昔將爾同去,今將爾同歸。緘藏篋笥裏,當復何時披」,這就已經很接近所謂班婕妤的《怨詩》了,隨後,才有徐幹的《團扇賦》和所謂的班婕妤《怨詩》。

　　徐幹《圓扇賦》(應為《團扇賦》):「惟合歡之奇扇,肇伊洛之纖素。仰明月以取象,規圓體之儀度。」俞紹初先生在此賦下注釋說:「此題《御覽》《事類賦》並作《團扇賦》,惟《書鈔》作《圓扇賦》。按曹丕《典論‧論文》稱幹有《圓扇賦》,則當作《圓扇賦》無疑。」〔註26〕這當然也有一定的道理,但曹丕的無意錯謬或者是有意錯謬,都是有可能的。以筆者之見,徐幹的這篇《團扇賦》,就已經是《怨詩》的雛形,其「合歡」「明月」等意象,已經與《怨歌行》的「裁為合歡扇,團團似明月」相同,在字面上已經接近了《怨詩》。

〔註25〕俞紹初輯校《建安七子集》,中華書局 2005 年版,第 97 頁。
〔註26〕俞紹初輯校《建安七子集》,中華書局 2005 年版,第 154 頁。

也可以說，所謂班婕妤的《怨詩》，正應該是上述三篇詩賦從立意到字面的藝術化整合的結果。那麼，誰是《怨詩》真正的作者呢？我們不妨先來作一個大致的猜測：第一種可能，就是徐幹本人。當時盛行同一題材詩賦同寫，而王粲、徐幹都是有賦無詩，可以作為此詩作者的候選人加以研究，而王粲的賦作題為《出婦賦》，徐幹則題為《團扇賦》，徐幹極有可能在寫賦之後，將賦中的立意再次使用到五言詩中。第二種可能，徐幹作為《怨詩》的作者，其外在例證是很有說服力的，但在內證方面，則又有一些不足。首先，徐幹現存 4 首五言詩，其中的《室思》為其代表作，充分反映了徐幹寫詩的技巧，還沒有達到寫作《怨詩》這樣精練的抒情五言詩的水平；其次，徐幹作為曹氏政權的文化中心人物之一，沒有遺失《怨詩》這種名篇的歷史條件。那麼，這個時期誰有可能是其中的作者，而又具有上述的這兩個條件呢？應該首選曹植。首先，曹植具有寫作《怨詩》這種風骨篇什的能力，而曹植的女性自喻寫法以及他的身世遭際，都使他具有寫作此詩的可能；其次，曹植作為文帝時代以及以後相當一個漫長歷史時期的罪人，具有被當權者有意封殺作品的歷史背景。這一點，筆者將在後文中加以詳論。因此，有可能是曹植體驗到人生如團扇，寫出了秋涼見棄的擔憂。

　　《怨詩》若是曹植所寫，則何時最為具有寫作此詩的可能呢？從怨詩中的「常恐秋節至，涼飆奪炎熱」來看，應該是曹丕被立為太子之前，因為，詩中對秋節來臨，團扇被棄捐篋笥的場景還屬於是一種對未來的憂慮，但也不會太早，太早則還未有這種憂慮，則《怨詩》應該作於建安十九年至二十一年之間。趙幼文校注《曹植集校注》，將曹植的《班婕妤贊》等一系列以古人作為題材的贊序置於《遊觀賦》之後，猜測此賦「蓋在建安十九年秋也。」〔註 27〕則《怨詩》應在建安十九年之後。建安十九年，徐幹四十四歲，為臨淄侯文學；到二十一年，曹氏兄弟爭奪太子的鬥爭告一段落，曹丕被確認為太子；徐幹

〔註 27〕 趙幼文校注《曹植集校注》，人民文學出版社 1984 年版，第 67 頁。

在建安二十一年，四十六歲，「稱疾避事」，曹植同年「有詩作贈」：
「顧念蓬室士，貧賤誠足憐。……慷慨有悲心，興文自成篇。」〔註28〕
徐幹在曹丕被確認為太子的同年「稱疾避事」，此前，他又是曹植的
文學侍從，這些線索，並不是偶然出現的。這樣來看，則徐幹的《圓
扇賦》也可能會含有同情曹植的含義在內（這也許是此賦僅僅幸存四
句的原因之一），而曹植，則極有可能寫作《怨詩》，使用徐幹賦的一
些句意，作出了詩體的表達。

在上述論述的基礎之上，再看整個漢魏時期，除了所謂的班婕妤
《怨歌行》之外，只有曹植寫作有《怨歌行》，此曲見載於《樂府詩
集》：「為君既不易，為臣良獨難。忠信事不顯，乃有見疑患。周公佐
成王，金縢功不刊。推心輔王室，二叔反流言。待罪居東國，泣涕常
留連。皇靈大動變，震雷風且寒。拔樹偃秋稼，天威不可幹。素服開
金縢，感悟求其端。公旦事既顯，成王乃哀歎。吾欲竟此曲，此曲悲
且長。今日樂相樂，別後莫相忘。」可知，漢魏期間只有曹植接觸過，
或說是寫作過《怨歌行》，這就更可以確認曹植就是《怨歌行》的真正
作者。胡應麟說：「《怨歌行》舊謂古辭，《文章正宗》作子建。今觀前
『為君既不易』十餘語，誠然。」〔註29〕

總體來看，上述三組女性題材之作，其具體時間雖然難以準確編
排，但發生在建安十七年至二十一年前後，是大抵不差的。其中的寫
作方法，顯示了由簡單地使用女性題材，到更為深入的使用女性視角
來寫作的漸變過程。此外，曹丕的《燕歌行》，明顯使用女性視角和口
吻：「賤妾煢煢守空房，憂來思君不敢忘。」曹丕此作的時間不明，但
視為上述諸多偶然觸發所作詩篇之後的作品，似乎更為順理成章。

〔註28〕 俞紹初輯校《建安七子集》，中華書局 2005 年版，第 446 頁。
〔註29〕 〔明〕胡應麟撰《詩藪》內編卷二，上海古籍出版社 1979 年版，第
　　　　 30 頁。

第十章　從語彙語句角度考量十九首與建安詩歌的關係

建安五言詩帶來的新興文學觀念和寫法，是華夏詩歌演進歷程中孤明先發的產物。在曹操的詩作中，還基本上沒有十九首的痕跡；七子中只有少數詩人的少量作品中出現與十九首相似的個別語句；曹丕開始出現十餘句左右與十九首相似的語句，而到了曹植的詩中，則出現三十餘句與十九首、蘇李詩的相似、相同詩句，特別是出現漢魏之際由曹植才開始使用的語彙達到十二個之多，這個事實，基本可以說明，十九首中的部分作品，其作者就應該是曹植。

第一節　曹丕詩與十九首之間的相似語句

以逯欽立《先秦漢魏晉南北朝詩》為底本，逐一檢索兩漢文人五言詩與十九首相似的詩句，建安之前的兩漢詩人，基本沒有與十九首相似詩句，建安時期曹丕的前輩中，只有孔融等建安七子開始出現與十九首中相似的詩句，其餘詩人，也基本與十九首無關，曹丕是與十九首有大量近似詩句的第一位詩人，其相似詩句有：

曹丕：「鬱鬱河邊樹，青青野田草」（《見挽船士兄弟辭別》），十九首：「青青河畔草，鬱鬱園中柳」（其二）

曹丕：「行行遊且獵」（《詩》），十九首：「行行重行行」（其一）

曹丕：「西北有浮雲」（《雜詩二首‧其二》），十九首：「西北有高樓」（其五）

曹丕：「棄置勿復陳」（《雜詩二首‧其二》），十九首：「棄捐勿複道」（其一）

曹丕：「牽牛織女遙相望，爾獨何辜限河梁」（《燕歌行》），十九首：「迢迢牽牛星，皎皎河漢女。……盈盈一水間，脈脈不得語」（《其十》）

曹丕：「明月皎皎照我床，星漢西流夜未央」（《燕歌行》），十九首：「明月何皎皎，照我羅床帷。」（其十九）

曹丕：「不覺淚下沾衣裳」（《燕歌行》），十九首：「引領還入房，淚下沾裳衣」（其十九）

曹丕：「念君客遊多思腸，慊慊思歸戀故鄉，君何淹留寄他方」（《燕歌行》），十九首：「客行雖云樂，不如早旋歸。出戶獨彷徨，愁思當告誰？」（其十九）

曹丕：「與君媾新歡」（《猛虎行》），十九首：「與君結新婚」（其八）

曹丕之前，漢魏之間的五言詩人，很少出現與十九首相似的詩句和相似的寫法，到曹丕則忽然出現如此之多的十九首式的詩句，大體可以說明，十九首的作者，已經距離曹丕不遠了。這些與十九首相似的詩句，有些可能是曹丕先寫，而十九首的作者後寫，此一類以「鬱鬱河邊樹，青青野田草」為代表，十九首中的「青青河畔草，鬱鬱園中柳」，明顯高於曹丕之作甚多，若是曹丕化用「青青河畔草」而為「青青野田草」，真可以說是點金成鐵了，曹丕作為著名文學評論家、鑒賞家，當不至於犯此明顯錯誤；另一類則有可能是十九首的作者先寫，而曹丕化用，或說是剽竊之。曹丕的《燕歌行》與十九首相似語句多達四處八句，而且，與十九首中的兩首詩作分別相似，很像是從十九首中的這兩首詩作中制作出來的。

第二節　曹植詩與十九首中的相似語句

　　曹丕之後，曹植的詩作，與十九首發生了更進一步的密切關係，比起前人來說，曹植詩中與十九首相似的詩句更多，已經達到了兩者（曹植五言詩與十九首）之間渾然一體的程度，在曹植詩集中，與十九首和蘇李詩相類似的詩句俯拾皆是，茲以十九首（以下不再標明十九首，只標序號）為序，依次陳列：

　　行行：「行行重行行」（其一），曹植《門有萬里客行》：「行行將復行，去去適西秦。」

　　相去、各在：「相去萬餘里，各在天一涯。」（其一）「相去萬餘里，故人心尚爾。」（十八）蘇李詩：「良友遠別離，各在天一方。」「風波一失所，各在天一隅。」曹植：「離別各異方」（《詩》）。此一句式說明了十九首各首之間以及十九首與蘇李詩之間的驚人相似，此句式大抵出自徐幹《室思詩六首·其一》：「念與君生別，各在天一方」，隨後，曹植學用之。

　　會面、會合：「道路阻且長，會面安可知。」（其一），曹植：「浮沉各異勢，會合何時諧。」（《七哀詩》）徐幹：「歲月無窮極，會合安可知。」（《於清河見挽船士新婚與妻別詩》）

　　胡馬、代馬、越鳥：「胡馬依北風，越鳥巢南枝。」（其一）蘇李詩：「胡馬失其群」，曹植：「願騁代馬，倏忽北徂。」「願隨越鳥，翻飛南翔。」（《朔風》）漢魏之際詩作中出現「越鳥」共計二次，曹植和十九首各一次，「胡馬」「代馬」，曹植和蘇李詩、十九首各出現一次。另，曹植《橘頌》「希越鳥之來棲」，在太和五年，上疏求存問親戚表中說：「隔閡之異，殊於胡越」，[註1] 以「胡越」來說明隔閡之遠，更可以說明，「胡越」是曹植的習慣性用法。

　　游子：「游子不顧反」（其一），「游子寒無衣」（十六），蘇李詩：「游子暮何之」「請為游子吟」，曹丕：「遠望使心懷，游子戀所生。」

〔註1〕〔晉〕陳壽撰《三國志·魏書·曹植傳》，中華書局1982年版，第570頁，趙幼文《曹植集校注》，《求通親親表》一作「殊於吳越」，誤。

（《於明津作詩》）曹植：「游者歎黍離，處者歌式微。」（《情詩》）「游子久不歸，不識陌與阡。」（《送應氏詩二首・其一》）

令人老：「思君令人老」（其一），「思君令人老」（其八），曹植《靈芝篇》：「念之令人老」，《雜詩七首・其二》：「沈憂令人老」，（漢魏之際五言詩中出現「令人老」首先出於徐幹《室思詩六首・其二》：「鬱結令人老」，以後，曹植傚仿之，曹植與十九首各為兩次，十九首中兩次出現，說明此兩首之間的作者關係或為同一作者，或為關係非常密切者。）

棄捐、棄置：「棄捐勿複道」（其一），曹植《贈白馬王彪詩》：「棄置莫復陳」。「棄捐」「棄置」皆為漢魏時期習常用語，曹丕：「棄置勿復陳，客子常畏人。」（《雜詩二首・其二》）甄后《塘上行》：「莫以豪賢故，棄捐素所愛。莫以魚肉賤，棄捐蔥與薤。莫以麻枲賤，棄捐菅與蒯。」但以曹植語句與十九首最為相似，十九首中的「棄捐勿複道」與甄后的「棄捐」排比，像是對答，不排除十九首《其一》是曹植答複甄后的詩句。

昔為……今為：「昔為倡家女，今為蕩子婦。蕩子行不歸，空床難獨守」（其二）蘇李詩：「昔為鴛與鴦，今為參與商。」：曹植《種葛篇》：「昔為同池魚，今為商與參。」

蕩子婦：曹植《七哀詩》：「借問歎者誰，云是蕩子妻。」（漢魏之際「蕩子妻」的意思共計出現三次，唯有曹植和十九首使用之。

又「不歸」一語，漢魏詩歌中共計出現四次，十九首一次：「蕩子行不歸」（其二），曹植三次：《送應氏詩二首・其一》：「游子久不歸」，《贈丁儀詩》：「朝雲不歸山」，《贈白馬王彪詩》：「一往形不歸」。此外，相似的意思還有許多，如曹植《雜詩七首・其三》：「妾身守空閨，良人行從軍。自期三年歸，今已歷九春。」

這種相似的語句在十九首中還有許多：「盈盈樓上女，皎皎當窗牖」（其二），曹植《雜詩七首・其四》：「南國有佳人，容華若桃李」；十九首：「西北有高樓，上與浮雲齊……上有絃歌聲，音響一何悲。」

（其五）曹植：「明月照高樓……上有愁思婦，悲歎有餘哀。」（《七哀詩》）十九首：「上有絃歌聲，音響一何悲。」（其五）曹植《雜詩七首·其五》：「弦急悲聲發」等。

「驅車策駑馬，遊戲宛與洛。」（其三），「驅車上東門」（其十三），曹植：「驅車揮駑馬，東到奉高城。」（《驅車篇》）（曹丕先有：「兄弟共行遊，驅車出西城」（《於玄武陂作詩》），「驅車出北門，遙望河陽城。」（《於明津作詩》），但曹植與十九首更為接近。）

「兩宮遙相望，雙闕百餘尺。」（其三）曹植《贈徐幹詩》：「聊且夜行遊，遊彼雙闕間。」《五遊詠》：「閶闔啟丹扉，雙闕曜朱光。」《仙人篇》：「閶闔正嵯峨，雙闕萬丈餘。」又《雜詩七首·其八》：「飛觀百餘尺」。漢魏之際五言詩作中，「雙闕」共計出現四次，其中十九首一次，曹植三次。另，《三輔黃圖》記載古歌曰：「長安城西有雙闕，上有雙銅雀。一鳴五穀生，再鳴五穀熟」，這是一條重要的資料，但「古歌」常常不能確定準確的時間，也不能確定準確的作者。《三輔黃圖校注》在這條資料下引陳直曰：「《太平寰宇記》卷二十五引《長安記》古歌辭與本文同。又按《太平御覽》卷一七九，載魏文帝歌曰：『長安城西有雙圓闕，上有雙銅闕，一鳴五穀生，再鳴五穀熟。』據此古歌，似為曹丕作也。」〔註2〕鄴城建章臺等模仿西漢長安建築，因此，曹丕回顧長安建築的情形，也不是不可能的。曹植詩中所說的「飛觀」之「觀」，也是闕的意思。「闕是古代宮殿等大型建築門前的高建築物，通常左右各一，建成高臺，臺上起樓觀，是帝王頒布法令的地方。闕又稱觀，又稱象魏。徐鍇《說文解字繫傳》云：『蓋為二臺於門外，人君作樓觀，上圓下方，以其闕然為道，為之闕；以其上可遠觀，謂之觀。』」〔註3〕

「歡樂難再陳」（其四），曹植：「歡會難再遇」（雜詩七首·其七）。

〔註2〕何清谷校注《三輔黃圖校注》，三秦出版社2006年版，第254頁。
〔註3〕何清谷校注《三輔黃圖校注》，三秦出版社2006年版，第133頁。

　　「人生寄一世，奄忽若飆塵。」（其四）「人生非金石，豈能長壽考。」（十一）曹植：「人生處一世，去若朝露晞」（《贈白馬王彪詩》）「人生忽若寓，悲風來入懷。」（《浮萍篇》）「天地無終極，人命若朝霜。」（《送應氏詩二首・其二》）

　　「彈箏奮逸響。新聲妙入神。」（其四）曹植：「彈箏奮逸響，新聲妙入神。」（《書鈔》一百十）此兩句為曹植詩句的斷句，有可能就是《今日良宴會》的殘章斷句。

　　「轗軻長苦辛」（其四），「苦辛」這一詞彙在漢魏之際的詩作中共計出現五次，其中曹植三次，曹植《聖皇篇》：「皇母懷苦辛」，在《贈白馬王彪詩》中出現兩次：「倉卒骨肉情，能不懷苦辛」「苦辛何慮思，天命信可疑」——曹植是漢魏之際唯一有十九首這一用語習慣的詩人。此外，《古詩為焦仲卿妻作》出現一次：「伶俜縈苦辛」。換言之，漢魏之際有使用「苦辛」這一詞彙習慣的，唯有曹植一人，其他兩處使用，不能排除曹植就是這兩首詩的作者。

　　「無乃杞梁妻」（其五），曹植：「杞妻哭死夫」（《精微篇》）。（按：漢魏之際，採用杞梁妻故事入詩者，唯有曹植一人和十九首而已）

　　「清商隨風發」（其五），蘇李詩：「欲展清商曲」，曹植《正會詩》：「悲歌屬響，咀嚼清商」（《古歌》中有「主人前進酒，彈（《類聚》作琴。）瑟為清商」，但《古歌》的產生時間和作者不詳，故「清商」一詞在漢魏詩歌中，首先出自曹丕的《燕歌行》：「援琴鳴弦發清商」。

　　「慷慨有餘哀」（其五），蘇李詩：「絲竹厲清聲，慷慨有餘哀。」（「黃鵠一遠別」）曹植：「慷慨有餘哀」（《七哀詩》）（漢魏之際使用過「慷慨有餘哀」的，僅有曹植一人與十九首和蘇李詩各一句，說明此句為曹植的習慣語句，十九首中的此首和蘇李詩此首皆應為曹植所作）。

　　「願為雙鴻鵠，奮翅起高飛。」（其五），「思為雙飛燕，銜泥巢君屋。」（十二）蘇李詩：「願為雙黃鵠，送子俱遠飛。」曹植：「願為西南風。長逝入君懷。」（《七哀詩》）「願為中林草，秋隨野火燔」（《吁

嗟篇》),「願為比翼鳥。施翩起高翔」,「願得展嫌婉」(《送應氏詩二首》其二),「願為南流景。馳光見我君。」(《雜詩七首》其三)(此一句式來於徐幹《於清河見挽船士新婚與妻別詩》:「願為雙鴻鵠,比翼戲清池」,以後,曹植大量使用之,十九首和蘇李詩共計出現三次,曹植五言詩中出現四次。)

「所思在遠道」(其六),曹植:「佳人在遠遁」(雜詩七首‧其七)。

「與君為新婚,兔絲附女蘿。」(其八)曹植:「與君初婚時」(《種葛篇》),徐幹:「與君結新婚,宿昔當別離。」(《於清河見挽船士新婚與妻別詩》)曹丕:「與君媾新歡」(《猛虎行》)《古文苑》卷八有秦嘉《述婚》詩:「群祥既集,二族交歡。敬茲新姻,六禮不愆。」

「被服羅裳衣」(其十二),「被服紈與素」(其十二),曹植:「被服纖羅」(《閨情詩》),「被服麗且鮮」(《名都篇》),「裁縫紈與素」(《浮萍篇》)。(按:十九首名句「被服丸與素」五個字,分別見於曹植兩首詩中,其中「被服」一詞,漢魏之際詩歌中,共計出現四次,曹植和十九首各出現兩次,「紈與素」三字,共計出現兩次,曹植和十九首各出現一次。)

「白楊多悲風」(其十四),曹植:「高臺多悲風」(《雜詩七首‧其一》),「江介多悲風」(《雜詩七首‧其五》),「高樹多悲風」(《野田黃雀行》),(阮瑀先有:「臨川多悲風。秋日苦清涼。」(《詩》),隨後當為曹植與十九首之作,甄后的《塘上行》中的:「邊地多悲風,樹木何修修」,當為最後,應為曹叡為遮蔽而增補。

「生年不滿百」(其十五),曹植:「人生不滿百」(《遊仙詩》)。

第三節　蘇李詩與曹植詩歌相似語句的補充

蘇李詩中與曹植相似的語句,已經在前文以十九首為中心的探討中大量出現,現在,再以蘇李詩為中心作一個補充:

蘇李詩:「山海隔中州」,曹植《遠遊篇》:「崑崙本吾宅,中州非我家。」(先秦漢魏之際在詩歌中使用「中州」這一專有名詞的,僅有曹植一人和蘇李詩。)

蘇李詩:「結髮為夫妻,恩愛兩不疑。」曹植:「結髮恩義深,歡愛在枕席。」(種葛篇)「結髮辭嚴親」(《浮萍篇》)(漢魏之際另有《古詩為焦仲卿妻作》:「結髮同枕席,黃泉共為友」以及署名陳琳的《飲馬長城窟行》:「結髮行事君」之外,曹植使用「結髮」兩次,蘇李詩一次。)

蘇李詩:「歡娛在今夕,燕婉及良時。」曹植:「願得展嬿婉,我友之朔方。」(《送應氏詩二首》)(嬿婉一詞,本不多見,漢魏之際,首先出自於王粲《贈士孫文始》:「矧伊嬿婉」,漢魏五言詩僅有曹植和蘇李詩使用之)。

蘇李詩:「何況雙飛龍,羽翼臨當乖。」曹植《詩》:「雙鶴俱遨遊。相失東海傍。雄飛竄北朔。雌驚赴南湘。」

蘇李詩:「俯觀江漢流」,曹植《鰕鱔篇》:「俯觀上路人」,《仙人篇》:「俯觀五嶽間」。(「仰視」一詞使用較早,「俯觀」一詞,大抵由對「仰視」的對偶而來,曹植是漢魏之際在詩歌寫作中有意使用對偶之第一人。同時,「俯觀」一詞,曹植也是在漢魏詩作中使用之第一人,兩次使用。)

蘇李詩:「且復立斯須」,曹丕《秋胡行》:「何得斯須」,曹植《贈白馬王彪》:「變故在斯須,百年誰能持。」(「斯須」一語,曹丕在詩歌中先用之,隨後曹植使用。)

蘇李詩:「各言長相思」,「死當長相思」,十九首:「上言長相思」(十七),「著以長相思」(《十八》)。(「相思」一詞使用早且多,但「長相思」詞組的使用,漢魏之際,唯有蘇李詩和十九首各有兩處使用之,說明了兩者之間的密切關係。)

簡短的結論:

從以上的對比來看,十九首和蘇李詩中使用的基本句式和主要詞

彙，與兩漢無涉，少量的相似語句，從孔融、王粲、阮瑀、徐幹、劉楨開始，各有數句而已。曹丕詩作中，與十九首相似的語句漸多，約有十餘句左右，主要集中在《燕歌行》等幾篇之中，曹植詩作中與十九首和蘇李詩相似的語句最多，達到三十句以上，其中更有許多句子完全相同，如「慷慨有餘哀」，曹植、十九首和蘇李詩各有一句，「彈箏奮逸響。新聲妙入神」（其四），曹植：「彈箏奮逸響。新聲妙入神」（《書鈔》一百十），完全相同；只差一字的詩句如：十九首：「生年不滿百」（其十五），曹植：「人生不滿百」（《遊仙詩》），十九首「驅車策駑馬」（其三），曹植：「驅車揮駑馬」；相差兩個字的如：十九首：「歡樂難再陳」（其四），曹植：「歡會難再遇」（雜詩七首・其七）等。

　　還有一些用語，如「服食」「苦辛」「中州」「俯觀」「被服」「執與素」「杞梁妻」（曹植詩作「杞妻」）「雙闕」「蕩子」「行不歸」「越鳥」「胡馬」（曹植作「代馬」）等十二個語詞，皆為曹植首次使用的語詞，特別是「中州」「服食」等詞彙，更是建安之後才開始在五言詩中使用的詞彙。或說，秦漢之際，作品失傳很多，不能以此為據。誠然，這些語彙不一定是到建安時期才創造出來的，但在口語中使用，或者在散文中使用，與採用到詩歌中，特別是採用到五言詩中使用，不是一個層面的問題。每個詩人在寫作詩歌中，都有自己的習慣性寫法，包括使用詞彙和一些基本的句型，十九首和蘇李詩之間有著如此之多的相同句式和語彙，說明了兩者之間擁有著共同的作者，而兩者之間與曹植的密切關係，又說明了曹植就是所謂十九首和蘇李詩的主要作者。

　　十九首中與曹植在語句上相似之處較多的，有其一至其六，此外，其八、其九、其十三、其十四、其十五等，共計十一首，與曹植的寫作風格、所使用語彙吻合，其中多數有可能就是曹植的作品，其餘八首，還有待考察。

　　換一個角度來思維，從兩漢直到曹魏中後期，再也沒有其他的詩人具有寫作十九首和蘇李詩水平的詩人了，而陸機的《擬古詩》，又

說明十九首作者的出現不可能晚於三世紀中葉，否則，陸機就不會不知道十九首的真實作者。

語彙、語句的使用，一方面不是個體詩人超越時代所能創造的，它是一個時代的文化產物，詩人不能脫離時代的語言範圍和特徵，從這點來說，十九首、蘇李詩的作者，不可能超越時代的語言而在東漢中後期甚至在西漢出現——這個時代還沒有任何其他詩人在詩歌作品中使用這些語彙。另一方面，作為詩人來說，每個詩人又都有他自身的語言習慣，他能夠在這個時代的語言範圍內，去創造他所喜愛的語彙和語句。曹植寫作五言詩的時代，已經有建安七子、曹丕開始使用十九首中的語彙、語句，說明曹植的時代與十九首的作者處於共同的時空，而曹植是這個時代最有創造力的詩人，他可以成為這個時代所擁有的共同習用語彙的主要創造者。所有的跡象表明，十九首、蘇李詩中的多數作品，其語彙、語句的使用，與曹植五言詩語彙、語句的使用如出一轍，因此，至少十九首、蘇李詩中的部分作品是曹植所作，本章所提供的基本句式和基本語彙的量化分析，就是明證之一。

第十一章　論曹植為十九首的主要作者

　　筆者此前論證了有關十九首和漢魏五言詩的演變歷程，從各個側面論證了十九首是五言詩在建安十六年「成立」之後的產物，五言詩在兩漢期間，還僅僅是涓涓細流的「發生」時期，十九首是成熟的具有「窮情寫物」審美特質的抒情五言詩，不可能產生於建安十六年之前，五言詩的這種意象抒情體制，是由三曹六子以及曹彪、甄后等詩人所共同創造的，十九首的作者範圍應該就在這個範圍之內。可以說，筆者此前的論文，都還僅僅是鋪墊，從本章開始，筆者將進一步系統考察十九首的作者和寫作背景。

第一節　曹植作品的遺失

　　曹植作品的遺失，是一個歷史發展斷裂的鏈條，首先與曹、甄之間的隱情有關。所謂隱情，含有兩個層面的含義：一個是曹植與甄后之間，確實存在著男女之間的愛情；另一個層面，是指曹丕、曹叡父子認為曹、甄之間有曖昧之原罪。這是兩種性質的問題，需要分別清楚。曹叡由於不能容忍這種曖昧關係對皇室的侮辱和損害，遂有景初中臨終前整理曹植文集的行為。

　　以筆者之見，植、甄之間，確有隱情，這一隱情，主要體現在曹

植現存的作品之中及《魏書》《魏略》《魏志》等史料中，其中王沈的《魏書》和魚豢的《魏略》，提供了比陳壽《魏志》更為真實的信息，而此兩種史書早於《魏志》，更為可信。這些有關曹魏時代的最早記錄，分別體現在甄后、曹植、曹叡、卞太后、曹丕等多人的言行中，散見於各種史料中。史料記載連同曹植詩文作品及散失的曹植作品，就像是一顆顆非常有價值的珍珠，單獨來看，似乎不能說明問題，但當把它們使用邏輯的、理性的線索串聯起來，同時，摒棄宋明以來學者給予我們先入為主的陳腐觀念，重新冷靜客觀來審視曹、甄之關係，考量曹植文集的重新撰錄，我們不難得出十九首之從曹植文集中的刪除，正與曹、甄隱情有著密切的關聯。

　　十九首的藝術水平達到了空前的高度，在一個重視詩歌的國度裏，若有人寫出如此優秀的詩作而又失去作者姓名，只有兩種可能：一種是作者本人由於某種不願意被人知道的原因而自行刪毀；另一種是當時的當權者不願意被人所知，任其失傳，或者是有意刪毀。而對曹植而言，這兩種可能都成立。曹植作品的版本情況，正如趙幼文先生在《曹植集校注·前言》所說：「《曹植集》，曹魏王朝中葉，產生兩種集本，一是曹植手自編次的，另一是景初中明帝曹叡下令編輯的。由於史料缺乏，很難瞭解兩種集本的具體內容。但根據景初編輯的，計賦、頌、詩、銘、雜論凡百餘篇；曹植所寫的《前錄自序》所載，賦是七十八篇，兩相比勘，顯然已存在詳略的差異。」〔註1〕有學者認為，魏明帝撰錄曹植文集，「從原七十八篇到此時凡百餘篇，數量增多。」〔註2〕這是不正確的，曹植《前錄自序》所指的七十八篇，僅僅指的是「少而好賦」的文賦之作，（曹植曾於晚年自己刪定他的文賦作品，《前錄自序》有：「余少而好賦，其所尚也，雅好慷慨，所著繁多。雖觸類而作，然蕪穢者眾，故刪定別撰，為

〔註1〕趙幼文校注《曹植集校注》，人民文學出版社 1984 年版，第 1 頁。
〔註2〕參見王玫著《建安文學接受史論》，上海古籍出版社 2005 年版，第 220 頁。

前錄七十八篇」〔註3〕的記錄，或認為這是發生於建安時期的事情，是請楊脩刪定「辭賦一通」的，但曹植此文已經被學者證明是晚年所作：「手定目錄，則寫序必在晚年」〔註4〕。）並不包括詩作；而景初中所撰錄的，則是諸體並包的曹植文集，景初中對曹植作品的重新「撰錄」，數量為「百餘篇」，與曹植現存的全部作品之總和的數量相似。也正如王玫先生引朴現圭文章所說：「宋人纂輯曹植集所載的篇數，增至二百餘篇，近人所編的則有三百餘篇，〔註5〕故知曹植集曾經聚而又散，散而又聚。」〔註6〕可知曹植作品流失之多。其中詩作散失更多，以黃節注《曹子建詩注》為統計，僅收曹植「詩」23題30首，另有《樂府》38篇41首，一共約七十餘篇作品，與現存辭賦作品共45篇相比，短小的詩歌理應更多一些。黃節曾經感歎說：「考《四庫全書提要》，曹子建集凡詩七十四首，而嚴鐵橋《曹集校輯》乃稱搜括群書所載，得詩百二十一首。朱述之《曹集考異》第五六卷，詩樂府凡一百有一首，而失題及樂府佚句不與焉。余是編取詩及樂府七十一首。」〔註7〕對於曹植的命運，黃節悲歎說：「余讀之而悲」，「後之讀余是注者，倘亦有悲余之悲陳王者乎？」〔註8〕

再將三曹之間的作品來作一個比較：三曹之中，以曹植詩歌成就最高，名氣最大，人生最苦，感慨最深，理應詩作繁多，但從現存詩作來看，曹丕「今存詩四十四首，半為樂府，半為徒詩」〔註9〕，則曹植的徒詩僅比曹丕多二十餘首而已。

〔註3〕〔魏〕曹植《前錄自序》，趙幼文校注《曹植集校注》，人民文學出版社1984年版，第434頁。

〔註4〕趙幼文校注《曹植集校注》，人民文學出版社1984年版，第435頁。

〔註5〕參見朴現圭《曹植集編纂過程與四種版本之分析》，《文學遺產》，1994年第4期，第25頁。

〔註6〕王玫著《建安文學接受史論》，上海古籍出版社2005年版，第223頁。

〔註7〕黃節撰《曹子建詩注·序》，中華書局2008年版，第1頁。

〔註8〕黃節撰《曹子建詩注·序》，中華書局2008年版，第2頁。

〔註9〕參見馮沅君、陸侃如《中國詩史》，人民文學出版社1983年版，第293頁。

　　曹植的作品，除了曹植自己曾經「刪定別撰」其賦作之外，在曹植死後的景初中，又被魏國官府重新「撰錄」刪改一次。《三國志・陳思王植傳》記載：「景初中，詔曰：『陳思王昔雖有過失，既克己慎行，以補前闕，且自少至終，篇籍不離於手，誠難能也。其收黃初中諸奏植罪狀，公卿已下議尚書、秘書、中書三府、大鴻臚者皆削除之。撰錄植前後所著賦、頌、詩、銘、雜論凡百餘篇，副藏內外。」〔註10〕這一詔書，表面來看，是曹叡對曹植的寬宥，說：「陳思王植雖有過失，既克己慎行，以補前闕，且自少至終，篇籍不於離手，誠難能也」，但其實質，是要對所有有關曹植的檔案材料進行掩蓋封殺，其中主要有兩大類：其一，是黃初二年三臺九府公卿大臣的彈劾奏章，包括灌均的彈劾奏章；其二，是曹植文集中涉及甄氏的作品，對於前者明確說明是「其收」，「皆削除之」，而對曹植文集，則隱晦其內容，只說「撰錄」，也就是重新編輯和抄寫，並且將這重新編輯的版本「副藏內外」，以替代外面流行的曹集文本。曹植文集的重新撰錄以及對公卿大臣奏章的銷毀剷除，史書記載是「景初中」，但魏明帝景初只有兩年一個月，曹叡於景初三年正月駕崩，可知，這次事件乃是曹叡臨死之前之所為，是曹叡臨死之前不解決就不能瞑目的心頭大患。正如曹植在太和六年離京不久就死亡一樣，曹叡整理完曹植的文集並銷毀了當年的所有檔案材料之後才瞑目，一切都是歷史的巧合嗎？十九首等優秀的古詩，正應該是這次事件的結果，它們都應該是與曹植有關的作品，刪除之後被以不同的明目存留了下來。曹植私家之中，在其子曹志的時候，還有曹植詩文著作的比較全的目錄。《晉書・列傳二十・曹志本傳》記載：

　　　　曹志，字允恭，譙國譙人，魏陳思王植之孽子也……晉帝嘗閱《六代論》，問志曰：「是卿先王所作邪？」志對曰：「先王有手所作目錄，請歸尋按。」還奏曰：「按錄無此。」

〔註10〕〔晉〕陳壽撰〔宋〕裴松之注《三國志・魏書・本傳》，中華書局 1982 年版，第 576 頁。

帝曰：「誰作？」志曰：「以臣所聞，是臣族父冏所作。以先
王文高名著，欲令書傳於後，是以假託。」帝曰：「古來亦
多有是。」顧謂公卿曰：「父子證明，足以為審。自今已後，
可無復疑。」〔註11〕

這後一段的記載非常重要，它說明：1.到了晉武帝的時候，曹志
家中還有先王（曹植）對自己作品全集的「手所作目錄」，而這個目
錄，是與皇府所藏的目錄不一樣的。2.說明皇府所藏的目錄，就連晉
武帝本人也是不相信的，乃至於晉武帝在閱讀《六代論》懷疑是曹植
所作的時候，需要詢問曹志，由曹志回家查詢才能得到確認。這段記
載，非常清晰地說明了曹植的文集經過景初二年的官府整理編輯，已
經是面目全非的曹植文集了，而曹植親手所寫的全集目錄，只有一份
珍本，由其子曹志保管。那麼，這份最能說明曹植作品全貌的目錄，
又是怎麼丟失的呢？這就需要進一步來研究曹志其人，「志又常恨其
父不得志於魏……於是有司奏收志等結罪，詔惟免志官，以公還第，
其餘皆付廷尉。頃之，志復為散騎常侍。遭母憂，居喪過禮，因此篤
病，喜怒失常。九年卒。」〔註12〕可知曹植家族的苦難，並非到曹植
一代結束，而是一直延續到其子曹志。曹志後來開罪於武帝，以至於
「因此篤病，喜怒失常。」在喜怒失常的情況下，原先視為一家之傳
家珍寶的曹植「手所作目錄」的喪失，也就在情理之中了。筆者的這
一判斷，趙幼文先生也有過相似的論述：「如果景初輯本已包括曹植
全部作品，而付藏內外，司馬炎欲知作者，即命人檢查中秘所藏《曹
集》，便可判斷，又何須等待曹志返家查核曹植手訂目錄之後，才能
解決作品屬誰寫作的問題。因此，景初所錄，或屬於選本的範疇，曹
植手自編次的，可為全集了。」〔註13〕這個推斷無疑是正確的，只

〔註11〕 〔唐〕房玄齡等撰《晉書·曹志本傳》，中華書局 1982 年版，第 1389
～1391 頁。
〔註12〕 〔唐〕房玄齡等撰《晉書·曹志本傳》，中華書局 1982 年版，第 1389
～1391 頁。
〔註13〕 趙幼文校注《曹植集校注·前言》，人民文學出版社 1984 年版，第 1
～2 頁。

不過，趙先生未能指出，景初所錄之所以「屬於選本的範疇」之隱秘原因，正是由於曹叡擔心曹植所寫涉及其生母甄后的內容流傳後世。

曹志之後，世人再也沒有人提起曹植的這一「手所作目錄」。當然，若這份目錄至今猶存，就不會有十九首和蘇李詩的存在，其中的大部分應該出現在曹植全集之中。簡單來說，無論是曹植自認為自己的文集「蕪穢者眾，故刪定別撰」，還是曹叡下詔的重新撰錄，都應該與植、甄之間的這段隱情有關，這才引發了曹植作品的大量流失。

第二節　曹植與十九首的關係

但畢竟這些詩如果真為曹植所作，必然會有人得知，到西晉時代陸機曾擬作 14 首（現存 12 首），可知，所謂十九首和蘇李詩這些詩作在當時曾經流傳，也有人知道這些詩作是曹植等所作。故到了鍾嶸《詩品》，說：「舊疑是建安中曹王所制。……人代冥滅，而清音獨遠」，「舊疑」，是誰疑並沒有明說，說明是眾耳相傳之說，而不是哪個學者的個人見解。曹叡刪曹植詩之事，在曹魏時代畢竟是個敏感的政治話題，而這個時代又是一個血腥的時代。

或說，既然曹植是十九首的主要作者之一，那麼，當時人為何不提及？這是因為，這些詩作放在曹植的全集中，與曹植的其他詩作並沒有本質的區別，譬如十九首之《西北有高樓》一篇，與曹植的《七哀詩》「明月照高樓」，孰優孰劣？這是難以評說的，有些可能是十九首的優秀，有些可能是曹植的更為優秀。因為，即便是一個人的作品，也有前後期風格的些微差異。何況，十九首中可能為曹植寫作的這些作品，多數為黃初之後所作，作為皇帝的政敵兄弟，哪個人又願意去特意稱讚呢？

十九首、蘇李詩等，其水平、風格只有曹植五言詩可以與之相提並論。這一點，古人論述頗多，如劉勰認為十九首是「五言之冠冕」；

鍾嶸《詩品》則說:「陳思為建安之傑,……五言之冠冕」;〔註14〕曹植五言詩與十九首不僅同出於《國風》,而且同出於樂府,都具有文人汲取樂府歌詩的性質,鍾嶸《詩品》說「古詩」:「其體源出於《國風》」,同時,也說曹植詩「其源出於《國風》」,〔註15〕宋人張戒《歲寒堂詩話》說:「古今詩人推陳王及古詩第一,此乃不易之論」;〔註16〕呂本中《呂氏童蒙訓》:「讀《古詩十九首》及曹子建詩,……詩皆思深遠而有餘意」;〔註17〕明人胡應麟說:「《十九首》後,得其調者,古今曹子建而已。」〔註18〕這些見解,不僅準確,而且深刻。確實如此,不僅在兩漢時期,而且在整個建安時期,除了曹子建,罕有具備寫出十九首、蘇李詩之才華者,更罕有個僅具備曹植、曹彪這樣的身世經歷和痛苦深刻的人生體驗,而且還具有這種敏銳的詩人情懷和高超的詩歌表現能力者。胡應麟之說距離曹植為十九首作者之說只有一步之遙,惜哉他仍然受著種種歷史誤傳的蒙蔽,誤以為曹植是借鑒十九首:「子建《雜詩》,全法十九首意象,規模酷肖,而奇警絕到弗如。《送應氏》《贈士燊》等篇,全法蘇、李……然東、西京後,惟斯人得其具體。」〔註19〕在十九首的作者之謎未能真正破譯之前,論者也只能作如是說,但說「子建《雜詩》,全法《十九首》意象」,已經是看出了兩者之間的驚人相似之點,「東、西京後,惟斯人得其具體」,更指出了兩漢之後唯有曹植詩與十九首詩風相似。

〔註14〕陳延傑撰《詩品注・總論》,人民文學出版社 1998 年版,第 1 頁、第 2 頁。

〔註15〕陳延傑撰《詩品注》,人民文學出版社 1998 年版,第 1 頁、第 20 頁。

〔註16〕〔宋〕張戒撰《歲寒堂詩話》卷上,丁福保輯,《歷代詩話續編》下冊,中華書局 1983 年版,第 563 頁。

〔註17〕〔宋〕呂本中撰《呂氏童蒙訓》,河北師範學院中文系古典文學教研組編《三曹資料彙編》,中華書局 1980 年版,第 109 頁。

〔註18〕〔明〕胡應麟撰《詩藪》外編卷四,上海古籍出版社 1958 年版,第 185 頁。

〔註19〕〔明〕胡應麟撰《詩藪》內編卷二,上海古籍出版社 1958 年版,第 30 頁。

　　曹植五言詩與十九首、蘇李詩確實寫法相似，而且多有相似的
語句，胡應麟在其《詩藪》卷二中曾例舉說：「『人生不滿百，戚戚
少歡娛』，即『生年不滿百，常懷千歲憂』也；『飛觀百餘尺，臨牖御
欞軒』，即『兩宮遙相望，雙闕百餘尺』也；『借問歎者誰，云是蕩子
妻』，即『昔為倡家女，今為蕩子婦』也；『願為比翼鳥，施翩起高
翔』，即『思為雙飛燕，銜泥巢君屋』也。子建詩學《十九首》，此類
不一。」〔註20〕又說，「『明月照高樓，想見餘光輝。』李陵逸詩也。
子建『明月照高樓，流光正徘徊』，全用此句而不用其意，遂為建安
絕唱。」〔註21〕說曹植學十九首，毫無根據，但這些詩句的比對，
確實可以看出兩者如出一轍、同出一人的關係。胡應麟看出了其然，
卻無法解釋其之所以然，故強為之分源流優劣。

　　曹植五言詩與十九首同樣「多言情」，吳喬《圍爐詩話》卷一：
「古詩多言情，後世之詩多言景，如十九首中之『孟冬寒氣至』，建安
中之子建《贈丁儀》『初秋涼氣發』者無幾。日盛一日，梁、陳大盛，
至唐末而有清空如話之說，絕無關於性情，畫也，非詩也。」〔註22〕

　　曹植五言詩與十九首同樣工於發端。清人費錫璜《漢詩總說》：
「前輩稱曹子建、謝朓、李白工於發端，然皆出於漢人。試舉數句，
請學者觀之。『良時不再至，離別在須臾』，『攜手上河梁，游子暮何
之』，『黃鵠一遠別，千里顧徘徊』，……『西北有高樓，上與浮雲齊』，
『去者日以疏，來者日以親』。……」〔註23〕不勝枚舉。謝、李之後
人工於發端，自不必論，曹植與十九首的同樣工於發端，正是同出一
人所致。曹植五言詩之工於發端，如《七哀詩》：「明月照高樓，流光

〔註20〕〔明〕胡應麟撰《詩藪》內編卷二，上海古籍出版社1958年版，第
　　　　31頁。
〔註21〕〔明〕胡應麟撰《詩藪》內編卷二，上海古籍出版社1958年版，第
　　　　31頁。
〔註22〕〔清〕吳喬撰《圍爐詩話》卷一，《清詩話續編》，上海古籍出版社
　　　　1983年版，第478頁。
〔註23〕〔清〕費錫璜撰《漢詩總說》，《清詩話》三八，上海古籍出版社1978
　　　　年版，第949頁。

正徘徊」,《贈徐幹詩》:「驚風飄白日,忽然歸西山」,《野田黃雀行》:「高樹多悲風,海水揚其波」,等等,十九首、蘇李詩之工於發端與曹子建之工於發端,孰優孰劣?如雙兔傍地,難分雌雄。

曹植五言詩與十九首具有共同的「引事」方法。明人許學夷《詩源辯體》卷七所說:「漢魏人詩,但引事而不用事,如十九首『誰能為此曲,無乃杞梁妻』,『仙人王子喬,難可與等期』,曹子建『思慕延陵子,寶劍非所惜』……等句,皆引事也。」〔註24〕

曹植五言詩與十九首具有相似或共同的用韻、換韻方法。王士禎等之《師友詩傳錄》記載蕭亭答語:「十九首《行行重行行》《冉冉孤生竹》《生年不滿百》,皆換韻。魏文帝《雜詩》『棄置勿復陳,客子常畏人』、曹子建『去去莫複道,沉憂令人老』,皆末二句換韻,不勝屈指。」〔註25〕

蕭亭答語,舉出十九首《行行重行行》等,與曹丕、曹植都有換韻的寫作方式,《行》詩自「浮雲蔽白日,游子不顧返。思君令人老,歲月忽已晚。棄捐勿複道,努力加餐飯」後六句換韻,曹丕《雜詩二首》之二:「西北有浮雲,亭亭如車蓋。惜哉時不遇,適與飄風會。吹我東南行,行行至吳會。吳會非我鄉,安得久留滯。棄置勿復陳,客子常畏人。」「蓋」「滯」古音同韻,屈原《涉江》:「齊吳榜以擊汰……淹回水而凝滯。」滯,古音當讀如「帶」。曹植《雜詩七首》之二:「轉蓬離本根,飄颻隨長風。何意回飈舉,吹我入雲中。高高上無極,天路安可窮。類此遊客子,捐軀遠從戎。毛褐不掩形,薇藿常不充。去去莫複道,沉憂令人老。」

或說,現存的曹植五言詩,比之十九首,也確實是有細微區別的,主要表現在:1.從外形來看,曹植五言詩比十九首篇幅為長。2.從字

〔註24〕〔明〕許學夷撰《詩源辯體》卷七,人民文學出版社1987年版,第114頁。

〔註25〕〔清〕王士禎等《師友詩傳錄》,《清詩話》,上海古籍出版社1963年版,第136～137頁。

面來看，曹植五言詩較十九首為華美。3.從寫作方法來看，曹植五言詩多有鋪排的色彩，十九首更為精練奇警。若十九首中的多數作品，真是曹植遺失之作，又何以解釋這些區別呢？

這些說法，都未能深入曹植作品之裏，未能將曹植五言詩作視為一個有著發展變化的整體，一個擁有不同特質的複雜的綜合體。曹植擁有的兩種不同詩風。從表面來看，可以理解為前後時期由於曹操去世所帶來的由「黼黻錦繡」而向「沉著清老」轉型而帶來的不同詩風；從深層次來看，則有因植甄關係的隱秘性，所帶來的由華美詞藻、主旨清晰而轉向含蓄凝練、隱諱寄託方式的另一種詩風。

先看第一種說法，即曹植前後期詩風所發生的巨大變化。黃初期間的一系列事件，不僅使曹植其人成熟，而且，促使他的詩風發生了變化，揚棄了前期的黼黻錦繡之作，而轉向質樸的風骨追求。曹植的詩風，以曹操去世、曹丕登基的黃初元年為界，可以劃分為前後兩個時期。公元 220 年，曹植二十九歲，這一年為建安二十五年、延康元年、黃初元年，是曹魏歷史上的多事之秋，也是曹植人生命運的分水嶺，由父王寵兒變為時時處處受到監視的皇帝政敵，由「不及世事，但美遨遊」的公子而為「頗有憂生之歎」的縲紲罪臣。在文學寫作上，他的詩也必然地發生了質的飛躍。吳淇《六朝選詩定論》卷五評曹植黃初之作：「陳思入黃初，以憂生之故，詩思更加沉著。故建安之體，如錦繡黼黻，而黃初之體，一味清老也。」這是極有見地之論，我們可以借用之，以「錦繡黼黻」和「沉著清老」來概括曹植兩個時期的不同詩風。

曹植前期詩作詞采飛揚、擅長鋪敘的一個主要原因，是曹植前期之作，主要以賦作為主，賦的鋪張揚厲的特有風格，對曹植的早期詩風產生了很大的影響。建安五言詩人，在開始大量寫作五言詩之前，基本都是賦體作家，建安十六年之前，賦一直是文學的主要載體，如七子在建安十六年之前，幾乎沒有五言詩作，但賦的作品卻美不勝收。陳琳先後作《武軍賦》（199）、《神武賦》（207）、《神女賦》（209），阮

瑀作《紀征賦》（208），徐幹作《序征賦》（208），應瑒作《撰征賦》
（205）。曹丕兄弟在建安十六年之後，一方面開始寫作五言詩，一方
面，也同時大量寫作賦。如建安十六年，曹丕作《感離賦》，曹植作
《離思賦》《洛陽賦》《述行賦》，十七年，曹丕、曹植各作《登臺賦》。
曹丕作《寡婦賦》，十八年，曹植作《敘愁賦》，曹丕作《校獵賦》，並
命陳琳、王粲、劉楨等並作。十九年，曹丕作《槐賦》，並命王粲作，
曹植也作《槐樹賦》，並作《東征賦》，二十年，曹丕作《柳賦》，二十
一年，曹植作《籍田賦》，《大暑賦》。

　　自建安二十二年以來，賦作漸次稀少，直到黃初三年，曹植才有
《洛神賦》的賦體寫作。而此時的賦作，也與前期唯美主義的賦作有
了大壞之別，是有別於漢大賦的寄託了深邃情感的新一代賦體。可以
說，五言詩一方面是從樂府詩中脫胎，另一方面，又植根於賦這一載
體。五言詩人基本都是先寫賦，然後從建安十六年開始大量寫作五言
詩，因此，在早期的五言詩中，不可避免地帶有許多賦的痕跡。譬如
曹植《鬥雞詩》：「遊目極妙伎，清聽厭宮商。主人寂無為，眾賓進樂
方。長筵坐戲客，鬥雞間觀房。群雄正翕赫；雙翹自飛揚。揮羽邀清
風，悍目發朱光。觜落輕毛散，嚴距往往傷。長鳴入青雲，扇翼獨翱
翔。願蒙狸膏助，常得擅此場。」〔註26〕這裡不僅僅是篇幅長短的問
題，更為重要的，是詩中顯示出來的那種鋪張揚厲的帶有賦體色彩的
詩風和細膩鋪排的體物描繪。

　　但這只是問題的一個方面，另一方面，曹植又並非是以黃初元年
曹丕的登基為分水嶺，形成前後時期不同的五言詩風格。應該說，曹
植詩風的變化，潛移默化，是從建安十七年左右就開始悄悄發生著轉
型，筆者在後文將要論證。十九首中的《涉江採芙蓉》、《庭中有奇樹》
《行行重行行》《青青河畔草》，這些詩作，都應是曹植於建安十七年
至黃初二年之間寫作的，其中的主題，大多與甄氏有關。這種不能公

〔註26〕逯欽立輯校《先秦漢魏晉南北朝詩》上，中華書局 1983 年版，第 450
　　　　頁。

示於他者的詩作，在客觀上制約著曹植的風格轉型，客觀上提出要寫作一種只有當事人才能讀懂的含蓄的、主旨不明的詩歌。在這些詩作中，辭藻的使用以及體物入微的描繪都退居到了次要的地位，詩人要渲染的某種惆悵的情緒、某種思念的心境，成為了詩作的主體構成。而這種心境，常常是含混的、含蓄的、寫意的，點到為止的，因此，也就是精練的一種審美方式。如曹植的《雜詩六首》，六首詩不一定為同時所作，《文選》收錄在一起，題為「六首」。黃節注曰：「文選李善注云：此六篇，別京已後，在鄄城思鄉而作。……」並提出分別為雍丘前後之作。〔註27〕總之，基本可以確認，如《雜詩》其一：「高臺多悲風，朝日照北林。之子在萬里，江湖迴且深。方舟安可極？離思故難任。孤雁飛南遊，過庭長哀吟。翹思慕遠人，願欲託遺音。形影忽不見，翩翩傷我心。」此詩與十九首中的《行行重行行》同一個筆法，其特點都是不僅情感深邃，怊悵述情，而且都「沉吟鋪辭」，骨力奇高，異常精練，都將那些具體的真實的場景省略，只剩下一些原型的意象而已。譬如「高臺」「北林」「江湖」「方舟」「孤雁」「過庭」「遠人」「形影」等，這些物象可以是任何場景中的景物，但實際上又必須是此一個場景中的有意之象。它們是具體的，但又不是具體的凝重之物，這就是劉勰所說的：「捶字堅而難移，結響凝而不滯」的「風骨之力」。〔註28〕其二：「轉蓬離本根，飄颻隨長風。何意回飆舉，吹我入雲中。高高上無極，天路安可窮？類此遊客子，捐軀遠從戎。毛褐不掩形，薇藿常不充。去去莫複道，沉憂令人老」。其四：「南國有佳人，榮華若桃李。朝遊江北岸，夕宿瀟湘沚。時俗薄朱顏，誰為發皓齒。俯仰歲將暮，榮耀難久恃」此詩與《青青河畔草》手法相同。

還有曹植的《失題》：「雙鶴俱遨遊，相失東海旁。雄飛竄北朔，雌驚赴南湘。棄我交頸歡，離別各異方。不惜萬里道，但恐天網張。」

〔註27〕參見黃節注《曹子建詩注》，人民文學出版社1957年版，第10頁。
〔註28〕〔南朝梁〕劉勰著周振甫注《文心雕龍注釋》，人民文學出版社1981年版，第320頁。

《雜詩》：「悠悠遠行客，去家千餘里。出亦無所之，入亦無所止。浮雲翳日光，悲風動地起」〔註29〕等，也都是後期之作。曹植此類作品，已經與十九首、蘇李詩漸次合流，雌雄難辨了。鍾嶸曾指出曹植詩風：「骨氣奇高，詞采華茂，情兼雅怨，體被文質。」這「骨氣奇高，詞采華茂」是矛盾著的兩個方面，概括言之，就是「體被文質」。曹植前後兩個時期，其詩風變異的重大表現之一，就是由華美的追求而轉向情感的深邃。

第三節　關於《今日良宴會》的作者

　　《古詩十九首》中的《今日良宴會》，應是建安遊宴詩中的一首，並且應該是曹植所作。其根據主要是：

　　1. 五言詩中的遊宴詩，最早發生在建安十六年。換言之，建安十六年之前，兩漢之際的詩人，囿於言志教化的儒家風範，尚未將審美目光屈尊下移到歌舞宴會之上，去除有爭議的十九首等古詩之外，五言詩體制，尚未創造出遊宴詩的題材。

　　2. 換個角度來說，遊宴詩題材的出現，不是輕易得來的，而是建安時期，特別是建安十五年，曹操頒發《求賢令》，引發建安時代士風轉型之後的產物。同時，也是曹操建銅雀臺，大力倡導並率先垂範親自寫作樂府歌詞的產物，而《今日良宴會》若視為東漢中後期的作品，則沒有任何的歷史根據和詩史根據。

　　3. 詩中的「新聲」，當指新興的清商樂，與十九首《西北有高樓》中的「清商隨風發」一致，在這個時代，也只有清商樂，才會有「妙入神」的審美感受，而清商樂自銅雀臺建成之後才開始流行。

　　4. 五言詩的體制，首先是在遊宴的飲酒樂舞中漸次成立。《詩經》中的宴會詩等，都還在言志詩的範疇，它們都是某種政治功利的詩歌表達，而五言詩的遊宴題材，已經由「我有嘉賓，德音孔昭」的政治

〔註29〕趙幼文校注《曹植集校注》，人民文學出版社 1984 年版，第 512～513 頁。

性的君臣宴飲轉變為審美型的、娛樂性的宴飲，並由此生發出譬如人生短暫、及時行樂的感受。其中的具體過程是建安十五年冬，曹操建成銅雀臺；二曹六子從建安十六年五月，先有南皮之遊，隨後，移師西園，在西園寫作大量的遊宴詩。應是建安十七年春，曹操在銅雀臺吟唱《短歌行》，曹植應是即席唱和，闡發父親所吟唱出來的「高言」，這應是《今日良宴會》產生的其大致背景。

筆者提出曹植可能是《今日良宴會》的作者，主要理由如下：1.詩中的「令德」指的是曹操，曹植多以「德」字稱頌其父。2.另有其他資料佐證，《今》詩中的某些詩句是曹植的斷章。3.《今》詩的寫作手法、藝術風格等，與曹植最為接近，其中的大多數詩句，都可以在曹植詩中得到印證。讓我們以新的視角來嘗試重新詮釋此詩：

> 今日良宴會，歡樂難具陳。彈箏奮逸響，新聲妙入神。
> 令德唱高言，識曲聽其真。齊心同所願，含意俱未伸。
> 人生寄一世，奄忽若飆塵。何不策高足，先據要路津？
> 無為守窮賤，轗軻長苦辛。

前文已經論證了曹操《短歌行》作於建安十六年暑期至十七年正月之間，這個時間窗口，不僅吻合於銅雀臺於建安十五年冬建成的時間，吻合於曹操發布《求賢令》的時間，同時吻合於曹操《讓縣自明本志令》發布之後一段時間的口吻心態，同此，《今日良宴會》所描述的宴會，也應該是建安十六年之後至十七年之間發生在曹魏政權之中，特別是應該發生在鄴城之中的事情。再考《今日良宴會》所呈現出來的歡樂氣氛，正與曹丕、曹植、劉楨等人的遊宴詩氣氛、風格無二。是故，應該是建安十六年至十七年春，曹操在銅雀臺酒宴上吟唱自己的新作《短歌行》，而《今日良宴會》詩當是曹植讚美其父《短歌行》的即席之作。曹操詩作是「對酒當歌」，直接說明所歌所詠之事、之時、之地，皆為目前當下之真實情景，故曰即席吟唱；而「今日良宴會」，也正指的是截斷以往、將來的當下現實，若是宴會之翌日所寫，則應是「昨日良宴會」，若是時間長久之後所寫，

則當為「往日良宴會」，吳淇《六朝選詩定論》（卷五）評：「劈首『對酒當歌』四字，正從《古詩》『今日良宴會』之『今日』二字來。截斷已過、未來，只說現前，境界更逼，時光更促，妙傳『短』字神髓。」正看出，「對酒當歌」和「今日良宴會」之間的關聯，此兩首詩，堪稱是最早的五言遊宴詩的兩篇佳作，其實，有可能正作於同時，分別為曹操、曹植父子所寫。而且，也只有今日即席所作，才會將其歡樂的場景，描繪得如此惟妙惟肖。再思整個漢魏之際的四言詩人，只有曹操能即席寫出「對酒當歌」的詩句；同此，整個漢魏之際的五言詩人，也只有曹植是具有當筵賦詩，即席而作並能寫出這麼優秀詩作的偉大詩人。而以建安十八年曹植剛剛寫作遊宴詩的《公讌詩》來比對，《今日良宴會》應該說是一個飛躍，是故，筆者前文對《短歌行》的寫作時間限定在建安十六年暑期至十七年正月的寬泛限定，應該進一步縮短為建安十七年正月的這次銅雀臺良宴，或說，此詩也不能排除十七年之後的銅雀臺宴會所作，但都沒有十七年正月所作的理由充分：1.《三曹年譜》等，將《短歌行》置於建安十五年，理由是該詩的思想和《求賢令》吻合，筆者前文論證了《短歌行》所作時間以建安十七年正月為貼近，而《今日良宴會》正是《短歌行》的別樣表達。2.建安十六年至十八年之際，乃是曹植最為歡樂的一段時間，吻合於該詩的情調。

　　同時，曹植還即席寫了《登臺賦》。同樣題材，寫作一詩一賦，詩賦同作，是當時的風尚，如建安十七年，「阮瑀卒，曹丕作《寡婦詩》《寡婦賦》，命王粲並作之。」〔註30〕

　　初唐虞世南《北堂書抄》一百一十記載：「彈箏奮逸響，新聲妙入神」為曹植《失題》逸文，趙幼文《曹植集校注‧附錄一‧逸文》中摘引此兩句，並《詮評》說：「《書抄》引為植作，當別有據，姑附錄以廣異聞。」〔註31〕其實，綜合各方面情況來看，此「逸文」並非

〔註30〕張可禮編著《三曹年譜》，齊魯書社 1983 年版，第 122 頁。
〔註31〕趙幼文校注《曹植集校注》，人民文學出版社 1984 年版，第 544 頁。

「異聞」，而確實是曹植所作，否則，不會有這麼多方面的一致性。繆鉞先生也說：「彈箏奮逸響，新聲妙入神」二句，在《古詩十九首》「今日良宴會」篇中，《北堂書鈔·樂部·箏》中引為曹植作，當別有所據。故《古詩》中是否雜有曹植之作，雖難一一確考，然就上引兩事觀之，可見昔人視曹植詩與《古詩》極近似，蓋二人（指曹植與十九首作者）撰作之途徑與態度相同也。〔註32〕是故，「彈箏奮逸響，新聲妙入神」之「新聲」，乃應是銅雀臺清商樂之「新聲」，也只有這種新興的清商樂才會有這樣的「妙入神」之「新聲」，也只有新興的清商樂，演唱的才會是這種「何不策高足，先據要路津」的有悖於儒家思想的主題情調。從詩中的「彈箏奮逸響」來看，其音樂是用箏來演奏或者伴奏的，同時，他們也多自稱這種清商樂為「新聲」「新曲」而加以讚美。這些特點，在建安時期的五言詩中可以得到許多佐證，如：「朝遊高臺觀，夕宴華池陰。……齊倡發東舞，秦箏奏西音。有客從南來，為我彈清琴。五音紛繁會，拊者激微吟。」（曹丕《善哉行·朝遊》）「絃歌奏新曲，遊響拂丹梁。餘音赴迅節，慷慨時激揚。獻酬紛交錯，雅舞何鏘鏘。」（曹丕《於譙作詩》）「搴帷更攝帶，撫節彈鳴箏。慷慨有餘音，要妙悲且清。」（曹植《棄婦篇》）「笙磬既設，箏瑟俱張。悲歌屬響，咀嚼清商。」（曹植《正會詩》）「置酒高殿上，親友從我遊。……秦箏何慷慨，齊瑟和且柔。陽阿奏奇舞，京洛出名謳。」（曹植《箜篌引》），此外，魏氏三祖不僅愛好、提倡清商樂，而且還親自撰詩合樂，曹操的《短歌行》，曹丕、曹植的許多遊宴詩作，都是其中的產物，此首《今日良宴會》也在其中。「源於民間的清商樂，經過魏氏三祖的提倡和創作，已經成為上流社會的正統音樂。……（荀勗）任用了一批富有音樂才能的樂工，如善吹笛的列和，善彈箏的郝索，善奏琵琶的朱生，善清歌的陳左，善擊節唱和的宋識、善於改編舊曲的孫氏……真可謂各

〔註32〕繆鉞著《繆鉞全集·曹植與五言詩體》，《繆鉞全集》，河北教育出版社 2004 年版，第 31 頁。

式人才齊備。」〔註33〕可知，箏確實是清商樂中的重要樂器，同時，還有「善清歌」的，「善擊節唱和」的，故詩中的「令德唱高言」，應是指曹操吟唱自己的新作場景，「彈箏奮逸響」，則說明曹操在吟唱的時候，有彈箏伴奏，並且音樂十分美妙。

　　說詩中的「令德唱高言」，是指曹操吟唱自己的新作，還需要進一步的論證。「令德」，出自《詩經》，《小雅·蓼蕭》：「宜兄宜弟，令德壽豈。」《小雅·湛露》：「顯允君子，莫不令德。」《大雅·假樂》：「假樂君子，顯顯令德。宜民宜人，受祿于天。」曹植也另有「令德」的使用：「幼有令德，光輝圭璋。」（《任城王誄》）。曹植同時所作的《登臺賦》，也有相似的表述：「見天府之廣開兮，觀聖德之所營」，其中的「聖德」正是讚美父親孟德建銅雀臺之事，以「聖德」替代父親是十分清晰的。「令德」之「德」，是曹植對其父親的敬稱，一方面，曹操字孟德，取其「德」字，另一方面，「德」是至高無上的讚美，曹植以「德」字在詩文中表達對父親的敬愛，是非常得體的。而建安十五年以來，曹操政權解構兩漢儒家教化的道統，也沒有更多的禮教約束，因此，曹植多次使用「德」字來讚美其父，如：「君子在末位，不能歌德聲。」（《贈丁儀王粲》）李注：「德聲謂太祖令德之聲也。」〔註34〕說明此處之「令德」是指曹操。有時候也用「靈德」，曹植《桔賦》：「夫靈德之所感」，趙幼文注釋：「靈德，象徵曹操恩德」，〔註35〕「靈德」與「令德」似。我們之所以很容易接受曹植以「靈德」稱謂曹操，而一時難以接受曹植以「令德」稱謂曹操，是由於先入為主的十九首為兩漢之作的錯誤觀念。傳為蘇李詩中的「令德」「明德」，如《燭燭晨明月》中的「願君崇令德」，《攜手上河梁》中的「努力崇明德」，也都應指的是曹操，另，陳琳《移豫州檄》，也曾直斥曹操是「贅閹遺醜，本無令德」（《後漢書·袁紹本傳》，2363頁），此處之「令德

〔註33〕　劉明瀾《魏氏三祖的音樂觀與魏晉清商樂的藝術形式》，《中國音樂學》1999年第4期，第69～76頁。
〔註34〕　趙幼文校注《曹植集校注》，人民文學出版社1984年版，第134頁。
〔註35〕　趙幼文校注《曹植集校注》，人民文學出版社1984年版，第61頁。

唱高言」，若真是曹植所作，就頗有一點和陳琳開玩笑的意思——以前你的檄文曾說家父「本無令德」，我倒是覺得家父就是「令德」。

「令德」的「人生寄一世，奄忽若飆塵」，正是曹操「譬如朝露，去日苦多」的別樣說法。此句「人生寄一世，奄忽若飆塵」以及十九首另有「人生天地間，忽如遠行客」這一比擬，顯然是由曹操「譬如朝露，去日苦多」變化而來。曹植受曹操影響是最為直接的、便捷的。因此，曹植也多有此類詩句：「日月不恒處，人生忽若寓。悲風來入幃，淚下如垂露。」（《浮萍篇》）十九首另有「人生非金石，豈能長壽考。奄忽隨物化，榮名以為寶。」（《回車駕言邁》）曹植《送應氏詩二首》則說：「清時難屢得，嘉會不可常。天地無終極，人命若朝霜」等。曹植《薤露行》：「人居一世間，忽若風吹塵」，〔註36〕則更是「人生寄一世，奄忽若飆塵」的別樣說法；「先據要路津」這一思想，是曹操《求賢令》之後的思想無疑。而曹植也確有極為積極的建功立業的思想。他曾說：自己要「建永世之業，流金石之功，豈徒以翰墨為勳績，辭賦為君子哉！」（曹植《與楊德祖書》）

因此，詩中讚美的「令德」之高言「人生寄一世，奄忽若飆塵」，正是曹操《短歌行》中的「譬如朝露，去日苦多」的思想，《今》詩闡發曹操的這一思想，乃是眾人共同的願望，但曹操詩中的真諦，還需要給予進一步的領會：「齊心同所願，含意俱未伸」，怎樣領會曹操的思想呢？詩中繼續說：「何不策高足，先據要路津？無為守窮賤，轗軻長苦辛。」蓋因曹操《短歌行》中的中心主題，雖然感歎生命的短促，但更為引導積極的建功立業精神，所謂「何不策高足，先據要路津？無為守窮賤，轗軻長苦辛」，正是對曹操「周公吐哺，天下歸心」這一積極建功立業主題的進一步詮釋。

從此詩的語言風格來說，也與曹植一致。關於「宴會」的描寫，曹植頗多，如：「公子敬愛客，終宴不知疲」（《公宴》）；《今》詩中的宴會場景，正是曹植《酒賦》描寫的：「獻酬交錯，宴笑無方。於是飲

〔註36〕〔唐〕歐陽詢撰《藝文類聚》，上海古籍出版社 1999 年版，第 74 頁。

者並醉，縱橫喧嘩，或揚袂起舞，或叩劍清歌；……或歎驪駒既駕，或稱朝露未晞……」的詩化表現，宴會、歡樂、器樂、歌唱，顯然是貴族生活（由此也可以兼證十九首非下層文人之作）。此外，曹植詩：「嘉賓填城闕，豐膳出中廚。吾與二三子，曲宴此城隅。秦箏發西氣，齊瑟揚東謳。肴來不虛歸，觴至反無餘。……」（《贈丁翼廙》）可以視為對此詩的補充。

曹植的性格「任性而行，不自雕勵」（陳壽《陳思王傳》），不論是「先據要路津」的吐露和「建永世之業」的「其言之不慚」（《與楊德祖書》），都與這種性格一致。故，此詩應該作於曹操《求賢令》之後，曹丕登基的黃初之前，因為到了黃初之後，曹植處在悔過自新的階段，已經不再有此「人言」了。「無為守窮賤，轗軻長苦辛」看似下層文人之語，其實，「窮」乃是仕途不順利，事業不成功，「賤」乃是地位低下，「何不策高足，先據要路津？無為守窮賤，轗軻長苦辛」，可以視為對自己的激勵，也可以視為對他者的話語。「苦辛」之語，曹植也多用之：「倉促骨肉情，能不懷苦辛！」（《送白馬王彪》其六）「苦辛何慮思，天命信可疑。」（《贈白馬王彪》其七）

關於《今日良宴會》與曹操《短歌行》「對酒當歌」的關係，吳淇《六朝選詩定論》（卷五）評：「劈首『對酒當歌』四字，正從《古詩》『今日良宴會』之『今日』二字來。截斷已過、未來，只說現前，境界更逼，時光更促，妙傳『短』字神髓。」〔註37〕其實，是「今日良宴會」從「對酒當歌」而來，是「今日」「妙傳『短』字神髓」，它們共同的特點都是「截斷已過、未來，只說現前」，因而，同樣具有「境界更逼，時光更促」的審美效果。但吳淇能看出兩首之間相似的關係，也是很有意味的事情。

當然，也可以說是曹操《短歌行》效法《今日良宴會》，但何以解釋曹操從公元 184 年寫作《對酒歌》到寫作五言詩的艱難探索歷程，

〔註37〕〔清〕吳淇撰《六朝選詩定論》，河北師範學院中文系古典文學教研組編《三曹資料彙編》，中華書局 1980 年版，第 22 頁。

曹操詩作之間的詩歌美學風範何以發生如此之大的變革和轉型？難道是曹操在三十歲之前，或說是五十歲之前沒有讀過十九首，到了建安十七年左右才讀十九首而效法之？同此，你可以說「令德」指曹操證據不足，但何以解釋「令德唱高言」的內容「人生寄一世，奄忽若飆塵」，竟然就是曹操「對酒當歌，人生幾何，譬如朝露，去日苦多」的五言詩解讀，或說就是五言詩的別樣說法？或說，這是另一次巧合，或說，這是曹操使用十九首的典故，那麼，前賢說曹植詩文中的「德聲謂太祖令德之聲也」〔註38〕，偏偏《今日良宴會》中「令德唱高言」的內容就是曹操詩句的同樣內容，何以有如此之多的巧合？曹植《薤露行》：「人居一世間，忽若風吹塵」，〔註39〕則更是「人生寄一世，奄忽若飆塵」的別樣說法，兩者之間，前句意思相同，後句「忽若」對照「奄忽」，「風吹塵」對照「若飆塵」。你也可以說，這是曹植化用十九首，但整個漢魏之際的五言詩人，為何只有曹植詩作中出現與十九首如此之多的相似、相同語句、語彙，而且，又有何證據證明曹植讀過十九首？在沒有證據的前提下說曹植化用十九首，本身就是沒有根據的說法。《書鈔》明文記載的「彈箏奮逸響，新聲妙入神」為曹植《失題》逸文，其他學者也說「《書抄》引為植作，當別有據」，〔註40〕「對酒當歌」與「今日良宴會」，都是即席寫作，偏偏漢魏之際只有曹子建具有七步成詩的急智，如此之多的巧合，連接在一起，難道都是偶然嗎？不論是東漢論者還是西漢論者都很難找出漢魏之際的任何一個詩人具有這些巧合中的任何一條。

〔註38〕 趙幼文校注《曹植集校注》，人民文學出版社 1984 年版，第 134 頁。

〔註39〕 〔唐〕歐陽詢撰《藝文類聚》，上海古籍出版社 1999 年版，第 74 頁。

〔註40〕 《曹植集校注》，趙幼文校注，人民文學出版社 1984 年版，第 544 頁。

第十二章 論植、甄隱情及與 十九首的關係

　　前一章初步論證了十九首中的一些詩作作者佚名應是曹叡於景初二年臨死之前撰錄曹植文集的結果，同時，初步論證了《今日良宴會》應是曹植於建安十七年正月所作。本章繼續深入探討植、甄之間的關係以及曹叡重新撰錄曹植文集的動機。

　　曹植與甄氏之間是否產生過愛情？這個問題在李善注《洛神賦》之後，引發了後代腐儒的群攻，爭論的焦點也集中於《洛神賦》，其中最為詳盡的，當為朱緒曾《曹集考異》：「劉克莊《後村詩話》前集：《洛神賦》子建寓言也，好事者乃造甄后事以實之，使果有之，當見誅於黃初之朝矣」，「自好事者造為感甄無稽之說，蕭統分類入於情賦，於是，曹植幾為名教所棄，而後之大儒，如朱了者亦不加察，於眾惡之餘，以附之楚人之詞之後」，「一庶人之家，污其妻若母死必報，豈有污其兄之妻而其兄宴然，污其兄子之母而其子宴然？況其身據為帝王者乎？」〔註1〕植、甄隱情，在宋、清學者看來不可思議，但在曹魏的通脫時代，並無此等強烈的貞操觀念，植、甄關係，六朝隋唐間人，未嘗疑也，蓋因六朝隋唐之間，理學未興，男女大防的觀

〔註1〕清朱緒曾《曹集考異》，《續修四庫全書‧集部‧別集類》，上海古籍出版社 2002 年版，第 450～451 頁。

念亦尚未深入人心，從朱緒曾所徵引來看，朱熹屬於「亦不加察」，至劉克莊始辨其誣，其理由很簡單「使果有之，當見誅於黃初之朝矣」，而到清末朱緒曾力辨其誣，其邏輯理由是：「一庶人之家，污其妻若母死必報，豈有污其兄之妻而其兄宴然，污其兄子之母而其子宴然？況其身據為帝王者乎」，「感甄之謗，敗壞風俗，誣衊人倫」。〔註2〕總之，所有這些人的否定，都沒有提出具體的證據來，而僅僅是從儒家的倫理道德想當然推斷出來，現當代學者也多以為是捕風捉影的小說家言，但也同樣沒有提出否定的證據。

如前所述：曹植作品的遺失，是一個歷史發展斷裂鏈條，首先與曹、甄之間的隱情有關。所謂隱情，含有兩個層面的含義：一個是曹植與甄后之間，確實存在著男女之間的愛情；另一個層面，是指曹丕、曹叡父子認為曹、甄之間有曖昧之原罪。這是兩種性質的問題，需要分辨清楚。曹叡由於不能容忍這種曖昧關係對皇室的侮辱和損害，遂有景初二年整理曹植文集的行為。以筆者之見，植、甄之間，確有隱情，這一隱情，主要體現在曹植現存的作品之中及《魏書》《魏略》《魏志》等史料中，其中王沈的《魏書》和魚豢的《魏略》，提供了比陳壽《魏志》更為真實的信息，而此兩種史書早於《魏志》，更為可信，這些有關曹魏時代的最早記錄，分別體現在甄后、曹植、曹叡、卞太后、曹丕等多人的言行中，散見於各種史料中，史料記載連同曹植詩文作品及散失的曹植作品，就像是一顆顆非常有價值的珍珠，單獨來看，似乎不能說明問題，但當把它們使用邏輯的、理性的線索串聯起來，同時，摒棄宋明以來學者給予我們先入為主的陳腐觀念，重新冷靜客觀來審視植、甄之關係，考量曹植文集的重新撰錄，我們不難得出十九首之從曹植文集中的刪除，正與曹、甄隱情有著密切關聯的結論。朱緒曾所謂「使果有之，當見誅於黃初之朝矣」的質問，似有理而實無理：甄后已見誅於黃初二年，曹植之保全，非惟太后之護

〔註2〕清朱緒曾《曹集考異》，《續修四庫全書·集部·別集類》，上海古籍出版社 2002 年版，第 451 頁。

佑，更兼由於若被誅殺，更為彰顯植、甄關係之所謂醜聞為真，曹丕既已懊悔於誅殺甄后，豈可再誅殺曹植？朱緒曾又說：「豈有污其兄之妻而其兄宴然，污其兄子之母而其子宴然？」其實，終曹丕、曹叡兩代，朝廷始終未能「宴然」，只是苦於一時未能找到報復的良策而已，因此，所謂「宴然」，是歷史的假象，假象之下面，隱藏的乃是曹植後半生的血淚生命史。

　　筆者研究植、甄隱情，主要意在探尋：1.甄后之死是否與植、甄隱情有關。2.曹植在黃初二年被灌均所告發之罪是否與植、甄隱情有關。3.曹植之死是否與植、甄隱情有關。4.曹植文集的刪改是合與植、甄隱情有關。所謂植、甄隱情，並不一定意味著植、甄之間有男女之間的越軌行為，植、甄之間是否有情事本是他們個人的隱私，後人也本不必深究，筆者之所以探討植、甄關係，是由於曹丕、曹叡、卞后等人眼中的植、甄關係已經越軌，並由此帶來沉重的歷史後果，因此，植、甄關係就不能不深入研究。

第一節　甄后之死

　　甄后之死不合情理。根據《三國志・甄后傳》，甄后之死的理由和過程非常簡單，簡單來說，就是後宮爭寵而死：「文帝納后於鄴，有寵，生明帝及東鄉公主。延康元年正月，文帝即王位，六月，南征，后留鄴。黃初元年十月，帝踐阼。踐阼之後，山陽公奉二女以嬪於魏，郭后、李、陰貴人並愛幸，后愈失意，有怨言。帝大怒，二年六月，遣使賜死，葬于鄴。」〔註3〕甄后為一代名后，是當時最為美麗賢惠的女性，並且為曹丕生有一兒一女，難道就因為爭寵就能賜死嗎？同時，以「后愈失意，有怨言」寥寥數語就能向滿朝文武大臣交代嗎？向他的繼承人曹叡又作何交代？向天下百姓、向歷史作何交代？況且，當時是個通脫的時代，說話和言論相對自由，一代皇后就因為

〔註3〕〔晉〕陳壽撰〔宋〕裴松之注《三國志・魏書・后妃傳》，中華書局1982年版，第160頁。

「怨言」而死，合情合理嗎？作為皇后之被賜死，除非造反謀逆，否則，只有出現男女私情才有可能被賜死。因此，正如有學者所說：「宮省事密，隱奧難窺。開國之初，而不能容一婦人，事涉離奇，讀史者不能不為之推尋也。」〔註4〕

對照陳壽《三國志》關於爭寵而死的記載，再看看裴松之引王沈《魏書》之記載：

> 后寵愈隆而彌自抑損，後宮有寵者勸勉之，其無寵者慰誨之，每因閒宴，常勸帝，言「昔黃帝子孫蕃育，蓋由妾媵眾多，乃獲斯祚耳。所願廣求淑媛，以豐繼嗣。」帝心嘉焉。〔註5〕

後來學者對王沈《魏書》的評價一直不高，基本上一直沿襲《晉書》、劉知幾《史通》「多為時諱」、「殊非實錄」的說法，延續至今。但以筆者之所見，其實不然，陳壽之《魏志》與王沈之《魏書》，其出發點皆是為帝王家族諱，只不過所諱的角度不同，效果因此各異，但也正是因為是從不同的視角來諱，因此才露出不少事情本相的蛛絲馬蹟。總體來看，王沈之《魏書》是表面「多為時諱」「殊非實錄」，而實際上所紀錄更為真實，陳壽《魏志》表面上如同裴松之所說「陳氏刪落，良有以也」，〔註6〕其實，陳氏乃是更大的隱諱。我們看王沈《魏書》記載的事實，是甄后「寵愈隆而彌自抑損」，對「無寵者慰誨之」，平日宴會之間，也常常勸曹丕，要「廣求淑媛，以豐繼嗣」，這些不僅與史書記載的甄氏聰慧、賢惠、知書達理的總體品格是相吻合的，而且，王沈還開列了具體的例證，例證之一：

> 其後帝欲遣任氏，后請於帝曰：「任既鄉黨名族，德、色，妾等不及也，如何遣之？」帝曰：「任性狷急不婉順，

〔註4〕盧弼著《三國志集解》，中華書局影印1982年版，第89頁。
〔註5〕〔晉〕陳壽撰〔宋〕裴松之注《三國志·魏書·后妃傳》，引〔西晉〕王沈《魏書》後按語，中華書局1982年版，第160頁。
〔註6〕〔晉〕陳壽撰〔宋〕裴松之注《三國志·魏書·后妃傳》，引〔西晉〕王沈《魏書》後按語，中華書局1982年版，第161頁。

前後忿吾非一，是以遣之耳。」後流涕固請曰：「妾受敬遇之恩，眾人所知，必謂任之出，是妾之由。上懼有見私之譏，不受專寵之罪，願重留意！」帝不聽，遂出之。

例證之二：

（建安）二十一年，太祖東征，武宣皇后、文帝及明帝、東鄉公主皆從，時（甄）后以病留鄴。二十二年九月，大軍還，武宣皇后侍御見后顏色豐盈，怪問之曰：「后與二子別久，下流之情，不可為念，而后顏色更盛，何也？」后笑答之曰：「（譚）〔叡〕等自隨夫人，我當何憂！」

例證之三：

《魏書》曰：有司奏建長秋宮，帝璽書迎后，詣行在所，后上表曰：「妾聞先代之興，所以饗國久長，垂祚後嗣，無不由后妃焉。故必審選其人，以興內教。今踐阼之初，誠宜登進賢淑，統理六宮。竊自省愚陋，不任殊榮之事，加以寢疾，敢守微志。」璽書三至而后三讓，言甚懇切。時盛暑，帝欲須秋涼乃更迎后。會后疾遂篤，夏六月丁卯，崩于鄴。帝哀痛諮嗟，策贈皇后璽綬。〔註7〕

此三個例證，都是具體的事例，都是有名有姓，有言談對話的具體記載，且都吻合於甄氏的性格，對於後人理解甄后以及理解甄后之死，至為重要。陳壽將這些具體的記載一概刪除不用，僅僅以「后愈失意，有怨言。帝大怒，二年六月，遣使賜死」，聊聊十八字一筆代過。那麼，究竟是誰在「多為時諱」，不言自明。王沈之諱，諱在對甄氏之死的具體過程，但卻通過三條具體事例，暗示了事情的真相：其例證之一，說明甄后賢德，不可能因為後宮之間的嫉妒而死；例證之二，說明早在建安二十二年，甄氏就發生了離別丈夫一年反而「顏色豐盈」「顏色更盛」的怪異現象，顯示了甄氏有可能情感出軌的蛛絲馬蹟；例證之三，是說曹丕在黃初元年剛剛與甄后分手的時候，曾發

〔註7〕〔晉〕陳壽撰〔宋〕裴松之注《三國志‧魏書‧后妃傳》，引〔西晉〕王沈《魏書》後按語，中華書局 1982 年版，第 160～161 頁。

生「璽書迎后」「璽書三至而三讓」的事情，而甄后的「三讓」話語，甚為懇切，是真的不想去洛陽與曹丕會面。這「三讓」，是不合情理的。曹丕登基為帝，「有司奏建長秋宮」，長秋宮乃是皇后宮，這不僅僅是一家之大事，也是朝廷、國家之大事，作為皇后的甄氏，竟然推諉不去，其中真正的原因是什麼？這是一個需要研究的問題。以筆者的觀點來看，其中可能包含著雙層的原因：首先是對曹丕代漢稱帝的不贊成，這可以說是政治的因素；但這一條因素，並無明確的資料可以佐證。其次，是植、甄之間從建安二十一年以來的隱情，曹植此時期應該還在鄴城。

王沈真正的隱諱，是「會后疾遂篤，夏六月丁卯，崩于鄴」，這個說法顯然是難以欺騙後人的（譬如史書記載曹叡知道甄后之死真相之後的一些報復行為）。甄后賜死之事既然難以隱瞞，後宮嬪妃之間的嫉妒爭寵這一理由，就成為必然的選擇。這樣，再來理解陳壽將王沈《魏書》中有關甄后賢德的記載大量刪除的原因，就比較清楚了。王沈乃是小諱，陳壽才是大諱。不論是王沈關於甄后賢惠寬仁而死於疾病的記載，還是陳壽刪除之而直接將其歸於爭寵賜死，兩者皆可以說是欲蓋彌彰。但兩者之間矛盾的說法，正為甄后之死的歷史疑案提供了解決的縫隙，特別是前者，提供了更為可靠的線索。

同此，再來看甄后的所謂病情，建安二十一年之病，有可能是真的生病，但翌年大軍歸還，分明記載了甄后「顏色更盛」的事實。甄后病癒，而且比平日顏色更盛。隨曹丕去洛陽登基踐阼，這是何等榮耀的大事，不為別的，即便是為了鞏固後宮的地位，也應該勉強隨行，再退一步，不為自身的皇后地位，為了曹丕的臉面，朝廷的臉面，也總應該在登基慶典，或是長秋宮落成的慶典上蒞臨，以便母儀天下；再退一步，這些都不為，就是為了自己的兒子曹叡的太子地位，也應該勉強赴洛，但璽書三至三讓，三讓之言詞皆為懇切，並非客套：「妾聞先代之興，所以饗國久長，垂祚後嗣，無不由后妃焉。故必審選其

人，以興內教。今踐阼之初，誠宜登進賢淑，統理六宮。妾自省愚陋，不任粢盛之事，加以寢疾，敢守微志。」玩味甄后之語，並非真正「疾遂篤」，若是疾病原因，則所讓之奏章應該是強調疾病，而此奏章，講了一通大道理，不是一般的勸諫皇上「廣求淑媛，以豐繼嗣」，而是要皇上「誠宜登進賢淑，統理六宮」，分明是請曹丕另立皇后。古往今來，何曾有過皇后自請另立她人「統理六宮」之事？其理由除了前面的大道理之外，自身的原因竟然是：「妾自省愚陋，不任粢盛之事，加以寢疾，敢守微志」，「粢」，《爾雅·釋草》解為：「稷」，郭璞注：今江東人呼粟為粢；「盛」，《說文》：黍稷在器中以祀者也，又：《尚書·泰誓》：「犧牲粢盛」，孔安國傳為：「黍稷曰粢」，「在器曰盛」，可知，甄氏此處所說「妾自省愚陋，不任粢盛之事」，是對主持長秋宮落成典禮的推辭之詞。甄氏為當時天下之第一大美女和才女，王沈《魏書》記載：「年九歲，喜書，視字輒識，數用諸兄筆硯」，並說：「聞古者賢女，未有不學前世成敗，以為己誡。不知書，何由見之？」〔註8〕因此，可能就連甄氏自己也覺得難為理由，最後才蜻蜓點水，說「加以寢疾」四字，連續多年以「寢疾」為由，不與丈夫同征、同行、同居，而事實上卻是「顏色更盛」，其中必定另有隱情。

甄后之美，各種史料中多有記載，裴松之注引《世語》：「姿貌絕倫」，〔註9〕《魏略》記載曹丕鄴城一見而「擅室數歲」；李善引《記》記載曹植十三歲初見甄氏，「晝思夜想，廢寢與食」；〔註10〕《魏志》記載劉楨甘願「以不敬被刑」〔註11〕而平視甄氏；《琅嬛記》：「甄后既入魏宮，庭有一綠蛇，口中恒有赤珠，若梧子大，不傷人，人欲害

〔註 8〕〔晉〕陳壽撰〔宋〕裴松之注《三國志·魏書·后妃傳》，引〔西晉〕王沈《魏書》後按語，中華書局 1982 年版，第 159 頁。

〔註 9〕〔晉〕陳壽撰〔宋〕裴松之注《三國志·魏書·后妃傳》引〔西晉〕王沈《魏書》後按語，中華書局 1982 年版，第 160 頁。

〔註10〕〔南朝梁〕蕭統編〔唐〕李善注《文選》，中華書局 1977 年版，第 269 頁。

〔註11〕〔晉〕陳壽〔宋〕裴松之注《三國志·魏書·劉楨傳》，中華書局 1982 年版，第 601 頁。

之，則不見矣。每日后梳妝，則盤結一髻形於後，前後異之，因效而為髻，巧奪天工。故後髻每日不同，號為靈蛇髻。宮人擬之，十不得一二也」，這是關於甄后髮髻之美的傳說〔註12〕；李商隱《蜂》詩說：「宓妃腰細才勝露」。後兩條資料都有傳說的、文學的成分，但若參見前文所引之各種史料，則傳說也有其真實的因素。其中後者可能是來自於曹植《洛神賦》中的「腰如約素」，若說曹植《洛神賦》是感甄而不可信，那麼，曹植能作為洛神藝術原型的，除了就在眼前的甄氏還能有何人？甄后之美，於曹丕而言，未有大罪，何以處死如此之絕代美人；於曹植而言，未有甄后之美，曹植不足以「干天憲」。兼之甄后是這個時代唯一能寫詩的女性，正如有學者所說：「魏婦人能詩，僅甄后一人」，〔註13〕甄后現有《塘上行》傳世，未被流傳之作，也不知還有哪些，這是曹植甘願為之負罪的雙重原因。

第二節　曹植之罪

男女之隱情，必定是雙方的，筆者前文已經論證，與甄氏發生這種隱情的人是曹植，其中的關鍵點：1.甄后被賜死的黃初二年，曹植是否也同時被認為有罪，而且應該是非常嚴重的罪行。2.此後曹植是否長時期背負著這一罪行的無形枷鎖。3.各種史書對曹植在黃初二年所犯罪行的內容和性質如何記載和評定。4.黃初二年之前後，關於植、甄之間是否流露出過蛛絲馬蹟。

一個重要的時間之窗，是甄后被賜死的黃初二年，曹植是否也同樣有罪並被懲處，這是一個非常關鍵的問題。《魏志·曹植傳》記載：「文帝即王位，誅丁儀、丁廙並其男口。植與諸侯並就國。黃初二年，監國謁者灌均希旨，奏『植醉酒悖慢，劫脅使者』。有司請治

〔註12〕〔元〕伊世珍、席夫輯《琅嬛記》卷上，叢書集成初編，中華書局1991年版，第26～27頁。

〔註13〕〔明〕胡應麟《詩藪》外編卷一，上海古籍出版社1958年版，第137頁。

罪，帝以太后故，貶爵安鄉侯。其年改封鄄城侯。三年，立為鄄城王。」〔註14〕這是一段治三國史者耳熟能詳的資料，但這段資料，仍有令人深思之處：1.曹植後半生一直被以罪臣對待，但其罪過，並非是發生在曹操死年的建安二十五年、延康元年、黃初元年，曹植與曹丕爭位、爭寵是人所共知的事實，但在曹操之死的突然變故中，曹植表現出了他的識大體、顧大局的品性，事見《魏略》：（曹操死後），「（曹）彰至，謂臨淄侯曰：『先王召我者，欲立汝也。』植曰『不可。不見袁氏兄弟乎？』」〔註15〕是故，爭位之事，若說有故，唯有任城王曹彰一人而已，與曹植無涉，隨著曹丕登上王座，曹植等人就國，此事對於曹植來說已經初步了結：「帝即王位，彰與諸侯就國。」〔註16〕很清楚，曹植是在爭寵、爭位之外，另有新罪，這一新罪是什麼，各種史書均語焉不詳，只知道與甄后獲罪同年的黃初二年，曹植受到了監國謁者灌均的告發，說曹植是「醉酒悖慢，劫脅使者」，但「醉酒悖慢，劫脅使者」，不過是喝酒喝多了，有衝動之舉，做了威脅使者的舉動而已，並非像後來史書記載的幾乎被殺頭之罪。因此，此八個字，顯然只是灌均原奏章中的一部分，而且是最為表面的部分文字。此外，曹植因何「醉酒悖慢，劫脅使者」？或說是為曹操之死，自己未得王位，但曹操死於建安二十五年正月，而曹植獲罪卻是在黃初二年，已經一年有餘，若說仍是爭奪王位之事，不合情理。唯一合理的解釋，就是灌均發現了植、甄隱情的某些證據，譬如兩人之間的詩作、信物等，曹植對灌均發出威脅，要劫持、搶下這些物證。這一推斷，從曹植以後自身多次提及的這次「罪行」的言行中可以得到證明。

〔註14〕〔晉〕陳壽撰《三國志・魏書・曹植傳》，中華書局 1982 年版，第561 頁。

〔註15〕〔晉〕陳壽撰〔宋〕裴松之注《三國志・魏書・曹彰傳》，引〔魏〕魚豢《魏略》，中華書局 1982 年版，第 557 頁。

〔註16〕〔晉〕陳壽撰〔宋〕裴松之注《三國志・魏書・曹彰傳》，中華書局1982 年版，第 556 頁。

　　首先是曹植在事發時候的請罪。《魏略》記載:「初植未到關,自念有過,宜當謝帝。乃留其從官著關東,單將兩三人微行,入見清河長公主,欲因主謝。而官吏以聞,帝使人逆之,不得見。太后以為自殺也,對帝泣。會植科頭負鈇鑕,徒跣詣闕下,帝及太后乃喜。及見之,帝猶嚴顏色,不與語,又不使冠履。植伏地泣涕,太后為不樂。召乃聽復王服。」〔註17〕「初植未到關」,曹植何時何地「未到關」,語焉不詳,但從文中「宜當謝帝」等來看,自然是灌均「希旨」之後的黃初二年。黃節《黃節注漢魏六朝詩六種》引朱緒曾《曹集考異》說:「子建於黃初二年甄后賜死之日,即灌均希旨之時,文帝日以殺植為事,敢和甄詩以速禍耶?」〔註18〕朱緒曾本來是辯駁曹植《蒲生行浮萍篇》並非曹植對甄后《塘上行》的和詩,卻透露出來了筆者前文辨析的「黃初二年甄后賜死之日,即灌均希旨之時」的結論,也說明清代學者已經將曹植於黃初二年所犯之罪行與甄后隱情有關視為一個客觀的事實,這樣,不論植、甄之間是否真有隱情,至少曹丕、曹叡父子這樣認定,這是不爭的事實。

　　再看曹植從何地而來,《魏略》說是「留其從官著關東」,鄄城和鄴城都在洛陽之東北方向,應該是此兩者之一。而從曹植「自念有過」,先見清河長公主,「欲因主謝」來看,曹植自己就認為自己的罪行非常嚴重,因此,才先去見長公主求情,至於曹植的行為:「科頭負鈇鑕,徒跣詣闕下」,曹植光頭赤足,負荊請罪,而且所背著的不是荊條,而是鈇質,《公羊傳·昭公二十五年》:「君不忍加之以鈇鑕,賜之以死。」何休注:「鈇鑕,要(腰)斬之罪。」則鈇質乃是鍘刀,則曹植自請的處分乃是腰斬;在《謝初封安鄉侯表》中說:「臣抱罪即道,憂惶恐怖,不知刑罪當所限齊。陛下哀愍臣身,不聽有司所執……懼

　　〔註17〕〔晉〕陳壽撰〔宋〕裴松之注《三國志·魏書·曹植傳》,引〔魏〕魚豢《魏略》,中華書局1982年版,第564頁。
　　〔註18〕黃節《黃節注漢魏六朝詩六種》,人民文學出版社2008年版,第129頁。

於不修，始違憲法；悲於不慎，速此貶退……臣自知罪深責重，受恩無量，精魄飛散。」〔註 19〕「不聽有司所執」，說明有司所擬定的罪刑非常嚴重，「懼於不修」「悲於不慎」，正意在說明自己之罪乃是一時不慎。另，此處之使用「恐怖」「精魄飛散」等〔註 20〕，並非罪臣的套語，而是曹植抱罪就道的真實心情。

其次，是曹丕的態度。曹丕與太后的表現更是嚴峻，先是：「帝使人逆之，不得見」，而太后「以為自殺也，對帝泣」。等到曹植「科頭負鈇鑕，徒跣詣闕下」，「帝及太后乃喜」，但「及見之，帝猶嚴顏色，不與語，又不使冠履」，一直到「植伏地泣涕，太后為不樂」，才下召，「乃聽復士服」。可知，曹植也承認自己闖下了彌天大禍，這顯然不是「醉酒悖慢」的罪行。王沈《魏書》載詔曰：「植，朕之同母弟。朕於天下無所不容，而況植乎？骨肉之親，捨而不誅，其改封植。」〔註 21〕曹丕的這道詔書，更說明了曹植之罪的嚴重性，否則，曹丕難以向天下人交代為何要誅殺曹植，「骨肉之親，捨而不誅」，正說明了其案之嚴重。最後處罰的結果是：「有司請治罪，帝以太后故，貶爵安鄉侯、其年改封鄄城侯。」曹植真正貶謫的第一個就國之地在鄄城，這是很有意味的，後來學者或說《感甄賦》確有其文，但「甄」並不是甄后之「甄」，而是鄄城之「鄄」。「鄄」與「甄」通，因此應當是「感鄄」。如朱乾在《樂府正義》中說，「感甄」之說確有，但所感者並非甄妃，而是曹植黃初三年的被貶地鄄城等，不一而足，皆出於邏輯推理，殊不知，愛情之為愛情，是不受邏輯以及理智的限制的，世俗皆認為不可之事，對於當事人來說，不一定不可，他們自有他們的情愛觀念。事實上，以筆者閱讀到的《魏書》《魏略》等較早記載的資料來

〔註 19〕〔魏〕曹植《謝初封安鄉侯表》，趙幼文校注《曹植集校注》，人民文學出版社 1984 年版，第 237 頁。

〔註 20〕〔魏〕曹植《謝初封安鄉侯表》，趙幼文校注《曹植集校注》，人民文學出版社 1984 年版，第 237 頁。

〔註21〕〔晉〕陳壽撰〔宋〕裴松之注《三國志‧魏書‧曹植傳》，引〔西晉〕王沈《魏書》，中華書局 1982 年版，第 562 頁。

看，恰恰相反，不是後人對曹植、甄后的附會傳說，而是由於後人出於倫理道德的「愛護」、避諱，反而遮蔽了曹丕、曹叡父子扼殺曹植、甄后愛情和詩文作品的醜行，從而造成了十九首等文學史的千古迷案。《諸史考異》考「鄄城」曰：「『甄』，今作『鄄』，音『絹』。頤煊案：春秋左氏：莊公十四年，會於鄄。注：鄄，衛地，今東郡鄄城也。《釋文》曰：甄城，音絹，或作「鄄」，古字通用。」〔註 22〕趙一清《三國志注補》：「注，又紹與臣書云：『可都甄城』，『甄』當作『鄄』」〔註 23〕可知，鄄城即是甄城，甄、鄄古字通用，袁紹曾勸曹操以鄄城為都，其書卻寫為「甄城」，亦可知當時兩字通用。將曹植封地定在鄄城，這一巧合其本身可能就是植、甄隱情在暴露之後曹丕報復的結果，其中暗含的意謂可能是：你不是愛甄嗎？那就永遠到甄去吧。這種事例古代非常多，宋人魯直的貶謫地在宜州，子瞻的貶謫地在儋州，子由的貶謫地在雷州，以文字遊戲來施加報復，這是當權者陰暗仇恨心理的一種習慣表現。

再次，是卞太后的態度。曹植雖然因為卞太后的緣故而未獲死罪，但並不等於卞后就一直袒護著曹植，卞后對自己的這個小兒子的態度是有變化的，變化的轉折點，正是灌均所告發的這次事件。王沈《魏書》說：「東阿王植，太后少子，最愛之。後植犯法，為有司所奏，文帝令太后弟子奉車都尉蘭持公卿議白太后，太后曰：『不意此兒所作如是，汝還語帝，不可以我故壞國法。』及自見帝，不以為言。」〔註 24〕「不意此兒所作如是，汝還語帝，不可以我故壞國法」，可知，曹植之罪，就連一向最為喜愛他的太后也不能原諒，這就更不能是「醉酒悖慢」之罪。而且，幾乎每個人、每處提及曹植罪行的詔書、話語，

〔註 22〕〔清〕洪頤煊撰《諸史考異》一，中華書局，叢書集成初編 1991 年版，第 5 頁。

〔註 23〕〔清〕趙一清撰《三國志注補》，《續修四庫全書》，史部正史類，卷一，上海古籍出版社 1995 年影印版，第 14 頁。

〔註 24〕〔晉〕陳壽撰〔宋〕裴松之注《三國志‧魏書‧后妃傳》，引〔西晉〕王沈《魏書》，中華書局 1982 年版，第 157 頁。

都對曹植罪行的具體名目避而不談，採用「所作如是」之類的代用語來指陳，這正是漢民族對兩性越軌罪行的習慣風俗。

　　再其次，看其他大臣的態度和曹植在就國之後的情況。可以說，正是灌均之指控的陰影，一直影響著、壓抑著曹植的整個後半生，一直到死，曹氏政權都因此而未能真正原諒他。曹植《寫灌均上事令》說：「孤前令寫灌均所上孤章，三臺九府所奏事，及詔書一通，置之座隅，孤欲朝夕諷詠，以自警誡也。」〔註25〕灌均所上奏章的原文，以及三臺九府的奏章，已經不可見，但決不會簡單的是「醉酒悖慢，劫脅使者」八個字，此八個字，也不值得三臺九府都紛紛上章奏事，從種種跡象來看，灌均所奏和三臺九府之所奏，都應是植、甄隱情。如果說，在登位問題上，曹丕有對不起曹植的地方，但在情愛方面，曹植與甄后的私情被揭發，曹植就觸犯了宮廷和天下在當時的共同道德底線，從而使輿論從同情曹植而轉向了對曹丕的同情。這一點，就連曹植也不能不承認自己有罪。曹植在就國之後，一直到明帝太和時期，幾乎每次上表都還念念不忘提到自己的這次原罪：在《封鄄城王謝表》中說自己：「狂悖發露，始干天憲，自分放棄，抱罪終身。」〔註26〕「始干天憲」，是說自己犯了國法；黃初四年，曹植徙封雍丘王，其年朝京都，曹植上疏說：「追思罪戾……形影相弔，五情愧赧。以罪棄生，則違古賢『夕改』之勸，忍活苟全，則犯詩人『胡顏』之譏……是以愚臣徘徊於恩澤而不能自棄者也。」〔註27〕說自己處於生死兩難之尷尬境地，之所以選擇胡顏苟活，是為了「明君之舉也」。

　　更為明顯的，是《魏志》記載，曹植在魏明帝太和二年，上疏求自試說：「臣聞明主使臣，不廢有罪。故奔北敗軍之將用，秦魯以成其

〔註25〕〔魏〕曹植《寫灌均上書令》，趙幼文校注，《曹植集校注》，人民文學出版社 1984 年版，第 240 頁。

〔註26〕〔魏〕曹植《封鄄城王謝表》，趙幼文校注，《曹植集校注》，人民文學出版社 1984 年版，第 246 頁。

〔註27〕〔晉〕陳壽撰〔宋〕裴松之注《三國志‧魏書‧曹植傳》，中華書局 1982 年版，第 562 頁。

功；絕纓盜馬之臣赦，楚趙以濟其難。」〔註28〕曹植平生未曾領軍打
仗，是故奔北敗軍之將，與其無關，乃為虛指；而「絕纓盜馬之臣赦」，
卻是實指。曹植自然未曾盜馬，但「絕纓」典故的使用，卻清楚說明
了自己在黃初二年所犯罪行的內容。「絕纓」典故源於漢代劉向的《說
苑・復恩》，說楚莊王賜群臣酒，日暮酒酣，燈燭滅，乃有人引美人之
衣者，美人援絕其冠纓，而楚王乃命左右皆絕纓，原諒了這位冒犯君
王美人的將軍，後來這位將軍建立了奇功。曹植上疏以求自試，所舉
帝王「不廢有罪」，原諒下屬的幾種錯誤中，必定應該有一種暗指自
身，否則其求自試，難說有誠意，而此羅列之三種情況，奔北敗軍、
絕纓、盜馬，顯然前後兩種均與曹植無關，唯有絕纓故事，不僅與曹
植有關，而且，吻合於曹植與帝王之間的關係。「不廢有罪」，再次說
明曹植承認自己有罪。

　　因此，甄后之死與曹植黃初二年之罪，應該是同一個罪名，而告
發者是監國謁者灌均，史書記載灌均是「希旨」，灌均受何人指使，史
書含混其詞，一般人會理解為曹丕，其實不然。黃初二年，已經是曹
丕繼承大統之後一年多的時間了，曹植在有機會繼位的時候都沒有採
納曹彰之言，何況一年多之後？曹植很有可能在建安二十二年左右，
在得到了甄氏的愛情之後，已經對權位的爭奪沒有那麼大的興趣了。
這一點，古人也已經看出，如劉克莊認為曹植之所以不被立為太子，
是由於他「素無此念，深自斂退」，否則，「使其少加智巧，奪嫡猶反
手耳。」〔註29〕說「素無此念」並不準確，否則何以解釋長時期以來
的兄弟之間的繼承人之爭，但從建安後期的三四年左右的時間裏，曹
植確實表現出了「深自斂退」的跡象。陳壽《魏志》記載：「太祖征孫
權，使植留守鄴。」這正是甄后以疾病留守鄴城之時。又記載：「植嘗
乘車行馳道中，開司馬門出」，曹植聰慧之人，為何要觸犯律令？何

〔註28〕〔晉〕陳壽撰〔宋〕裴松之注《三國志・魏書・曹植傳》，中華書局
　　　　1982 年版，第 567 頁。
〔註29〕參見〔宋〕劉克莊撰，王秀梅點校，《後村詩話》，前集卷一，中華書
　　　　局 1983 年版，第 2 頁。

謂「司馬門」，《漢書‧元帝紀》記載：（初元五年）令從官給事宮司馬中者，得為大父母、父母、兄弟通籍。師古曰：「……司馬門者，宮之外門也。衛尉有八屯，衛候司馬主衛士徼巡宿衛。每面各二司馬，故謂宮之外門為司馬門。」曹植由司馬門去何處見何人？裴松之注引《魏武故事》載令曰：「自臨淄侯植私出，開司馬門至金門，令吾異目視此兒矣。」〔註30〕「金門」又是什麼門？誰人居住？《辭源》解釋為：「金馬門的省稱」，「漢武帝得大宛馬，乃命東門京以銅鑄像，立馬於魯班門外，因稱金馬門……金馬門者，宦官屬門也，門旁有金馬，故謂之曰『金馬門』。」〔註31〕曹植緣何夜闖司馬門而去金馬門？所去會見何人？這是千載之謎，不可破譯，但這至少是曹植的一個違背情理的事例。或說，曹植是飲酒大醉所致，並沒有什麼目的，但《魏武故事》所載的曹操詔令，分明說是「私出，開司馬門至金門」，並無醉酒的用詞，而且是去金門的有目的之行。

　　另，《魏志》記載，建安二十四年，「太祖以植為南中郎將，行征虜將軍，欲遣救仁，呼有所敕戒。植醉不能受命，於是悔而罷之。」〔註32〕這次事件非常重大，可能是曹植最後的一次重新取得曹操信任的機會，裴松之注引《魏氏春秋》說：「植將行，太子飲焉，逼而醉之。王召植，植不能受王命，故王怒也。」這可能是真實的，但問題是，曹子建天才過人，不會看不出曹丕的用意，也應該能有智慧躲過這一劫難，為何在受此重大委託之際，仍然醉酒誤事呢？人在熱戀之中，往往會迷失自我，以上我們尋找到如此之多的材料，通過邏輯的內在鏈接，已經能清晰地看出植、甄之間的隱情，而且，不是一般的情感，而是驚天動地的千古奇戀，那麼，在曹植的潛意識裏，是否會有為了片刻的相守，世間的一切都可以放棄的念頭呢？不得而知，但

〔註30〕〔晉〕陳壽撰〔宋〕裴松之注《三國志‧魏書‧曹植傳》，引《魏武故事》，中華書局 1982 年版，第 558 頁。

〔註31〕《辭源》，商務印書館 2001 年版，第 3157、3165 頁。

〔註32〕〔晉〕陳壽撰，〔宋〕裴松之注《三國志‧魏書‧曹植傳》，中華書局 1982 年版，第 558 頁。

至少有一個事實，那就是曹植自從建安十九年之後，到曹操去世之前，就再也沒有離開甄后所在鄴城。

曹植少年時代生活在鄴城，建安九年八月，曹操攻克鄴城之後，一直生活在鄴城，翌年，曹植十四歲，第一次隨父出征袁譚，曹植《求自試表》：「臣昔從先武皇帝……東臨滄海」，《三國志集解》卷一九引林暢園：「『東臨滄海』，疑破袁譚，在建安十年也」，可從。第二次，為建安十二年五月，曹操北征三郡烏桓，曹植十六歲從征，曹植《求自試表》：「北出玄塞」，《三國志集解》卷一九引趙一清：「玄塞，盧龍之塞也」，可從。但此兩次或為一次，皆為第二次，還需考辨，姑從《三曹年譜》第三次，曹丕《感離賦》記載：「建安十六年，上西征，余居守，老母諸弟皆從。」曹植從征，有作《離思賦》。第四次，建安十七年十月隨父出征孫權，十八年春，隨父兄至譙。《初學記》卷九載曹丕《臨渦賦》：「上建安十八年至譙，余兄弟從上拜墳墓」，朱緒曾《曹集考異》卷四注《臨渦賦》題曰：「《穆修參軍集·過渦河詩》自注：『昔曹子建臨渦作賦，書於橋上。』」〔註33〕《藝文類聚》卷三十，載曹植《歸思賦》：「背故鄉而遷徂，將遙憩於北濱。經平常之故居，感荒壞而莫振」，四月隨曹操還鄴。

建安十九年之後，則只見曹丕隨征而曹植留鄴的記載，分別是建安十九年七月，曹操征孫權，曹植留鄴，這次時間較短，曹操十月自合肥還。建安二十年，曹丕在孟津，有《孟津》詩，二十一年十月，曹操征孫權，曹丕從征，曹植留守，至翌年三月曹操引軍還。此後，一直到建安二十五年正月，曹操死於洛陽之前，都沒有見到曹植離開過鄴城的記載。但建安二十五年正月，曹植應該是在洛陽的，這是一個特例。《魏志·曹彰傳》記載：「太祖至洛陽，得疾。驛召彰，未至，太祖崩」，《魏略》：「彰至，謂臨淄侯植曰：『先王召我者，欲立汝也。』植曰：『不可，不見袁氏兄弟乎？』」陸機在元康八年遊秘閣，而見魏

〔註33〕〔清〕朱緒曾《曹集考異》卷四，《續修四庫全書》集部，上海古籍出版社 2002 年版，第 463 頁。

武帝遺令，作《弔魏武帝文一首》，引武帝《遺令》：「持姬女而指季豹以示四子曰：『以累汝！』……今以愛子託人。」《文選》卷六十該句下李善注引《魏略》曰：「四子，即文帝已下四千也。太祖崩，文帝受禪，封母弟彰為中牟王，植為雍丘王，庶弟彪為白馬王，又封支弟豹為侯。然太祖子在者十一人，今唯四子者，蓋太祖崩時，四子在側。」〔註34〕曹操是年正月至洛陽，曹植是聞父王有疾從鄴城趕過來的，還是跟隨曹操至洛，史無記載。

　　曹植在建安後期的兩次不合情理的舉動——夜闖司馬門和醉不能受命，無論其中是否別有隱情，都表明曹植在建安的最後幾年中都一反常態，基本沒有離開甄氏所在的鄴城，這是不爭的事實。總之，曹植黃初二年之罪已經和權力之爭無關。而曹丕不可能授意灌均告發曹植與甄后的隱情，這是自己的醜聞，授意灌均告發的人物，唯一的可能，是曹植和甄后共同的另一個對手——郭后。

第二節　曹叡之怒

　　郭后在曹丕繼位方面，居功至偉：「文帝定為嗣，后有謀焉」，而「甄后之死，由后之寵也。」〔註35〕可見，郭后是曹植和甄后的共同對手。《魏志》含混地說甄后之死，是由於郭后之寵，那麼，郭后之寵，緣何就引發了甄后之死，其中的具體理由，各種史書均沒有明確記載。《魏略》記載：「明帝既嗣立，追痛甄后之薨，故太后以憂暴崩。甄后臨沒，以帝屬李夫人。及太后崩，夫人乃說甄后見譖（讀如怎，去聲，誣陷）之禍，不獲大赦，被髮覆面，帝哀恨流涕，命殯葬太后，皆如甄后故事。」〔註36〕《漢晉春秋》記載：「初，甄后之誅，由郭

〔註34〕〔南朝梁〕蕭統編〔唐〕李善注《文選》卷六十，中華書局1977年版，第833頁。
〔註35〕參見〔晉〕陳壽撰〔宋〕裴松之注《三國志·后妃傳》，中華書局1982年版，第164頁。
〔註36〕〔晉〕陳壽撰〔宋〕裴松之注《三國志·魏書·后妃傳》，引〔魏〕魚豢《魏略》，中華書局1982年版，第166～167頁。

后之寵，及殯，令被髮覆面，以糠塞口，遂立郭后，使養明帝。帝知之，心常懷憤，數泣問甄后死狀。郭后曰：『先帝自殺，何以責問我，且汝為人子，可追仇死父，為前母枉殺後母邪？』明帝怒，遂逼殺之，敕殯者使如甄后故事。」〔註37〕此兩段資料，略有出入，前者記載的郭后「以憂暴崩」，甄后死狀，是由李夫人在郭后死後「乃說甄后被譖之禍」，而《漢晉春秋》記載，是明帝對甄后之死早就知道，待繼位之後，「遂逼殺之」，並且，還不解恨，「敕殯者使如甄后故事」，也就是如同甄后「被髮覆面，以糠塞口」而死，郭后也同樣下葬。不論是哪一種記載，都可知曹叡對其生母之死的憤怒心情，在這種仇恨之中，曹植想要得到明帝的原諒，再次得到任用，實在是一個天真的想法。明帝沒有逼殺曹植，而且，為曹植增加封邑，已經是皇恩浩蕩了。當然，曹植於太和六年在京城參加明帝的御宴之後，回到自己的封邑不久就死去了，其中也有蹊蹺之處。明帝是否在酒宴中下毒謀殺，採用某種不是即刻見效的藥物，也不能排除。其可能的因素大抵如下：

1. 曹叡對甄后之死，痛恨徹骨，以對郭后的態度，可以見出，曹叡是個睚眥必報的人，對後母能夠「逼殺之」，並以「被髮覆面，以糠塞口」的殘忍方式對待死者，對曹植這個使生母慘死的禍根，豈能輕易放過？曹植在明帝太和年間生活了六年，其生活狀態之悲慘，從各種史料的記載中可見一斑。丕固然恨曹植，但在臨死之前的黃初六年，還曾臨幸曹植當時所在的雍丘：「六年，帝東征，還過雍丘，幸植宮，增戶五百。」〔註38〕而在曹植的有生之年，曹叡未曾有過一次這樣的關懷，相反：「又植以前過，事事復減半」，「以前過」三字，分明說出了曹叡對曹植的不能原諒。

〔註37〕 〔晉〕陳壽撰〔宋〕裴松之注《三國志·魏書·后妃傳》，中華書局
　　　　　1982 年版，第 166～167 頁。
〔註38〕 〔晉〕陳壽撰〔宋〕裴松之注《三國志·魏書·曹植傳》，中華書局
　　　　　1982 年版，第 565 頁。

2. 曹植天性是詩人，不能體察明帝對待自己的態度，在明帝登基之後，多次上疏，以求自試，其中多有犯忌諱之處，譬如前文所舉的「絕纓」用典。曹叡對甄后之死，既有滿腔的憤怒，又有極深的忌諱，因此，一方面要報復，另一方面又要隱諱，不希望這段家醜被外人議論。而曹植偏偏天真，以楚王的寬容來游說明帝，這是讓曹叡不滿的一個原因。而曹植當年，以及在甄后死後所寫的對甄后懷念的作品，都無異於給曹叡傷口撒鹽，臉上抹黑，《洛神賦》就是其中之一。曹植上疏犯的另一個忌諱，是政治方面的，曹植在太和六年之間的上疏，其特點一是數量多，如《魏志》中記載的，有列於太和二年之後的一篇（即採用絕纓典故之文）。裴松之在此段文字之後，注引《魏略》補充：「植雖上此表，猶豫不見用，故曰：『大人貴生者……彼一聖一賢，豈不願久生哉？志或有不展也。是用喟然求試，必立功也。嗚呼，言之未用，欲使後之君子知吾意者也。』」〔註39〕這段注引，說明了曹植這個時期所上的奏章，比之《魏志》所載還要多；同時，曹植言多語失，特別是曹植心情鬱鬱，自恃是曹叡的叔叔，身為長輩，且自恃其才華，此文中自比聖賢，又說：「言之未用，欲使後之君子知吾意者也」，既給明帝抹黑，又顯狂傲，如此種種，都會使明帝不快。

太和五年，曹植上疏求存問親戚，這一篇奏章，更為犯忌，開篇即言：「臣聞天稱其高者，以無不覆；地稱其廣者，以無不載；日月稱其明者，以無不照；江海稱其大者，以無不容。」則言外之意，明帝不能如天、如地、如日月、如江海，不能無不覆、無不載、無不照、無不容，特別是這一話語恰恰是延續著此前曹植上疏所說的「絕纓」之事，言外之意是，楚王就連當面調戲自己的美人，都可以絕纓寬容，明帝為何還要久久不能釋懷。而接著長篇大套說這些明帝不愛聽，反感聽、痛恨聽的話語，明帝作何感想？但曹植書生氣十足，並不理會明帝感受，依然故我，接著說：「昔周公弔管、蔡之不咸，廣封懿親以

〔註39〕〔晉〕陳壽撰〔宋〕裴松之注《三國志·魏書·曹彰傳》，引〔魏〕魚豢《魏略》，中華書局 1982 年版，第 569 頁。

藩屏王室」，在上疏中提及周公，這是一個敏感的話題，蓋因其吻合於
曹植與曹叡的叔侄關係，這是大的忌諱，而曹植不查。以下曹植接著
談到自己：「至於臣者，人道絕緒，禁錮明時，臣竊自傷也。」以曹植
的皇叔身份，又有才華遠揚之名，而「禁錮明時」，這不是批評明帝嗎？
曹植接著發牢騷說：「近且婚媾不通，兄弟乖絕，吉凶之問塞，慶弔之
禮廢，恩紀之違，甚於路人，隔閡之異，殊於胡越。今臣以一切之制，
永無朝覲之望，至於注心皇極，結情紫闥，神明知之矣……願陛下沛
然垂詔，使諸國慶問，四節得展，以敘骨肉之歡恩，全怡怡之篤義。」
〔註40〕說現在兄弟親戚之間，乖絕不通，甚於路人，更不用說能去朝
廷朝覲，希望明帝能下詔，至少讓兄弟親戚之間，可以諸國慶問，四
節得展，敘敘骨肉歡恩。閱讀至此，後人方才明白，為何才有了朝廷
下詔，讓曹植、曹彪等於太和五年冬入京，參加翌年正月的活動。

　　3. 曹植遭到明帝忌諱的另外一個方面，是曹植的威望甚高。在
曹叡剛剛繼位的太和二年，明帝「行幸長安」，《魏略》記載：「是時偽
言：云帝已崩，從駕群臣迎立雍丘王植。京師自卞太后群公盡懼。及
帝還，皆私查顏色。卞太后悲喜，欲推始言者，帝曰：『天下皆言，將
何所推？』」〔註41〕也就是說，差一點演出了一場群臣擁立曹植的鬧
劇。曹植在黃初二年，雖然被群臣奏章彈劾，但已經事過境遷，並且，
畢竟曹植的才華人所共知，曹叡若是在太和二年剛剛登基就駕崩，原
先擁立曹植的一派捲土重來也未可知。這是引起曹叡忌恨曹植的另一
個政治因素。

第四節　　曹植之死及曹集撰錄

　　圍繞曹植之死，有著頗多令人感到蹊蹺的事情，首先是曹叡一向

〔註40〕〔晉〕陳壽撰〔宋〕裴松之注《三國志·魏書·曹植傳》，中華書局
　　　　1982 年版，第 569～570 頁。
〔註41〕〔晉〕陳壽撰〔宋〕裴松之注《三國志·魏書·明帝紀》，引〔魏〕
　　　　魚豢《魏略》，中華書局 1982 年版，第 95 頁。

忌恨曹植，但卻在曹植臨死前的太和五年冬到六年正月，連續挽留曹
植、曹彪兄弟在京城洛陽逗留數月之久（曹植這次來京城，到底逗留
多久，這是一個需要研究的問題），這是史無前例的，而曹魏政權對
宗室王侯之嚴峻，為歷史之罕見，此疑點之一；其次是曹叡其人是個
睚眥必報心胸狹隘之人，在曹植接二連三呈上犯忌的奏章之後，不但
不怒，反而破例「特恩」舉辦了這次正月慶典活動，此為疑點之二；
曹植在參加完這次活動之後，就國不久就死去，此為疑點之三。種種
跡象標明，曹叡在曹植臨死前舉辦的這次正月慶典，可能正是曹植的
死因。

　　首先，來解讀曹叡其人的心胸及性格。從前文所述對郭后的態度，
已經能大體知道曹叡其人的報復心極強，再來看看他對其他後宮嬪妃
的態度。先說虞妃：「曹叡為王時候，始納河內虞氏為妃，帝即位，虞
氏不得立為后，太皇卞太后慰勉焉。虞氏曰：『曹氏自好立賤……殆
必由此亡國喪祀矣！』虞氏遂黜還鄴宮。」〔註42〕虞氏是曹叡的結髮
妻子，但到了曹叡登基之後，虞氏卻無故未被立為后，這顯然是委屈
的，因此，卞太后去慰勉，虞氏說，曹家都好立賤，這無疑是極為不
得體的話語，因為，前去慰勉的卞后就是出身倡家，曹叡的後母郭后，
是喪亂流離的孤兒，曹叡的生母甄后，雖然出身於漢太保甄邯之後，
父親甄逸，為上蔡令。但甄氏乃為曹丕從袁氏家族中搶來。但無論如
何，虞氏是曹叡髮妻，所講的道理也是不差的，敏感的曹叡，即刻將
其「黜還鄴宮」，打入了冷宮。曹叡不立虞氏，其原因是由於新寵毛后。
毛后是黃初中選入東宮的，進御有寵，出入同輦，毛后其人出身低賤，
其父毛嘉原本是典虞車工，卒暴富貴：「明帝令朝臣會其家飲宴，其容
止舉動甚蚩騃，語輒自謂『侯身』，時人以為笑。」〔註43〕毛嘉低賤之

〔註42〕參見〔晉〕陳壽撰〔宋〕裴松之注《三國志‧魏書‧后妃傳》，中華
　　　　書局 1982 年版，第 167 頁。
〔註43〕參見〔晉〕陳壽撰〔宋〕裴松之注《三國志‧魏書‧后妃傳》，中華
　　　　書局 1982 年版，第 167 頁。

人，卻被「寵賜隆渥」，封為嘉博平鄉侯，一個粗鄙之人，與皇帝對話，自稱「侯身」，被眾臣譏笑，但曹叡我行我素，並不在意，反而「又加嘉位特進」。毛皇后於太和元年立為后，到景初元年，明帝又寵郭元后，毛后無端被賜死：「帝之幸郭元后也，后愛寵日弛。景初元年，帝遊後園，召才人以上曲宴極樂。元后曰：『宜延皇后』，帝弗許。乃禁左右，使不得宣。后知之，明日，帝見后，后曰：『昨日遊宴北園，樂乎？』帝以左右泄之，所殺十餘人。賜后死，然猶加諡。」〔註44〕

從曹叡後宮嬪妃遭際的記載中，不難看出曹叡性格的幾個特點：一是報復心極強，二是殘忍，三是虛偽。虞氏原是髮妻，只因為未被立后而說了幾句不得體的話語，就被打入冷宮；曹叡與後宮嬪妃曲宴極樂，未召皇后而被皇后得知，就認為是「左右泄之」，竟然「殺十餘人」；「賜后死，然猶加諡」，這則說明了曹叡的殘暴和虛偽。

前文所舉曹植與曹叡的關係，曹植是曹叡其母甄后之死的直接原因，同時，植、甄之戀給曹叡及整個曹魏政權抹黑，更加之以曹植在曹叡登基之後不斷上奏章，先說「絕纓」之典，後託大自比「周公」，犯忌話語遠甚於洩密後園遊樂之事，以曹叡偏狹的性格，反而在太和五年之際，忽然與曹植親近，允許他和曹彪等來京城參加正月慶典，這不是很反常的事情嗎？總之，這次曹叡一反常態的盛情以及隨後曹植病死的可疑之點甚多：

其一，曹植等諸王，自明帝繼位之後，從沒有機會來京城覲見聚會，一直到太和五年，曹植上疏之後，朝廷卻下詔採納曹植的意見。《魏志》記載，詔報曰：「夫明貴賤，崇親親，禮賢良，順少長，國之綱紀，本無禁固諸國通問之詔也，矯枉過正，下吏懼譴，以至於此耳。已敕有司，如王所訴」，〔註45〕將責任全部推到下吏身上，好像此前

〔註44〕 參見〔晉〕陳壽撰〔宋〕裴松之注《三國志‧魏書‧后妃傳》，中華書局 1982 年版，第 168 頁。

〔註45〕 參見〔晉〕陳壽撰〔宋〕裴松之注《三國志‧魏書‧曹植傳》，中華書局 1982 年版，第 571 頁。

的諸王政策，與自己無關，這為隨後的盛情款待打下伏筆。「詔諸王朝六年正月」，這一國策的改變非常突然。就明帝一朝來說，是前無先例，後無來者，明帝此後的青龍、景初年間，都沒有再次下詔允許諸王覲見的記載。

其二，這次進京正月覲見的活動，明帝表現出了與此前大相徑庭的盛情，讓諸王在宮中逗留時間非常之久，保守來說，至少大約有三個多月的時間，從太和五年十二月到六年二月，這也是前所未有的，正如《晉書‧禮志》所說：「魏制藩王不得朝覲，明帝時朝者由特恩」。文帝、明帝兩朝，有過兩次特恩，一次是黃初四年，曹丕特恩曹彰、曹植、曹彪等「魯節氣」，其結果是曹彰暴病身亡（其實是被曹丕毒死，這是共識，此處不引證），另一次就是太和六年正月，其結果是曹植離京就國不久以疾病而死。《魏志》記載的死亡原因：「又植以前過，事事復減半，十一年中而三徙都，常汲汲無歡，遂發疾薨。」〔註46〕真實的原因，是否就是由於「汲汲無歡」，而「遂發疾薨」？所發之疾病到底是何種病症，均無記載。曹叡若無毒害曹植的目的，為何突然改變態度，以特恩盛情款待諸王，特別是曹植，而後，終其一生，再無這種特恩允許曹彪等健在的諸王朝覲參加正月慶典呢？

其三，到了太和六年二月，曹植仍然在京城皇宮逗留，政治地位和經濟待遇皆有所改善，但「植每欲求別見獨談，論及時政，幸冀試用，終不能得。既還，悵然絕望。」〔註47〕表面看，曹叡原諒了曹植，給他增加封邑，但卻不肯給曹植單獨談話的機會，顯然，並沒有真正原諒曹植。可以說，曹叡一直到曹植死，都並沒有真正原諒曹植，這也就是曹植在臨死前的太和六年「每欲求別見獨談」而「終不能得」的原因。曹叡不原諒曹植，正是由於曹叡不能理解，更不能接受曹植

〔註46〕參見〔晉〕陳壽撰〔宋〕裴松之注《三國志‧魏書‧曹植傳》，中華書局，1982，第576頁。
〔註47〕〔晉〕陳壽撰〔宋〕裴松之注《三國志‧魏書‧曹植傳》，中華書局，1982，第576頁。

與其生母甄后之間產生愛情這一事實。同時,也正是由於曹叡身為帝王,才有權力製造了所謂《古詩十九首》的冤案,其直接的起因,正起於曹植與甄后的隱情。

曹植何時離開洛陽,死前有何症狀,已經都難以考索。《太平御覽》卷三七八記載了曹叡關懷曹植的手詔以及曹植的答詔:「魏明帝手詔曹植曰:『王顏色瘦弱,何意耶?腹中調和不?今者食幾許米?又,啖肉多少?見王瘦,吾意甚驚。宜當節水加餐。』答詔表曰:『近得賜御食,拜表謝恩,尋奉手詔,憫臣瘦弱,奉詔之日,泣涕橫流。』」〔註48〕曹叡憎恨曹植,為何如此關懷曹植,剛有「賜御食」之舉,就有「宜當節水加餐」的詔令,而且是明帝親自「手詔」?而曹彰之死前,也曾有太后令人火速找水而不得的記載,這些,是偶然還是有陰謀,還需要研究。

曹植死後,曹叡下詔命令撰錄曹植的文集:「景初中詔曰:『陳思王雖有過失……撰錄植前後所著賦頌詩銘雜論凡百餘篇,副藏內外。』」〔註49〕特別值得注意的,是曹叡與曹植關係的兩個時間之窗:其一,曹叡一反常態,破例於太和六年前後熱情款待曹植,不僅設酒宴,而且賜御食,並特意手詔:「宜當節水加餐」,曹植回到自己的封邑當年死亡,曹植到底何時離開京城,史書沒有給予明確記載,但有關三國時期的史書,不論是王沈的《魏書》,還是魚豢的《魏略》,還是陳壽的《魏志》,其出發點都是要對曹魏帝王家中的這段所謂「醜聞」加以維護遮蔽,這是眾所周知的事實。其二,曹叡本人的死亡,偏巧也和曹植有著密切的關係,曹叡下詔撰錄曹植文集,史書記載是「景初中」,景初共有三個年頭,一般學者都將曹叡撰錄曹植文集的時間定為景初二年,這是可以接受的。問題是,其具體的月份是

哪一個月，因為，曹叡死於景初三年正月，這也就意味著，倘若曹植文集的最後撰錄工作是景初二年歲末完成，則可以視為這是曹叡臨死之前最後了斷的事情。換言之，曹植文集中涉及植、甄隱情的詩文作品，是曹叡的心頭病，務必要在臨死之前處理完畢。這樣，再來看曹叡詔書中的話語：「其收黃初中諸奏植罪狀，公卿已下議尚書、秘書、中書三府，大鴻臚者皆削除之。撰錄植前後所著賦頌詩銘雜論凡百餘篇，副藏內外」，就能讀懂其中的真正含義，這一詔書，表面來看，是曹叡對曹植的寬宥，說：「陳思王植雖有過失，既克己慎行，以補前闕，且自少至終，篇籍不離手，誠難能也」，但其實質，是要對所有有關曹植這一罪行的檔案材料進行掩蓋封殺，其中主要有兩大類：其一，是黃初二年三臺九府公卿大臣的彈劾奏章；其二，是曹植文集中涉及甄氏的作品，對於前者明確說明是「其收」，「皆削除之」，而對於曹植文集，則隱晦其內容，只說「撰錄」，也就是重新編輯和抄寫，並且將這重新編輯的版本「副藏內外」，以替代外面流行的曹集文本。作為這種高度機密的大事，兼之曹叡本人就是詩人，他完全能讀懂曹植詩文作品中那些向甄氏表達思念之情作品的含義，因此，所謂詔書下令「撰錄」，只是一個對曹植表示似乎原諒的一個煙幕彈，其實，很有可能是御批刪改，令他人謄寫。曹植文集經過這次「撰錄」，包括「植前後所著賦頌詩銘雜論」，其總數僅為「百餘篇」，這正與目前通行的曹植文集的數量約略相同，而與曹集應有的數字相差甚遠。

　　曹植文集中的作品，不論是文、賦、詩等不同的體裁，圍繞植、甄關係為主題遺失的，都更為值得關注。譬如有學者《曹植佚文輯考》，茲引數例，如關於黃初二年三臺九府對曹植的處理意見，根據《文選》卷二十曹植《責躬詩》李注：「植集曰：『博士等議，可削爵土，免為庶人。』」此當為曹植失題之文。又，《文選》卷二十曹植《上責躬應詔詩表》李注：「植集曰：『植抱罪，徙居京師，後歸本國。』」此當為

曹植失題之文。《文選》卷二十曹植《責躬詩》李注：「《求出獵表》曰：『臣自招罪釁，徙居京師，待罪南宮。』」又李注：「植《求習業表》曰：雖免大誅，得歸本國。」〔註50〕（按：三者所言當為一事。根據這些資料，可知黃初二年在將甄后賜死之後，對曹植的處理，先是徙居京師，待罪南宮，最後得歸本國，也就是所謂封為鄄城侯。曹植與甄后在黃初二年六月所犯罪行為同罪。）又，《遠遊篇》：「夜光明珠，下隱金沙。採之遺誰？漢女湘娥。」《考異》卷六《先秦漢魏晉南北朝詩‧魏詩》卷六據以輯入。〔註51〕（案：「採之遺誰」，與《涉江採芙蓉》之「採之欲遺誰」同一機杼，假定曹叡欲要徹底刪除《涉江採芙蓉》的歷史痕跡，則此詩的刪除就在情理之中）此外，《北堂書鈔》一百十記載的「彈箏奮逸響，新聲妙入神」作者為曹植，說明《今日良宴會》為曹植所作；《文選》潘安仁《西征賦》李注：「情注於皇居，心在乎紫極」，《文選》陸機《赴洛詩》李注引曹植《雜詩》：「離思一何深」，以及本書所引涉及植、甄隱情的文賦之作等，這些作品的遺失，都可能對後人探尋植、甄隱情的奧秘帶來了遺憾。當然，曹植文集中還有大量從目前來看與植、甄隱情無關的作品遺失，說明曹集作品的遺失是多方面、多層次的歷史原因造成的，但這並不能影響對其中有關植、甄隱情詩文之作遺失原因的拷問。

　　曹丕父子對植、甄關係，一向是諱莫如深，希望將其磨滅的願望開始於曹丕在黃初二年事發之時。《三國志‧高柔傳》記載：「文帝踐阼，以柔為治書侍御史，賜爵關內侯，轉加治書執法。民間數有誹謗妖言，帝疾之，有妖言輒殺，而賞告者⋯⋯帝不即從，而相誣告者滋甚。帝乃下詔：『敢以誹謗相告者，以所告者罪罪之。』於是遂絕。校事劉慈等，自黃初初數年之間，舉吏民姦罪以萬數，柔皆請懲虛實；

〔註50〕　梁春勝《曹植佚文輯考》，《古籍整理研究學刊》，2008 年第 5 期，第 51 頁。

〔註51〕　參見梁春勝《曹植佚文輯考》，《古籍整理研究學刊》，2008 年第 5 期，第 52 頁。

其餘小小掛法者，不過罰金。四年，遷為廷尉。」〔註52〕這段資料清晰地記載了在曹丕賜死甄后、懲罰曹植之後天下臣民的震驚。民間的議論甚囂塵上，以至於「帝疾之，有妖言輒殺，而賞告者」，一直到採用「敢以誹謗相告者，以所告者罪罪之」的法令，民眾才不敢議論此事。劉慈等，「自黃初數年之間，舉吏民姦罪以萬數」，也應是指的此事。張可禮先生《三曹年譜》，也同樣認為如此，因將曹丕的詔書以《禁誹謗詔》為題，說：「詔當作於黃初元年十月後，四年前」，〔註53〕其實，準確說，應當作於黃初二年六月甄后被賜死之後，黃初四年之前。

　　《三國志‧方技傳》記載曹丕問卦於周宣：

　　　　文帝問宣曰：「吾夢殿屋兩瓦墮地，化為雙鴛鴦，此何謂也？」宣對曰：「後宮當有暴死者。」帝曰：「吾詐卿耳！」……無幾，帝復問曰：「我昨夜夢青氣自地屬天。」宣對曰：「天下當有貴女子冤死。」是時，帝已遣使賜甄后璽書，聞宣言而悔之，遣人追使者不及。帝復問曰：「吾夢摩錢文，欲令滅而更愈明，此何謂邪？」宣悵然不對。帝重問之，宣對曰：「此自陛下家事，雖意欲爾而太后不聽，是以文欲滅而明耳。」時帝欲治弟植之罪，偪於太后，但加貶爵。〔註54〕

　　這一段資料，清晰記載了曹丕在接到灌均彈劾之後的震怒、焦躁、不安的心境，既要懲治曹植和甄后，又不希望惹得天下臣民議論紛紛，不成體統，以夢境來問卦，本身就說明了曹丕的這種不希望張揚的心情，同時，「吾夢摩錢文，欲令滅而更欲明」，更是清楚道出了曹丕的本意。而周宣的對言，「此自陛下家事，雖意欲爾而太后不聽，是以文欲滅而明耳」，更清楚說明，曹丕所問正是植、甄之事，陳壽隨後的說明，更是明確將與甄后事件發生關聯的男方人物曹植點明出來。

〔註52〕〔晉〕陳壽撰〔宋〕裴松之注《三國志‧高柔傳》，中華書局1982年版，第684～685頁。

〔註53〕張可禮編著《三曹年譜》，齊魯書社1983年版，第193頁。

〔註54〕〔晉〕陳壽撰〔宋〕裴松之注《三國志‧方技傳》，中華書局1982年版，第810～811頁。

可知，對在曹丕、曹叡父子眼中的植、甄「醜聞」，如何在對其肉體消滅和懲治之外，並將其「欲令滅而更愈明」的現象歷史地消亡，是他們處心積慮要做的大事，而事實也是如此，到了現代之時代，已經很少有人相信這是歷史的真實了，反而需要從各種史料中勾勒出來論證。

可以說，終曹叡一生都未曾真正原諒曹植，作為明帝的曹叡平生僅僅款待過曹植一次，即太和六年正月前後的活動，而此後不久曹植就以疾病死，死後若干年，曹叡又在自己臨死之前下詔整理曹植的文集，加以重新撰錄，並且「副藏內外」，而曹植文集中的詩作，特別是黃初前後的詩作遺失甚多，這一連串的歷史，其指向已經很清楚，那就是曹叡不能容忍植、甄之戀，既不能容忍曹植其人的生命存在，更不能容忍曹植詩作中涉及與其生母有關聯的作品。不能刪除的加以修改，如《感甄賦》之為《洛神賦》，刪除之後的作品擔心後人不信，而分別置放於蘇李、枚乘、傅毅等人名下。當然，為了更為隱蔽，也連同其他題材之作一併刪除，特別是優秀之作，如《今日良宴會》等，因為，曹叡也是詩人，他又何嘗不嫉妒曹植的詩名呢？這種嫉妒，是從其父曹丕就開始的，如同有學者所說：曹丕《典論》《與吳質書》等篇「具有闡釋史意義的文獻資料，隻字未提對曹植創作的看法，這顯然是一個奇怪的現象。」〔註55〕

筆者以上的辨析，其實前人早有共識，特別是唐人有許多這樣的記載。對這些愛情記載，我們常常會先入為主地將其視為一種附會，或是文人的獵豔傳奇，其實未必盡然迄今為止，並沒有充分的證據說明兩人之間的愛情是附會傳言。其中值得注意的，有幾條資料值得關注：

一是李善注《文選·洛神賦》引《記》：「魏東阿王，漢末求甄逸女，既不遂，太祖回，與五官中郎將。植殊不平，晝思夜想，廢寢與

〔註55〕 王玫著：《建安文學接受史論》，上海古籍出版社 2005 年版，第 228頁。

食」〔註56〕。後來者對此的批駁，皆出自倫理道德來作邏輯推理，或說李善注引《記》所說的文帝曹丕向曹植展示甄后之枕，並把此枕賜給曹植，是「庶老所不為」，何況是帝王呢？極不合情理，純屬無稽之談。或說曹植、甄氏之間，相差十歲，不可能發生愛情。或說曹植愛嫂，乃是「禽獸之惡行」，「其有污其兄之妻而其兄晏然，污其兄子（指明帝）之母而兄子晏然，況身為帝王者乎？」《洛神賦》不過是由於曹植倍受其兄侄猜忌，建功立業的理想始終無法實現，因此借《洛神賦》中「人神道殊」來表明自己壯志難籌、報國無門的悲憤心情等，不一而足，皆出於邏輯推理。事實上，以筆者閱讀到的《魏書》《魏略》等較早記載的資料來看，恰恰相反，不是後人對曹植、甄后的附會傳說，而是由於後人出於倫理道德的「愛護」、避諱，反而遮蔽了曹丕、曹叡父子扼殺曹植、甄后愛情和詩文作品的醜行，從而造成了十九首等文學史的千古迷案。若說是甄后之「甄」與曹植貶謫地鄄城之「鄄」兩者之間相似的話，恰恰說明，其本身可能就是植、甄隱情在暴露之後曹丕報復的結果。

二是晚唐李商隱的以詩論史，也持此說，其《代魏宮私贈》：「來時西館阻佳期，去後漳河隔夢思。知有宓妃無限意，春松秋菊可同時。」沈祖棻先生鑒賞此一首並《代元城吳令暗為答》兩首，說：「李商隱這兩首詩，就是寫這件事（指植、甄愛情），但在他筆下，卻是甄后有情，曹植無意，也與傳說不符」。但沈先生具體的分析，卻值得引述：「第一首是代甄后的宮人私下寫來送給鄄城王曹植的。據史，曹植於魏文帝黃初四年到洛陽來朝見……曹植來到京城，由於被阻隔在西館，以至無法與與甄后相會……由於來京未能相會，所以離開魏都以後，加上漳河之阻隔，連夢中懷想都難了。這兩句極寫甄后對曹植的愛慕相思之情。」〔註57〕按：沈先生所說曹植於黃初四年來洛陽朝見，此時甄后已經於黃初二年賜死，時間當然不對，又說：「魏代漢後，魏

〔註56〕參見張可禮編著《三曹年譜》，齊魯書社1983年版，第87頁。
〔註57〕沈祖棻《唐人七絕詩淺釋》，上海古籍出版社1981年版，第245頁。

都已由鄴遷都洛陽，甄后當然也住在洛陽，而詩卻『漳河隔夢思』」，這些顯然都不吻合於歷史，但這些都是後人之誤解，並不能說明李商隱原詩不吻合於歷史。李商隱於詩題自注曰：「原注：黃初三年，已隔存沒，追代其意，何必同時，亦廣子夜鬼歌之流。」〔註58〕可知，此詩所說的故事，並非作者杜撰，而是直到晚唐時代仍然流傳的曹、甄故事。但後人由於已經有先入為主的認知，故並不相信這是歷史之真實。其中「西館」不詳，曹植《責躬·有表》：「僻處西館，未奉闕庭」，〔註59〕提及「西館」，應該是曹植在鄄城的所居之所。魏宮私贈，應該是指替代甄后宮人贈給曹植的話語，從建安二十一年在與甄后共同留守鄴城之際開始，至甄后於黃初二年六月被賜死，魏宮私贈之事應該在此期間所發生之事。另，甄后並沒有隨曹丕遷往洛陽，說「魏代漢後，魏都已由鄴遷都洛陽，甄后當然也住在洛陽」，這僅僅是臆測。

　　李商隱的另外一首《代元城吳令暗為答》：「背闕歸藩路欲分，水邊風日半西曛。荊王枕上原無夢，莫枉陽臺一片雲。」《魏略》記載，吳質：「以才學通博，為五官將及諸侯所禮愛；質亦善處其兄弟之間……（五官將）為世子，質與劉楨等並在坐席。楨坐譴之際，質出為朝歌長，後遷元城令。」〔註60〕可知，此詩題中的元城吳令當指吳質，吳質後來成為曹丕的死黨，但在早年，吳質與曹植的關係也很好，《文選》卷四十二：「前日雖因常調，得為密坐。雖燕飲彌日，其於別遠會稀，猶不盡其勞積也。若夫觴酌凌波於前，簫前發音於後；足下鷹揚其體，鳳歎虎視，謂蕭曹不足儔，衛霍不足侔也。左顧右盼，謂若無人，豈非吾子壯志哉！」可知兩者之間關係曾經相當密切，《三曹年譜》：「《文選》卷四二引吳質《答東阿王書》曰：『墨子回車，而

〔註58〕　「鬼歌」，疑為「吳歌」，見傅璇琮主編《全唐詩》，中華書局 1999 年版，第 6223 頁，《代魏宮私贈》題下注。
〔註59〕　趙幼文校注，《曹植集校注》，人民文學出版社 1984 年版，第 269 頁。
〔註60〕　〔晉〕陳壽撰〔宋〕裴松之注《三國志·魏書·吳質傳》，引〔魏〕魚豢《魏略》，中華書局 1982 年版，第 607 頁。

質四年」，知質為朝歌長始於建安十六年，至是歲正四年」，〔註61〕由此可知，吳質為元城令當在建安二十年之後。而李商隱擬代的兩首詩作，恰恰似是相互的對答，即甄氏的宮女詢問曹植是否有愛意，而曹植方面是由原先曾是曹植密友的吳質作答，答詞是「荊王枕上元無夢，莫枉陽臺一片雲」，而從此詩的「背闕歸藩」，則當為曹植就國歸藩之後的事情。但這僅僅是就李商隱的詩句來分析，並不一定就是歷史的原生形態本身。

　　此外，李商隱的《東阿王》：「國事分明屬灌均，西陵魂斷夜來人。君王不得為天子，半為當時賦洛神」，此詩很有意味：「君王不得為天子，半是當時賦洛神」，說出了筆者所論建安後期曹植基本放棄繼承之爭而將自己的生命皈依寄託於愛情的癡迷狀態。而李商隱詩中的前兩句，則說出了黃初二年灌均彈劾的事件：「國事分明屬灌均，西陵魂斷夜來人」，前句可以解釋為：曹植雖為侯王，但權力分明掌握在灌均之手。一首小詩將曹植、甄后、灌均三個名字串聯一處，而涉及地點和時間的，乃是第二句的「西陵魂斷夜來人」，曹操的陵墓在古鄴城西，故後世稱做西陵，又稱高平陵，西陵魂斷夜來之人為誰？是曹植還是甄后，還是兩者同來？《魏書‧蘇則傳》記載：曹植與蘇則「聞魏氏代漢，皆發服悲哭，文帝聞植如此，而不聞則也。帝在洛陽，嘗從容言曰：『吾應天而禪，而聞有哭者，何也？』」〔註62〕裴松之注引《魏略》曰：「臨淄侯植自傷失先帝意，亦怨激而哭。」〔註63〕則曹植應該是在初聞曹丕登基為帝之時怨激而哭，其哭原因，為「自傷失先帝意」，則夜哭西陵，當指此事。或說，曹植黃初二年的新罪，是否指這次怨激而哭？回答是否定的，曹植西陵夜哭，雖然引發曹丕之不快，但畢竟構不成罪名，子哭父陵，天經地義，是故曹丕為此長久

〔註61〕參見張可禮編著《三曹年譜》，齊魯書社 1983 年版，第 137 頁。
〔註62〕〔晉〕陳壽撰〔宋〕裴松之注《三國志‧魏書‧蘇則傳》，中華書局 1982 年版，第 492 頁。
〔註63〕〔晉〕陳壽撰，〔宋〕裴松之注《三國志‧魏書‧蘇則傳》，引〔魏〕魚豢《魏略》中華書局 1982 年版，第 493 頁。

不快：「其後文帝出遊，追恨臨淄，顧謂左右曰：『人心不同，當我登大位之時，天下有哭者。』」〔註64〕但終不能以此定植罪。李商隱寫作植、甄愛情詩作甚多，揭示深刻，可惜以詩歌形式表達，雖為美詩，卻受到詩歌體裁的限制，終令千載之下，迷離難測。李商隱的這些見解，無疑是振聾發聵的，也是具有啟發意義的，至少說明，關於植、甄愛情的故事，甚至是其中的細節，一直到唐宋之際，仍然口耳相傳著。如此，再來看本章初始處所引朱緒曾等宋清學者的「辯誣」：「一庶人之家，污其妻若母死必報，豈有污其兄之妻而其兄宴然，污其兄子之母而其子宴然？況其身據為帝王者乎？」誠然，曹丕不可能處之宴然，曹叡也不可能處之宴然，父子二人都對曹植進行了力所能及的報復，曹植在黃初、太和兩個帝王之際，也為之分別付出了慘重的代價，曹植於黃初年間不死，是由於其母卞太后的護佑以及曹丕不願意引來世人及後人更多的議論，是擔心越抹越黑的人情常理。曹植於太和六年死以及曹植文集的被重新撰錄，卻與植、甄隱情有著密切的關聯。因此，朱緒曾的辯誣，恰恰為曹丕、曹叡兩代帝王的復仇增添了合於情理的注腳。

〔註64〕〔晉〕陳壽撰，〔宋〕裴松之注《三國志・魏書・蘇則傳》，引〔魏〕魚豢《魏略》中華書局 1982 年版，第 493 頁。

第十三章　早期思甄之作及
《涉江採芙蓉》

第一節　植、甄之戀及其發生時間

　　曹植五言詩和十九首之間，從藝術評價來說，兩者相差無幾，但似乎對十九首的評價更高一些。筆者也注意到古今許多學者對十九首的評價高於曹植五言詩，主要認為，十九首更為自然，如同家常，不說官話，更為精練奇警，如胡應麟認為曹植詩比之十九首：「詞藻氣骨有餘，而清和婉順不足。」〔註1〕當代學者如葉嘉瑩所論：「至於曹王之說，則就其風格而言，似乎又嫌時代太晚了一點，因為曹王諸人，對於詩歌之寫作，已有極濃厚之文士習氣，其為詩已經不免於『有心為之』的『作意』，而且已經逐漸注意到辭采之華美，往往流露有誇飾之跡，這與《古詩十九首》的『結體散文，直而不野』的風格，是並不相合的。而且如果曹王果有此等作品，則魏文帝《典論‧論文》及其《與吳質書》等，詮衡當時文士的評論中，也不會全無一語及之，所以此說之不可信，亦復極為明顯。」〔註2〕葉先生所說「曹王之說，

〔註1〕〔明〕胡應麟撰《詩藪》內編卷二，上海古籍出版社1958年版，第30頁。
〔註2〕葉嘉瑩《談〈古詩十九首〉之時代問題——兼論李善注之三點錯誤》，《迦陵論詩叢稿》，中華書局2005年版，第12頁。

又嫌時代稍晚」，其理由主要是：曹植五言詩「已經逐漸注意到辭采之華美，往往流露有誇飾之跡。」

以筆者所見，曹植具有兩種詩風，這兩種詩風，既有前後期之不同，總體而言，前期作為貴冑公子遊宴鬥雞，主體風格呈現了辭藻華瞻、為文而文的一面；後期作品，表現為經歷人生苦難之後的優生之歎，則一洗繁華而為風骨之作；但這僅僅是問題的一個方面，另一個方面，曹植詩作中原本就存在著兩種不同的詩作、呈現兩種不同的詩風，個中緣由，正與曹植與甄后的隱情有關。由於兩者之間感情不可言傳的私情性質，客觀上需要曹植的詩歌寫作的表達情感需要隱秘、簡約。換言之，曹植作為公子的遊宴鬥雞寫作，是一種情感外露的性質，由此帶來了曹植文風的辭藻外露、使才逞氣、為文而文一類的特點，而另一種是寫給自己和甄氏兩人閱讀的，則必然是含蓄的、意象式的，這一點，與後來李商隱那種深情綿緲之作類似。也就是說，前者詞藻有餘，而後者正為「清和婉順」，而這些寫作隱情的「清和婉順」之作，大多涉及甄后，多為曹叡於景初中撰錄曹集中剔除，因此，才會給人以曹植此種風格之作欠缺的印象。

又，葉先生關於魏文帝「《典論·論文》及其《與吳質書》等，詮衡當時文士的評論中，也不會全無一語及之」的問題，筆者認為，恰恰是由於十九首為曹植所作，曹丕才不會提及，正如胡應麟所說：「曹氏兄弟相忌，他不暇言……子桓《典論》絕口不及陳思，臨淄書尺只語無關文帝，皆宇宙大缺陷事，而以同氣失之，何也？」〔註3〕胡應麟的這一疑問，既從客觀上說明了丕、植兄弟相互之間互不評論的事實。另一方面也說明，若是十九首真是在曹植之外獨立存在，以十九首的優異水準，曹丕斷無不論之理。

曹植一生中並沒有愛過其他的女性，曹植的妻子崔氏，是崔琰的侄女，曹操在繼承人問題上曾經詢問過崔琰，但崔琰卻以應該立長為

〔註3〕〔明〕胡應麟撰《詩藪》外編卷一，上海古籍出版社1958年版，第140頁。

由，並不支持曹植，受到曹操的讚賞，但隨後在建安二十一年被賜死。
《魏書‧崔琰傳》記載：「時未立太子，臨淄侯植有才而愛……唯琰露
板答曰：『蓋聞《春秋》之義，立子以長，加五官將仁孝聰明，宜承正
統。琰以死守之。』植，琰之兄女婿也。」〔註4〕若說「立子以長」
無可非議，但若說曹丕「仁孝」，卻是胡言，《世說新語》記載，曹丕
在曹操死後，悉取曹操宮人自侍，被卞太后罵為：「狗鼠不食汝余」，
而且，「至山陵，亦竟不臨」，〔註5〕不能說仁孝；若說聰明，曹植才
是蓋世才華。可知，曹植與岳丈家族關係並不好。曹植作為大詩人，
未聞有哪首詩作寫給其大人崔氏，甚至在其妻被賜死（裴松之注引《世
語》曰：「植妻衣繡，太祖登臺見之，以違制命，還家賜死。」〔註6〕），
曹植也未有隻言片語道及，迄今為止，甚至連曹植的岳父其名也難以
尋覓。曹植在崔氏死後續弦，太和六年被封為陳王之時，曹植曾有《謝
妻改封表》，但也沒有隻言片語的詩文道及。

　　曹植一生中有大量記載的愛情，僅僅是甄后一人而已，從李善
注引《記》所記載的，曹植於建安九年于鄴城一見甄氏「晝思夜想，
廢寢與食」之後，再也沒有與其他女性相愛的記載或是傳聞。看來，
曹植確實是在少年時代的一次初戀，成為了曹植一生的永遠的痛。
這種內心深處的隱秘私情，是無法啟齒的。曹、甄隱情，大量地體
現在曹植的作品之中，其中《愍志賦》《感婚賦》可以視為曹植最早
的思甄之作。如《愍志賦》藉口「人有好鄰人之女者，時無良媒，禮
不成焉。彼女遂行適人。有言之於予者，予心感焉」之事，抒發自
我「思同遊而無路，情壅隔而靡通。哀莫哀於永絕，悲莫悲於生離」
的痛苦，只能「登高樓以臨下，望所歡之攸居」，長久地登高窺視
所愛之人的居所。其背景應是曹植在曹丕「擅室數歲」之後迎娶甄

〔註4〕〔晉〕陳壽撰〔宋〕裴松之注《三國志‧魏書‧崔琰傳》，中華書局
　　　　1982年版，第368頁。
〔註5〕徐震堮著《世說新語校箋》，中華書局1984年版，第364頁。
〔註6〕〔宋〕裴松之注引《世語》，〔晉〕陳壽《三國志‧魏書‧崔琰傳》，
　　　　中華書局1982年版，第369頁。

氏所寫，但此兩賦還不能證明兩者之間的相戀，可以視為一種單相思的痛苦。

那麼，曹植與甄后是何時開始相互發生戀情並開始寫入詩賦作品之中呢？以筆者的研究來看，當是發生於建安十六年暑期之後，也就是曹丕帶著曹植以及劉楨等六子大量寫作遊宴詩的時候。曹丕有時候在諸人酒酣耳熱之際，讓甄氏出面與大家見面，劉楨曾經因為平視甄氏而被刑，這既可能是對曹植少年時代初戀的一種促動，可能平視者也有曹植，才有了曹操對劉楨的懲罰以警告曹植。筆者之所以有這樣的猜測，是由於曹植在建安十六年七月之後，寫作了一系列暗指對甄氏的思念之作。

《藝文類聚》記載：「魏陳王曹植，建安十六年，大軍西討馬超，太子留監國，植時從焉。意有懷戀，遂作離思之賦：『在肇秋之嘉月，將耀師而西旗。余抱疾以賓從，扶衡軫而不怡。慮征期之方至，傷無階以告辭。念慈君之光惠，庶沒命而不疑。欲畢力於旌麾，將何心而遠之？願我君之自愛，為皇朝而寶己。水重深而魚悅，林循茂而鳥喜。』」〔註7〕

此賦寫於建安十六年七月，曹操西征馬超之前，曹植抱病從征，卻心事重重，說自己「余抱疾以賓從，扶衡軫而不怡」，其所「不怡」者為何？乃是「慮征期之將至，傷無階以告辭」。那麼，曹植所「無階以告辭」者為誰？不可能是曹丕，別說兩人競爭，即便是當時關係還不那麼緊張，也不會是「無階以告辭」。所謂「無階」，並非真正意義上的沒有臺階，而是一個抽象意義上的「無階」，是無法找到這個臺階去與心中思念之人告辭。《離思賦》，顧名思義，離別之思也，是誰人能讓曹植尚未出征就開始這麼思念呢？「念慈君之光惠，庶沒命而不疑。欲畢力於旌麾，將何心而遠之」，慈君，當指曹操，意味自己雖然萬般思念，但父親的慈愛，恩惠於己，自己又怎能不沒命不疑，勉

〔註7〕〔唐〕歐陽詢撰《藝文類聚》卷二十一，上海古籍出版社 1999 年版，第 390 頁。

力從征呢？不過，雖然是自己想要畢全力於父親的旌麾之下，但怎樣安放自己的那顆漸漸遠離思念者的心呢？閱讀到此處，我們已經能深切體會到曹植那種愁腸百結、婉轉悱惻的矛盾心境了。曹植最後的選擇是：「願我君之自愛，為皇朝而寶己。水重深而魚悅，林循茂而鳥喜」，說雖然如此，自己只能勉力向前，和思念者別離，但願你能自愛自珍，要為皇朝、為父親所開創的事業保重，因為，水若是深清魚兒就會快樂，林茂密鳥兒就會歡喜呀！從全詩語氣來看，曹植內心深處所記掛的，只能是一位自己深愛而又不能去愛的人，而此人對皇朝至關重要：「願我君之自愛，為皇朝而寶己」，結尾將所思念者比喻為水、林，而將自己比喻為依附於水、林的魚、鳥，不難看出，這正是寫給甄氏而無從奉達的內心表白。史書記載曹植從十三歲就愛戀甄氏，苦於甄氏被曹丕捷足先登，「擅室數歲」。此文的出現，也許能標誌植、甄之間的感情在這個期間有所發展，從曹植繫念的強度來說，應該說正是相互之間的相戀之始。

第二節　《涉江採芙蓉》與曹植早期思甄之作

　　曹植有《離友》詩，其二曰：「涼風肅兮白露滋，木感氣兮條葉辭。臨淥水兮登崇基，折秋華兮採靈芝。尋永歸兮贈所思，感離隔兮會無期，伊鬱悒兮情不怡！」趙幼文在該詩下作按語說：「《魏志·武帝紀》：『建安十八年、夏四月至鄴』，而此篇所述皆秋日景物，疑與前作異，似非懷念夏侯威者，未能考其寫作歲月」，[註8] 所疑為是。那麼，此首騷體詩應該作於何時何地呢？筆者認為：《武帝紀》記載，曹操於建安十七年十月征討孫權，曹植從征，則此詩應該寫於這次從征，南方氣候炎熱，是故雖為冬十月，卻仍是深秋景色。曹植說自己「臨淥水兮登崇基，折秋華兮採靈芝」，採靈芝為何？是要「尋永歸兮贈所思」，也就是說，採擷靈芝是為了等到歸程之後贈給所思之人。

〔註8〕趙幼文校注，《曹植集校注》，人民文學出版社 1984 年版，第 56 頁。

「永」，長也，曹植從父出征孫權，不知歸期，故云「永歸」。歸程漫長，因此心中悒鬱不樂：「感離隔兮會無期，伊鬱悒兮情不怡」。很難想像，曹植在水邊採擷靈芝，是為了歸程之後贈送給一位男子，而且，由於「感離隔兮會無期」，而產生「伊鬱悒兮情不怡」，這在情理上說不通，況且古人也無採擷花草贈送男性的習俗。無怪乎學者懷疑說：「似非懷念夏侯威者」。此首詩作連同另外一首一併在《離友》二首詩下，而《離友》詩前有序，說：「鄉人有夏侯威者」云云。顯然，曹植也許是有意將這首在南方水邊採擷靈芝思念遠人之作，置放於寫給夏侯威的另外一首詩作中，以方便保存，也有可能是曹叡整理曹植文集時所作的「軟處理」的結果。總之，曹植此作置於《離友》詩題之下，並在詩作之前說明是寫給夏侯威的，而這個夏侯威，以後在曹植其他的篇章中，再也沒有出現。這正是欲要遮蓋真正思念之人為甄氏的結果，現在來看，誠所謂欲蓋彌彰是也。

曹植這首詩的意思，可以和十九首中的《涉江採芙蓉》對照來讀：「涉江採芙蓉，蘭澤多芳草。採之欲遺誰？所思在遠道。還顧望舊鄉，長路漫浩浩。同心而離居，憂傷以終老。」兩者之間，都是在水中採擷，不過是曹植採擷的是靈芝，而十九首所採擷的是芙蓉，其實，芙蓉就是水中靈芝的美號而已。兩者的採擷者，都在思念遠處的人。「臨淥水兮登崇基，折秋華兮採靈芝」，就是「涉江採芙蓉」的意思；「尋永歸兮贈所思」，就是「採之欲遺誰？所思在遠道」的意思，前引曹植《遠遊篇》：「夜光明珠，下隱金沙。採之遺誰？漢女湘娥」，以及隨後筆者引曹丕相似詩句，同樣寫給甄氏的《秋胡行》：「朝與佳人期，日夕殊不來……採之遺誰？所思在庭。」，大體可以知道，甄氏有對芙蓉、芳草的喜愛，曹丕、曹植兄弟，都曾有過採遺饋贈的求愛行為，「採之遺誰」，首先應是曹丕所寫，隨後，為曹植所用的一個習慣句法。「感離隔兮會無期，伊鬱悒兮情不怡」，就是「還顧望舊鄉，長路漫浩浩。同心而離居，憂傷以終老」的意思。

　　曹魏時代，盛行一個題材採用多種文學體裁寫作的方式，這首《涉江採芙蓉》，正應是曹植在建安十七年十月之際寫作於長江邊上的思念甄氏之作，是曹植騷體詩《離友》的五言詩表達。芙蓉，是南方之花，其花八九月始開，耐霜，因此也被稱之為拒霜花。蘇軾也曾使用這一說法，如其《和陳述古拒霜花》：「千林掃作一番黃，只有芙蓉獨自芳」。「冬十月，公征孫權」，曹植從征，正是芙蓉花盛開的時候。另，「涉江採芙蓉」之「江」，指狹義的長江，而整個漢魏時期，長江兩岸還沒有出現有人會寫五言詩的記載，這種狀況一直延續到陸機因為去洛陽才學會寫作五言詩，只有曹植這樣的由北方鄴城而來的詩人才會寫這種五言詩。詩中所說的「還顧望舊鄉，長路漫浩浩。同心而離居，憂傷以終老」，正說明寫詩的人並非本地人，而是遠方來客。曹植此時身在長江之畔，而舊鄉卻在數千里之外的鄴城，故曰：「還顧望舊鄉，長路漫浩浩」，但這千里、萬里，還僅僅是空間的阻隔，叔嫂的世俗身份，卻是比這空間阻隔更為遙遠難越的障礙，因此，才有「同心而離居，憂傷以終老」的喟歎。他們之間，注定是一輩子都不能恩愛同居的。考察《涉江採芙蓉》全篇，其語詞意思皆與曹植的《離友》詩驚人的一致，而漢魏時期一直到曹魏時期才出現會寫這種五言詩的群體詩人，其中又只有曹植與此詩情況完全吻合，故《涉江採芙蓉》為曹植所作無疑。

　　曹植另寫有《芙蓉賦》，當為從南方歸來鄴城為贈送甄后南行採擷芙蓉所作。其作讚美芙蓉的「覽百卉之英茂，無斯華之獨靈」，「竦芳柯以從風，奮纖枝之璀璨。其始榮也，皦若夜光尋扶桑；其揚輝也，晃若九陽出暘谷。芙蓉蹇產，菡萏星屬。絲條垂珠，丹榮吐綠，焜焜燁燁，爛若龍燭。觀者終朝，情猶未足」，不難看出，其中正有一些是《洛神賦》的雛形：「遠而望之，皎若太陽升朝霞；迫而察之，灼若芙蕖出淥波」。芙蓉、荷花，也就成為了曹植稱美甄后的一個隱語、一個意象。

　　再看曹植的《朔風詩》，此詩寫作背景和時間一直爭論不休，或如李周翰說：「時為東阿王在藩，感北風思歸而作」；或如劉履所說：「黃初四年還雍丘所作」；或如朱緒曾所說：「明帝太和三年還雍丘作」；或如黃節所說：「此詩蓋作黃初六年在雍丘時作也。」〔註9〕其詩如下：「仰彼朔風，用懷魏都。願騁代馬，倏忽北徂。凱風永至，思彼蠻方。願隨越鳥，翻飛南翔。四氣代謝，懸景運周。別如俯仰，脫若三秋。昔我初遷，朱華未晞。今我旋止，素雪雲飛。俯降千仞，仰登天阻。風飄蓬飛，載離寒暑。千仞易陟，天阻可越。昔我同袍，今永乖別。子好芳草，豈忘爾貽。繁華將茂，秋霜悴之。君不垂眷，豈云其誠。秋蘭可喻，桂樹冬榮。絃歌蕩思，誰與銷憂。臨川慕思，何為泛舟。豈無和樂，遊非我鄰。誰忘泛舟，愧無榜人。」考察其詩，詩作者本人應是在南方，所思念者在北方之魏都：「仰彼朔風，用懷魏都。願騁代馬，倏忽北徂」，而曹植真正身在南方赤岸，僅僅有建安十七年十月至翌年正月之一次，《魏志・武帝紀》：「十八年春正月，進軍濡須口……乃引軍還」〔註10〕因此，此詩應寫於前文所析《涉江採芙蓉》的兩個月之後，魏都指鄴城。「仰彼朔風，用懷魏都」，是說感受到北風勁吹，使我懷念鄴城魏都。

　　或說，曹操於建安十八年五月才自封為魏公，曹植寫作於十八年初的這首《朔風》，何以稱鄴城為「魏都」呢？《後漢書・獻帝本紀》記載：建安十八年「夏五月丙申，曹操自立為魏公，加九錫」，〔註11〕《魏志・獻帝》：「夏五月丙申，曹操自立為魏公，加九錫」，但《魏志》更記載了曹操集團的領域自十七年開始就確立了「魏郡」：「十七年春正月。公還鄴……割河內之蕩陰、朝歌、林慮，東郡之衛國、頓

〔註9〕趙幼文校注，參見《曹植集校注》，人民文學出版社 1984 年版，第175 頁。
〔註10〕〔晉〕陳壽撰，〔宋〕裴松之注《三國志・魏書・武帝紀》，中華書局1982 年版，第 37 頁。
〔註11〕〔南朝宋〕范曄《後漢書・獻帝本紀》，中華書局 1982 年版，第 387頁。

丘、東武陽、發干、鉅鹿之癭陶、曲周、南和，廣平之任城，趙之襄國、邯鄲、易陽以益魏郡。」〔註12〕可知，更早的歷史不必追述，在建安十七年正月，曹操的領地已經被稱之為「魏」，則其中心所在，稱之為「都」是必然的。另，袁紹在更早的時候，曾經給曹操去書，勸曹操以鄴城為都，〔註13〕趙一清《三國志注補》：「注，又紹與臣書云：『可都甄城』，『甄』當作『鄴』」，〔註14〕故雖未有王公之封號，亦可稱其所在之中心為都。

　　此詩前八句看似矛盾，前四句是說自己對魏都的思念，後面四句忽然又說：「凱風永至，思彼蠻方。願隨越鳥，翻飛南翔」，似乎是說自己願意隨著越鳥翻飛南翔。其實，此四句可以理解為從對面著筆，說詩人所思念之人，也一定思念著自己，願意跟隨著越鳥，翻飛而南翔。而這身在魏都的被思念之人，只能是甄氏，而這「越鳥」，也應該成為植、甄之間的一個暗喻，越鳥當指甄后——並非指甄后為南方人，而是由於在一次使用之後，其語彙就成為兩人之間的一個隱語，這是戀人之間常有的事情。以後，到黃初二年，曹植與甄后生離死別，曹植寫作《行行重行行》一首，其中「胡馬依北風，越鳥巢南枝」，正從此地化出，只不過將「代馬」替換為「胡馬」而已。情人之間，往往有一些只有當事人懂的隱私話語，「芙蓉」、「靈芝」、「越鳥」、「芳草」等用語，由於有了曹植這次南征途中由思念而寫作成的詩歌語彙，從而成為只有兩者之間的才能讀懂的隱語，是可以理解的。

　　以下說：「別如俯仰，脫若三秋」，正是曹植當時的真實心境。「昔我初遷，朱華未晞。今我旋止，素雪雲飛」，曹植於建安十七年隨父南征，當時長江邊上的芙蓉、靈芝尚未凋謝，有前文可證。朱華，荷花，

〔註12〕〔晉〕陳壽撰，〔宋〕裴松之注《三國志‧魏書‧武帝紀》，中華書局1982年版，第36頁。

〔註13〕〔清〕洪頤煊撰《諸史考異》一，叢書集成初編，中華書局1991年版，第5頁。

〔註14〕〔清〕趙一清撰《三國志注補》，《續修四庫全書》，史部，正史類，上海古籍出版社，2002年影印版，第14頁。

就是芙蓉，李注：「希與稀同，古字通也」。王堯衢《古唐詩合解》釋
為朱華之未落，〔註15〕可知，正與前文所論初到江邊時候的節令與曹
植詩作吻合；而「今我旋止，素雪雲飛」，應指曹植回來之時的景況。
曹操於十八年四月還鄴，按理說，已經過了下雪的季節，則有可能寫
於將歸未歸的晚冬之際。「俯降千仞，仰登天阻。風飄蓬飛，載離寒
暑。千仞易陟，天阻可越」，則天阻既可以解釋為北歸之高山，也可以
理解為暗指兩者之間的隱情難以實現。「子好芳草，豈忘爾貽。繁華
將茂，秋霜悴之」，正與前文所述的採擷芳草相互對應，說你喜歡芳
草，我怎會忘記採摘贈送呢？但我是繁華將茂之時採擷的，而現在這
芙蓉花已經在秋霜下憔悴。芙蓉本不懼怕秋霜，但採擷下來，時間一
久，難免枯萎，同時，使用這個意象，來暗喻自己由於長久思念而憔
悴。

　　「君不垂眷，豈云其誠」，李注：「言君雖不垂眷，己則豈得不言
其誠？」因有以下兩句：「秋蘭可喻，桂樹冬榮」，意味秋蘭之芳馨可
以比喻我愛之純潔，桂樹的冬榮可以見證我的堅貞。「絃歌蕩思，誰
與銷憂」，李注：「言絃歌可以蕩滌悲思，誰與共奏以銷憂也」，是說：
若是能夠絃歌以蕩滌悲思，還可以消解我的幽思，但你不在身邊，誰
能為我彈奏歌唱呢？關於甄氏是否會彈琴，《太平廣記·蕭曠》條中，
引《傳記》一篇，有蕭曠和甄后的一段對話，頗有意味：「女曰：妾即
甄后也。為慕陳思王之才調，文帝怒而幽死。後精魄遇王洛水之上，
敘其冤抑，因感而賦之，覺事不典，易其題……妾為袁家新婦時，性
好鼓琴，每彈至悲風及三峽流泉，未嘗不盡夕而止。」〔註16〕三國時
期的這段歷史，由於當時是個血腥殺戮的時代，許多史事撲朔迷離，
史書語焉不詳，幸賴各種筆記傳說給予記載，雖不能全信，但也不可

〔註15〕 參見趙幼文校注，《曹植集校注》，人民文學出版 1984 年版，第 174
　　　　頁。
〔註16〕 〔宋〕李昉等編《太平廣記》卷三百一十一，中華書局 1961 年版，
　　　　第 2459 頁。

全然不信，信與不信，需要有諸多方面的史料及邏輯聯絡考辨，方可破除迷霧，見出歷史之本原。以甄氏之聰慧素養，則《太平廣記》關於甄氏擅長鼓琴的記載，當為可信。

　　結尾處使用《詩經・邶風・柏舟》的詩典：「汎彼柏舟，亦汎其流。耿耿不寐，如有隱憂。微我無酒，以敖以遊。我心匪鑒，不可以茹。亦有兄弟，不可以據」，說自己也很想臨川泛舟，泛舟中也有和樂，但可惜皆非我之所愛。案：宋刊本《曹子建文集》作「憐」，疑作「憐」字是。〔註17〕聯絡上下文，正應該指甄氏不在身邊，因此，才有「遊非我憐」的感慨。同時，說自己「耿耿不寐，如有隱憂」是難以解決的，「亦有兄弟，不可以據」，不僅不可以據，而且，不能向兄長傾訴。結句說：「誰忘泛舟，愧無榜人」，是說自己不會忘記泛舟而濟，但又有誰能作自己的「榜人」呢？表達困境無法解決的心境。

　　從全詩來看，將《朔風詩》解釋為曹植於建安十八年正月將歸未歸之時思念甄后之作，基本能圓通。通過此篇的分析，得知甄氏「好芳草」的愛好和曹植「豈忘爾貽」的採遺細節，正與曹植所寫多篇採遺之作相互呼應。甄后「好芳草」的性情，還可以從曹丕詩作中得到驗證。曹丕《秋胡行》：「朝與佳人期，日夕殊不來。佳餚不嘗，旨酒停杯。寄言飛鳥，告余不能。俯折蘭英，仰結桂枝；佳人不在，結之何為？」詩中說，自己和佳人早晨約會，但到晚上佳人還沒有來，以至於自己佳餚不嘗，旨酒停杯，在等待中採擷蘭英芳草，但佳人不來，採擷又有何用處呢？曹丕接著說：「泛泛綠池，中有浮萍，寄身流波，隨風靡傾。芙蓉含芳，菡萏垂榮。朝採其實，夕佩其英。採之遺誰？所思在庭。雙魚比目，鴛鴦交頸。有美一人，婉如清揚，知音識曲，善為樂方。」〔註18〕從曹丕詩作來看，當寫於建安十六年暑期，曹丕

〔註17〕　參見趙幼文校注，《曹植集校注》，人民文學出版社1984年版，第174頁。

〔註18〕　〔魏〕曹丕《秋胡行》，黃節《黃節注漢魏六朝詩六種》，人民文學出版社2008年版，第135頁。

早期詩作，即建安十六年暑期之前，多為四言，暑期二曹六子遊宴詩
之後，則多為五言，所寫之地，當為銅雀臺西園，西園內有芙蓉，如
曹植的《公讌詩》：「清夜遊西園……秋蘭被長阪，朱華冒綠池。潛魚
躍清波，好鳥鳴高枝」除了第三句的「波」字，幾乎就是唐人的絕句
了。曹丕的「卑枝拂羽蓋，修條摩蒼天。驚風扶輪轂，飛鳥翔我前。
丹霞夾明月，華星出雲間」，劉楨的「月出照園中，珍木鬱蒼蒼。清川
過石渠，流波為魚防。芙蓉散其華，菡萏溢金塘」等，都有描寫景物
的名句，可以說，開了謝靈運山水詩的先河。曹丕更直接有《芙蓉池
作詩》：「乘輦夜行遊，逍遙步西園」，說明西園有芙蓉池；曹丕「採之
遺誰，所思在庭」，正指當時還非常受到寵愛的甄氏，而甄氏的「知音
識曲，善為樂方」，也從各種史料中可以得到驗證，如前所論。曹丕、
曹植兄弟同寫採遺之作，同樣獻給吻合於「所思在庭」和「所思在遠
道」的甄氏，「愛芳草」的正是甄氏。

　　此外，曹植之作，題目一般是明確的，如《鬥雞》《公宴》《侍太
子坐》《三良》《送應氏二首》《贈王粲》《贈徐幹》《贈丁儀》《贈丁儀
王粲》《贈丁翼》《野田黃雀行》《贈白馬王彪》《磐石篇》《仙人篇》
《遊仙》《升天行》，主題都很明確；使用首句或是詩句中的語詞作為
題目的，多為女性題材的，如《種葛篇》《美女篇》《浮萍篇》等，可
能都與甄氏有關，或是採用樂府詩題，如《七哀》等。十九首由於是
從曹植文集中刪除來的，是故原詩是否有題，已經不可確考，但其中
多為與甄氏有關之作，以首句或是原集中以首句中的中心詞彙作題，
也未可知。此詩《朔風詩》，正在此類。

　　既然破譯了《涉江採芙蓉》的隱情，再讀十九首之《庭中有奇樹》：
「庭中有奇樹，綠葉發華滋。攀條折其榮，將以遺所思。馨香盈懷袖，
路遠莫致之。此物何足貢，但感別經時」，就不難看出，《庭中有奇樹》
與《涉江採芙蓉》有異曲同工之妙，兩者皆可視為採遺以贈所思的主
題，應都是曹植寫給甄氏的。但兩首並非寫作於同時、同地，《涉江採

芙蓉》寫作於前，乃為建安十七年十月於長江北岸思念甄氏之作；而《庭中有奇樹》則為黃初二年春作於鄄城曹植自己的庭院藩邸，與《青青河畔草》作於同時。曹植《上九尾狐表》稱：「黃初元年十一月二十三日於鄄城縣北，見眾狐數十首在後」，〔註 19〕曹植自己的這一上表與史書記載的曹植於黃初二年就國鄄城，哪一個更為準確的呢？這也是學術界一直沒有搞清楚的問題之一。

　　關於曹植在曹操死後首次去鄄城的時間，一直有爭論，曹植《請祭先王表》：「臣雖比拜表，自計違遠以來，有逾旬日垂竟，夏節方到，臣悲傷有心，念先王公以夏至日終，是以家俗不以夏日祭。至於先王，自可以今辰告祠……臣欲祭先王於北河之上。」〔註 20〕俞紹初先生據此考證：「『河』在古籍中專指黃河，東漢、三國時代的文獻以『河』稱黃河的例證在在皆是。」「因此，《表》《詔》所說的河上，當是黃河之畔」「可以肯定曹植在太和四年以前居住過的三個都邑是：鄄城、雍丘、東阿」「鄄城，據《水經注·河水注》，『在河南十八里』，屬於『河上之邑』」「鄄城西北至鄴五百里」，曹植這次上表的時間，是延康元年四月，因為夏至日在此年為五月初三或初四，又根據曹植《表》中所說：「自己遠遠以來，已逾旬日」計算，推定曹植初次就國是在延康元年四月十五日左右，其時離曹操下葬相去不遠，而就國之地，也就是這次祭奠曹操的地方，正是鄄城，因為，曹丕的答詔「得月二十八日表」，曹植若在臨淄，距離鄴城約一千二百公里，以日急行三百里計，道途所花費的時間就超過了八天，不可能於曹植請求祭奠的夏至日之前抵達，而且，未見以淄水指黃河的。〔註 21〕此論基本正確，但有一個關鍵性的問題，論者未能解釋清楚，那就是曹植此次去鄄城的目的和身份究竟是什麼，這是個關鍵問題。

〔註 19〕　〔魏〕曹植《上九尾狐表》，趙幼文校注，《曹植集校注》，人民文學出版社 1984 年版，第 235 頁。

〔註 20〕　趙幼文校注，《曹植集校注》，人們文學出版社 1984 年版，第 207 頁。

〔註 21〕　俞紹初《曹植初次就國時地考辨》，《中州學術論集·古代文學卷第一輯》，中華書局 2000 年版，第 135～141 頁。

　　以筆者所見，曹植確實是在延康元年四月去鄄城的，但此次去鄄城，並非是作為鄄城侯歸藩就國，因為曹植在此時的身份還是曹操在世時候所封的臨淄侯，鄄城侯是在黃初二年、三年之際，由安鄉侯轉封的，並隨後封為鄄城王，《三曹年譜》由此認定曹植是以臨淄侯就國臨淄。〔註22〕而俞紹初先生的考辨已經證明曹植所去之地為鄄城。唯一的可能，就是曹植在延康元年四月所在之地是鄄城，而其身份卻並非鄄城侯，換言之，曹植此次去鄄城，乃是一次先斬後奏的個人行為。從曹丕兄弟之間的詔表來看，曹植是先到鄄城，而後上表的，《表》云：「自計違遠以來，有逾旬日垂竟，夏節方到，臣悲傷有念先王……臣欲祭先王於北河之上」，說離別之後，已逾旬日，自己來到此地，是由於悲傷有念先王，「欲祭先王於北河之上」，再看曹丕《詔》的回複：「得月二十八日表，知侯推情，欲祭先王於河上，覽省上下，悲傷感切。將欲遣禮以紓侯敬恭之意，會博士鹿優等奏……顧迫禮制，惟侯存心，與吾同之。」〔註23〕曹丕回詔，說得到曹植（四月）二十八日表，得知君侯推情，要去祭奠先王於河上，原本閱讀之後，也非常悲傷感切，正要派遣人帶去禮品以便舒解君侯的悲哀之情，但博士鹿優等人上奏，說君侯所為，不合於禮法，希望君侯能與我同心。是故，曹丕此詔，應是《三曹年譜》所說《止臨淄侯植求祭先王詔》。〔註24〕

　　因此，大體可以確定，曹植於延康元年四月左右，以臨淄侯身份來到鄄城，離開鄄城的時間不明，各種史書中的記錄皆含混不清，但曹植的《九尾狐表》寫於黃初元年十一月二十三日於鄄城，已經足以說明曹植在黃初元年歲末之前仍然逗留在鄄城，並且可能一直逗留到黃初二年六月甄后被賜死之前。因此，曹植是在黃河邊上的

〔註22〕　張可禮編著《三曹年譜》，齊魯書社 1983 年版，第 174 頁。
〔註23〕　〔宋〕李昉等編纂《太平御覽》卷五二六，中華書局 1960 年版，第 2390 頁。
〔註24〕　張可禮編著《三曹年譜》，齊魯書社 1983 年版，第 174 頁。

鄴城寫《庭中有奇樹》詩，其時間的範圍從延康元年四月到黃初二年五月之間（但從詩中所用「貢」字來看，黃初二年春夏之際可能更大，曹丕於延康元年十月登基），隨後才發生了灌均等人的彈劾奏章。

　　試看《庭中有奇樹》：「庭中有奇樹，綠葉發華滋。攀條折其榮，將以遺所思。馨香盈懷袖，路遠莫致之。此物何足貢，但感別經時」，「將以遺所思」，正是曹植於建安十七年前後寫給甄氏採遺詩作的反覆吟唱，「路遠莫致之」，正吻合於曹植在鄴而甄后在鄴，「莫致之」二字，更說出了兩者之間的阻隔絕非僅僅是地埋的空間，「此物何足貢」，更道出了兩者之間名分上的君臣關係。「貢」的本意是「進獻方物於朝廷」。而甄氏在黃初二年春天，早已經由世子夫人的身份升格為曹丕的皇后，是故採用「貢」字；「別經時」，曹植於黃初元年四月已在鄴城，至寫作此詩思甄，已經足翌年春夏之際，正是分別了一年。

第十四章 《西北有高樓》與《青青河畔草》的寫作背景

第一節 十九首中的女性題材之作產生於曹丕、徐幹之後

十九首中有許多女性題材之作，本章以《西北有高樓》和《青青河畔草》為探討對象進行研究。十九首和曹植建安十七年之後五言詩中的女性題材之作，比之建安時期以劉勳妻子被出為題材的寫作，都更為真實、生動、深邃，這是由於，曹丕以及六子的這些群體寫作，都有著為文而文的共同特徵，而十九首和曹植寫給甄后之作，卻帶有著真實的、沉重的生命體驗。同時，在藝術表達上，曹植和十九首女性題材之作，共同實現了對於前者的超越。將曹丕《見挽船士兄弟辭別詩》與十九首中的《青青河畔草》放在一起比較：

> 鬱鬱河邊樹，青青野田草。舍我故鄉客，將適萬里道。
> 妻子牽衣袂，拭淚沾懷抱。還附幼童子，顧託兄與嫂。
> 辭訣未及終，嚴駕一何早。負笮引文舟，飽渴常不飽。
> 誰令爾貧賤，諮嗟何所道。

> 青青河畔草，鬱鬱園中柳。盈盈樓上女，皎皎當窗牖。
> 娥娥紅粉妝，纖纖出素手。昔為倡家女，今為蕩子婦。
> 蕩子行不歸，空床難獨守。

以筆者所見,「青青河畔草,鬱鬱園中柳」,應當是借鑒曹丕的詩作「鬱鬱河邊樹,青青野田草」而來。何以見得是十九首作者借鑒曹丕,而不是曹丕借鑒十九首呢?筆者嘗試歸納以下幾點:

1. 相同類型的詩句,不僅說明了兩者之間具有一定的聯繫,而且說明了兩者之間前後相承的時間關係。就兩首詩之間幾乎同樣類型寫法的詩句來看,「青青野田草」和「青青河畔草」,「鬱鬱河邊樹」和「鬱鬱園中柳」,其中的優劣美醜,一目了然。若是在曹丕時代,早已經就有了「青青河畔草,鬱鬱園中柳」的美麗詩句,曹丕再寫「鬱鬱河邊樹,青青野田草」這樣近似原始摹寫的詩句,顯然是一種退步。中國詩歌史發展到唐宋之後,時常發生模仿者的退步,這是正常的,但處於曹魏這個五言詩新興的時代,卻應該是一個日新月異,不斷飛躍的時代,正如一個人處於青少年時代,處在一個不斷學習、不斷進步的時代。而兩首詩的詩句,又是這樣的相似,不能不承認兩者之間的相互借鑒關係。因此,從曹丕的「鬱鬱河邊樹,青青野田草」與十九首的「青青河畔草」兩詩之間寫作方式的比較來看,曹丕全詩仍然屬於記錄具體場景之作,是對於具體場景的寫生,帶有建安第二個時期的特點,而「青青河畔草」則是高度概括的提煉的詩景,已經是建安第三階段成熟的抒情詩。而中國詩歌實現由「言志」到「抒情」的轉關,是在曹植的時代實現的——「中國詩底發展的主流,是由『言志』到『緣情』,而建安恰恰是從『言志』到『緣情』的歷史的轉關。」〔註1〕——詩本體的理論告訴我們,詩人的寫作方式,不可能超越時代,因此,就曹丕的「鬱鬱河邊樹,青青野田草」與十九首的「青青河畔草,鬱鬱園中柳」兩句之間的比較來說,前者還帶有具體場景寫生的痕跡,而後者則是更為詩意化、抒情化的意象,曹丕之作在前,十九首在後,這是十分明顯的。

〔註1〕王瑤著《中古文學史論・曹氏父子與建安七子》,北京大學出版社,1986,第217頁。

2. 十九首出現「青青河畔草」等女性視角之作，不可能突兀而生，而只能是曹丕、徐幹等一系列女性題材五言詩之後的產物：此前的文人五言詩尚未有這種表達男女愛情的女性題材，班固《詠史》，寫緹縈救父的故事，「小女痛父言，死者不可生」；蔡邕的《翠鳥》，寫「幸脫虞人機」的恐懼心理。而建安五言詩女性題材之作，是起於描述他者的離別。也就是說，帶有為文造情寫作的性質，顯示了擬樂府詩題材以及隨之帶來的寫作方式。曹操的樂府詩中，也還始終沒有一首這種女性題材之作。《塘上行‧蒲生》之所以不被承認是曹操所作，正是由於此篇為「棄婦之詞」，「凡魏武樂府諸詩皆借題寓意，於己必有所為，而《蒲生篇》則為棄婦之詞，與魏武無當也。」（註2）此說為是，但魏武之所以「皆借題寓意」，也並不完全是因為「往往鞍馬間為詩」，《魏志武帝紀》注引《曹瞞傳》曰：「太祖好音樂，倡優在側，常以日達夕。」曹操死時還對伎樂戀戀不捨，並專門立下遺囑：「吾婢妾與伎人皆勤苦，使著銅雀臺，善待之。於臺堂上安六尺床，……月旦十五日，自朝至午，輒向帳中作伎樂。」（《魏志武帝紀》注引）曹操之所以未能寫作女性題材和女性視角的歌詩，是由於還沒有可資借鑒的先例。曹丕與徐幹的三組女性題材寫作，是五言詩最早的女性題材作品。這種借助他者的離別、離婚等的寫作，直接的結果，是走向「男子而作閨音」的模擬女性視角、口吻的代言體，最後，才產生曹植寫作的真實的情愛題材之作。也就是說，若將十九首置於建安之前，則這種女性化寫作，沒有其產生的詩體原因和社會背景。

3. 此時期之與「青青河畔草」相似的句式，還有三處，一處是劉楨的「青青女蘿草，上依高松枝。」（《詩》），第二處是樂府詩：「青青園中葵」（《長歌行》），第三處是《飲馬長城窟行》：「青青河邊草，綿綿思遠道。」此詩《玉臺新詠》作蔡邕，《文選》作古詩。從蔡邕其他五言詩的情形來看，蔡邕作為此詩的作者沒有可能，這一點已經多有學者辨析。此三種的前兩種，都是一種比興性質的詩句，與曹丕的

〔註2〕徐公持著《魏晉文學史》，人民文學出版社，1999，第44頁。

「鬱鬱河邊樹」相似，十九首的首兩句「青青河畔草，鬱鬱園中柳」，
應該是對這些詩的借鑒和昇華，由曹丕的「鬱鬱河邊樹，青青野田草」
對調而成，「青青」改到首句，並將「河邊」改為「河畔」，就更為文
人化，十九首中的次句「鬱鬱園中柳」，將曹丕首句中的「樹」改為
「柳」，就更為具體化，意象和畫面就更為清晰——「樹」雖然也是具
象的，當是許多樹的一個抽象概念，「柳」就具體了。全詩以下，由
「青青」「鬱鬱」這一個點而引發一連串的「疊字」句式的使用，就是
水到渠成的了，從而創作成一首思婦詩。

　　4. 疊字的使用，在五言詩體制之中，始於曹丕，應該說，使用疊
字是曹丕五言詩的一大特色。疊字之使用，原本在詩三百中多用之，
但在兩漢文人五言詩中，去除十九首、蘇李詩等寫作時間有爭論的詩
篇，並不多見。至建安曹操樂府詩中始用之，如《苦寒行》：「艱哉何
巍巍」「雪落何霏霏」〔註3〕，曹操之始用疊字，是與建安時代慷慨悲
越的審美追求離不開的，連同喜愛使用「一何」之類的句式相似，都
是為了達到能夠感動讀者的目的而使用並且流行的。隨後，曹丕開始
效法乃父，先在他的四言詩中使用：《善哉行二首》：「鬱何壘壘」，《丹
霞蔽日行》：「穀水潺潺」「木落翩翩」，（390～391），隨後，大量地使
用於五言詩和七言詩之中，《釣竿行》：「釣竿何珊珊」，（392）《燕歌
行二首》：「慊慊思歸戀故鄉」「明月皎皎照我床」「山川悠遠路漫漫」
「耿耿伏枕不能眠」（394～395），《月重輪行》：「煥哉何煌煌」「悠悠
與天地久長」，（398）《於譙作詩》：「雅舞何鏘鏘」「穆穆眾君子」（400），
《於玄武陂作詩》「黍稷何鬱鬱」「淡淡隨風傾」（400）《至廣陵於馬上
作詩》：「水流何湯湯」「悠悠多憂傷」（401），《於明津作詩》：「遙遙山
上亭，皎皎雲間星」（402），《代劉勳妻王氏雜詩》：「翩翩床前帳」，
《見挽船士兄弟辭別詩》：「鬱鬱河邊樹，青青野田草」，《詩》：「行行

〔註3〕逯欽立輯校《先秦漢魏晉南北朝詩》，中華書局，1983，第351頁，
　　　以下標注頁碼均為：逯欽立輯校《先秦漢魏晉南北朝詩》，中華書局，
　　　1983。

遊且獵」（404），特別是曹丕的《雜詩二首》：「漫漫秋夜長，烈烈北風涼。……鬱鬱多悲思，綿綿思故鄉」（《其一》）「西北有浮雲，亭亭如車蓋……行行到吳會」（《其二》），《其一》中的四句兩兩成雙，連同《其二》的兩句，達到六句相對使用疊字，與《青青河畔草》使用疊字句數相同，無怪王世貞說「子桓之《雜詩》二首，……可入《十九首》，不能辨也。」〔註4〕曹丕對應地使用疊字相對，已經開了「青青河畔草，鬱鬱園中柳」這種寫法的先河。

　　十九首的疊字使用，顯然比之曹操、曹丕更為圓熟，更為精練，更為貼切，可以說，它們應該是在曹操、曹丕的疊字運用的氛圍中得到實現的。曹丕的「鬱鬱河邊樹，青青野田草」可能是文人五言詩中，首次在一聯對句中兩次使用疊字，正是曹丕的創新使用一聯對句的對用疊字，才啟發了《青青河畔草》的三聯六次使用疊字的創意，那麼，曹植在其中又具有什麼樣的地位呢？曹植是漢魏五言詩中大量使用疊字的第二人，僅僅從其五言詩中，就可以檢索出許多的疊字使用：《惟漢行》：「濟濟在公朝」（422），《吁嗟篇》：「宕宕當何依」（423），《浮萍篇》：「慊慊仰天歎」（424），《野田黃雀行》：「謙謙君子德」「黃雀得飛飛」「飛飛摩蒼天」（425），《門有萬里客》：「行行將復行，去去適西秦」（426），《聖皇篇》：「行行將日暮」（428），《美女篇》：「柔條紛冉冉」「落葉何翩翩」「羅衣何飄飄」「眾人徒嗷嗷」（432），《磐石篇》：「盤盤山巔石，飄颻澗底蓬。……湖水何洶洶」（435），《種葛篇》：「悠悠安可任」（436）等。不難看出，疊字首先由曹操在五言詩中使用，曹丕為第一個在五言詩中大量使用的詩人，曹植受到乃父乃兄的影響，開始仿傚，但直到《青青河畔草》的寫作，才達到了使用疊字這一修辭手法的頂峰。

　　5. 就其主題而言，曹、徐之作，或寫新婚而別，或寫兄弟離別、夫婦離別，十九首則寫久別未歸的寂寞和想念；就其視角而言，由曹

〔註4〕〔明〕王世貞撰《藝苑卮言》卷八，河北師範學院中文系古典文學教研組編《三曹資料彙編》，中華書局，1980，第131頁。

丕的男性視角，敘說與新婚妻子的別離，兒女的悲哀，到十九首明顯
的女性視角，有著一個漸進的過程。呈現越來越開放（通脫），越來越
歌詩化，越來越合於歌者演唱的氛圍的漸進性。

　　6. 王夫之《薑齋詩話》說：「一詩止於一時一事，自《十九首》
至陶、謝皆然。」〔註5〕兩漢詩歌，大體上沒有「一詩止於一時一事」
之作，曹操大約寫於建安十一年的《苦寒行》和十二年左右的《觀滄
海》，可以說是較早的「一詩止於一時一事」式的寫作，到了建安十六
年的遊宴詩之後，才開始大量出現這種方式的五言詩作。「一詩止於
一時一事」，詩作主題的縮小，就使詩歌的寫作得以更為細膩，更為
生動。《西北有高樓》與《青青河畔草》詩等與曹丕詩都屬於「一詩止
於一時一事」之作，但《西》《青》兩詩顯然更為具有典型意義，更為
抒情，更為凝練。

　　7. 從詩的語言技巧來說，十九首遠遠高於曹丕、徐幹之作，它雖
然前兩句使用「青青」「鬱鬱」，是對曹丕詩句的沿用，但其後的詩句
連用「疊字」一貫而下，顯示了比原作更為高妙的想像力和駕馭語言
的能力。而「蕩子行不歸，空床難獨守」，更是對於曹丕此詩「舍我故
鄉客，將適萬里道」的呼應和呼喚。因此，「青青河畔草」不僅僅是受
到首兩句疊字使用的啟發，而且全篇都是對於曹丕詩意的一種答覆，
是意義上的唱和之作。

第二節　《西北有高樓》的寫作背景

一、《西北有高樓》與《七哀詩》的對比

　　如果將十九首中的《西北有高樓》與曹植的《七哀》詩對比，會
是一個十分有趣的命題，先分列兩詩如下，《西北有高樓》：
　　　　西北有高樓，上與浮雲齊。交疏結綺窗，阿閣三重階。

〔註 5〕〔清〕王夫之撰《薑齋詩話・卷二・八》，人民文學出版社，1981，
　　　　第 148 頁。

上有絃歌聲，音響一何悲！誰能為此曲，無乃杞梁妻？

清商隨風發，中曲正徘徊。一彈再三歎，慷慨有餘哀。

不惜歌者苦，但傷知音稀。願為雙鴻鵠，奮翅起高飛。

曹植《七哀》詩：

明月照高樓，流光正徘徊。上有愁思婦，悲歎有餘哀。

借問歎者誰，言是宕子妻。君行逾十年，孤妾常獨棲。

君若清路塵，妾若濁水泥。浮沉各異勢，會合何時諧？

願為西南風，長逝入君懷。君懷良不開，賤妾當何依。

兩者之間，何其相似乃爾！或說這是曹植詩與十九首的巧合，或說是曹植效法十九首。我們就再看看全詩寫作方面的情況，可以分別從語彙、語句、篇章三個方面進行比較研究。

1. 語彙使用情況。「西北有」這個語彙，曹丕《雜詩二首‧其二》：「西北有浮雲，亭亭如車蓋。」；曹植《雜詩》：「西北有織婦，綺縞何繽紛」，與《西北有高樓》中的女性形象，同一機杼。曹植為何說是「西北有織婦」，而不說其他的方向呢？是由於銅雀臺正在鄴城之西北方向，此首「西北有高樓」，也正應該是指銅雀臺，而銅雀臺中也正是曹氏政權宮室之所在，後宮嬪妃之所居住之所，詳論參見下文。

高樓：這個語彙在漢魏詩人中，首先是曹丕在六言詩中使用，《黎陽作詩》：「中有高樓亭亭，荊棘繞蕃叢生」，五言詩作中，只有曹植《七哀詩》使用：「明月照高樓，流光正徘徊。上有愁思婦，悲歎有餘哀」，與《西北有高樓》，可謂姐妹篇，同樣手法，同樣風格。

阿閣：「吳旦生曰：《周書》云：『明堂咸有四阿』，《注》：『四阿若今四注屋。』故五臣之注阿閣，亦謂閣有四阿也。」〔註6〕隋樹森《古詩十九首集釋》引：「薛綜《西京賦》注曰：『殿前三階也。』」〔註7〕案：阿閣、綺窗、三重階，都表明此高樓非市井街面之高樓，而是帝王殿宇之高樓，作為曹魏鄴城之高樓，則非銅雀臺莫屬。隋樹

〔註6〕〔清〕吳景旭著《歷代詩話》，「阿閣」條，京華出版社，1998，第244頁。

〔註7〕隋樹森編著《古詩十九首集釋》，中華書局，1955，第25頁。

森引李善注：「此刻鏤以象之」，隨後案語說：「後漢書《梁冀傳》：『窗牖皆有綺疏青瑣』，注曰：『綺疏謂鏤為綺文。』」〔註8〕筆者論述過，十九首為建安十六年之後曹魏之作，而曹操時代，倡導簡樸，未聞有臣子能有如此奢華之宅第。「交疏結綺窗，阿閣三重階」，正是《魏都賦》所說的「殿居綺窗」，也正是曹植《雜詩·其六》詩中的「飛觀百餘尺，臨牖御欞軒」。「飛觀」和「雙闕」，應該是同一種建築的不同說法。崔豹《古今注》曰：「闕，觀也。古每門樹兩觀於其前，所以標表宮門也。其上可居；登之則可遠觀。故謂之觀。人臣至此，則思其所闕，故謂之闕」〔註9〕，曹植《登臺賦》：「浮雙闕乎太清」與「立衝天之華觀」。

無乃：除了十九首之外，漢魏詩作中，只有曹植使用了這一語彙，《贈白馬王彪詩》：「無乃兒女仁」，同時，此詞在《洛神賦》中也出現，可以不論。

杞梁妻：在漢魏詩作中採用這個故事的，只有曹植兩次使用，說明這個故事的流傳在漢魏之際，還帶有地域性，曹植出生和貶謫之地皆在山東一帶，這個故事最早的流傳也在齊魯之間，詳論參見下文。

2. 主要句式：

《西北有高樓》：「一彈再三歎，慷慨有餘哀」，曹植《七哀》「悲歎有餘哀」，蘇李詩「絲竹厲清聲，慷慨有餘哀」，都是相同相似的句式。

《西北有高樓》：「上有絃歌聲，音響一何悲」，「一何」，曹操、曹植多用「一何」或者「何」來形容極致之情，曹操：「樹木何蕭瑟」（《苦寒行》），曹植：「四海一何局，九州安所如？」（《仙人篇》）另，蘇李詩：「請為《游子吟》，泠泠一何悲」（《黃鵠一遠別》）。

「清商隨風發，中曲正徘徊」，《古詩十九首》「燕趙多佳人」：「被服羅裳衣，當戶理清曲。」關於清商曲，曹植詩中涉及「清商」

〔註8〕隋樹森編著《古詩十九首集釋》，中華書局，1955，第25頁。
〔註9〕隋樹森編著《古詩十九首集釋》，中華書局，1955，第23頁。

的：「悲歌歷響，咀嚼清商。」(《元會》)涉及音樂描寫的則頗多，如：
「齊人進齊樂，歌者出西秦」(《侍太子坐》)；「徘徊」曹操：「水深橋
樑絕，中路正徘徊。」(《苦寒行》)，曹植：「車輪為徘徊，四馬躊躇
鳴。」(《聖皇篇》)，蘇李詩：「黃鵠一遠別，千里顧徘徊。」(《黃鵠一
遠別》)。

「一彈再三歎，慷慨有餘哀」，曹植：「秦箏何慷慨，齊瑟和且
柔。」(《箜篌引》)，「慷慨對嘉賓，悽愴內傷悲」(《情詩》)；曹植《棄
婦篇》：「慷慨有餘音，要妙悲且清。」《贈徐幹》：「慷慨有悲心」，
都是同樣句式。其中曹植的「慷慨有餘音」更與十九首中的「慷慨
有餘哀」僅僅一字之差；而曹植《七哀詩》中的「悲歎有餘哀」正好
為之補全。

「不惜歌者苦，但傷知音稀。願為雙鴻鵠，奮翅起高飛」，這個
句式大抵從曹丕開始使用：「願為雙黃鵠，比翼戲清池。」隨後，曹植
使用：「願為比翼鳥，施翮起高翔。」(《送應氏詩二首·其二》)蘇李
詩：「願為雙黃鵠，送子俱遠飛。」(《黃鵠一遠別》)《古詩十九首》
《東城高且長》：「馳情整巾帶，沉吟聊躑躅。思為雙飛燕，銜泥巢君
屋。」

3. 篇章：

此兩首都可以概括為「偷聽者的故事」，前者所寫，是寫詩人偷
聽到一位女子在樓上的歌聲所引發的聯想，後者是詩人聽到樓上有女
子的悲歎，因此，引發與女子的一番對話。兩詩都是由無意中的「偷
聽」行為引發對於被聽者的同情。根據以上分析，初步可以推斷，《西
北有高樓》與確認為曹植的《七哀詩》同一機杼，應該都是曹植所作，
寫作地點也應該都是在鄴城，但兩者之間的寫作時間應該是《西北有
高樓》在前，而《七哀詩》在後。《西北有高樓》應該是曹植傾聽甄氏
彈琴的瞬間遐想，而《七哀詩》則應該是曹、甄對話之後為甄氏代言
之作。兩首詩之間的寫作時間應該有區別，《西北有高樓》應為建安
二十一年至二十二年之間，期間曹操東征，卞后、曹丕攜帶著甄氏的

一對兒女都隨同東征，只有甄后和曹植留守鄴城，《西北有高樓》可能作於此時，而《七哀詩》可能作於曹丕離開鄴城去洛陽繼位的延康元年至黃初二年甄后被賜死前夕。

先看《西北有高樓》：裴注《文昭甄皇后》引王沈《魏書》云：「（建安）二十一年，太祖東征，武宣皇后、文帝及明帝、東鄉公主皆從，時（甄）后以病留鄴。二十二年九月，大軍還，武宣皇后左右侍御見后顏色豐盈，怪問之曰：『后與二子別久，下流之情，不可為念，而后顏色更盛，何也？』后笑答之曰：『（諱）〔叡〕等自隨夫人，我當何憂！』」〔註10〕而此時期曹丕隨軍出征孫權，曹植留守鄴城，《三曹年譜》記載：建安二十一年「曹操征孫權，曹丕從征」，到二十二年三月，「曹操引軍還」。〔註11〕詩中的「上有絃歌聲」「一彈再三歎」的女性，正應該是甄氏，而表達「願為雙鴻鵠，奮翅起高飛」這種單相思願望的偷聽者，正應該是曹植。

詩中女主人公所在高樓的位置：「西北有高樓，上與浮雲齊」，「西北」二字非常重要，因為，曹魏修建的鄴城以及銅雀臺，其最為明顯的一個特點，就是銅雀三臺正在鄴城的西北方向。是故曹植《登臺賦》說：「連飛閣乎西城。」據潘眉《三國志考證》說：「魏銅雀臺在鄴都西北隅（見《鄴中記》），鄴無西城。所謂西城者，北城之西面也。臺在北城西北隅，與城之西面樓閣相接，故曰：連飛閣乎西城。」〔註12〕這是一個重要標誌。

或說，漢魏時期的高樓很多，西北或是虛指，這樣說當然也未嘗不可，但還需要注意，此詩句後文便說：「上與浮雲齊」，不是一般的建築，而是在當時人眼中看來，是與浮雲比肩的巍峨建築，這就排除了詩中女主人公為非貴族女性的可能。有人把這詩中的女主人公想像

〔註10〕 〔晉〕陳壽撰〔宋〕裴松之注《三國志·魏書·后妃傳》，中華書局，1982，第161頁。

〔註11〕 張可禮編著《三曹年譜》，齊魯書社，1983，第145～148頁。

〔註12〕 〔清〕潘眉《三國志考證》，《續修四庫全書》，史部，正史類，上海古籍出版社影印，2002，第465頁。

成為歌兒舞女，這是一個歷史的錯覺，首先是在漢魏時代，這種「上與浮雲齊」的殿宇建築並不普及，是只有帝王貴族家族才有可能居住的，其次，音樂歌舞，在漢魏時代，也是一種帝王宮廷貴族的壟斷，那種市井歌女的現象，不能排除其有，但居住在「上與浮雲齊」的西北高樓之上，則難以尋覓，此外，此詩中的「上有絃歌者」的有器樂伴奏的歌唱，也是宮廷貴族的音樂消費方式；而能在這貴族女性的樓下傾聽歌聲的，作為曹植的身份，當然是合情合理的。

　　從《西北有高樓》的偷聽、聯想、幻想來看，也正合於曹植和甄氏之間在這一個階段的身份和關係。再看曹植的《七哀詩》，雖然也有「上有愁思婦，悲歎有餘哀」的聽歌，卻已經是雙方可以對話了，雖然採用的是「借問歎者誰」的語氣，卻分明兩者之間的關係拉近了許多，「言是宕子妻。君行逾十年，孤妾常獨棲」以下，皆可以視為女性的答語。這首詩，雖然是在《西北有高樓》的基礎之上寫作的，但卻可能不是一個時間。《西北有高樓》，雖然也有思婦的悲哀，但卻顯得比較輕，而且，其悲哀的重心所在，乃在「誰能為此曲，無乃杞梁妻？」是對丈夫服役而死於外地的擔心，這一點，正與曹丕從父東征的背景吻合，而《七哀詩》的悲哀，沒有了「杞梁妻」的稱謂，也沒有杞梁死於征役的擔憂，憂慮的重心已經悄然轉移到「君若清路塵，妾若濁水泥。浮沉各異勢，會合何時諧？願為西南風，長逝入君懷。君懷良不開，賤妾當何依」的被丈夫遺棄的孤獨和痛苦。

　　以前，我們大都將曹植的這首《七哀詩》解讀為曹植以男女比喻君臣（這可能也是此詩在明帝下詔整理曹植文稿的時候，仍然能被保存的原因），現在來看，沒有這麼簡單，其本事應該是黃初元年到二年之際，曹丕帶著他心愛的一些妃子去洛陽登基，而把甄氏拋棄在鄴城，曹植此作，應該是對甄氏充滿了同情而寫作的。植、甄之間的愛情，應是甄氏在將近一年左右的時間離別丈夫期間「顏色更盛」的原因，其實，卞后所問，雖然表面上是說對一對兒女的牽掛，實際上隱含著對甄氏在此獨具生活期間「顏色更盛」的懷疑，

女性在熱戀之中更為美麗，這是人所共知的常識，而甄氏的答覆非常巧妙，避重就輕，躲過了一劫。這也應是後來甄氏賜死，曹植幾乎被殺的真實背景。

二、杞梁妻故事在先秦漢魏的演變

《西北有高樓》中的一個關鍵點，是「杞梁妻」這個發生在山東，特別是泰山、梁山附近的故事的使用。《西北有高樓》中的「誰能為此曲，無乃杞梁妻」，與曹植《七哀詩》中的「借問歎者誰，言是宕子妻」，兩個女性應為同一人物，一位是「君行逾十年，孤妾常獨棲」的蕩子之妻，另一位則被比擬作丈夫遠行的「杞梁妻」，「宕子妻」與「杞梁妻」在丈夫遠行，妻子獨守這一點上取得了共同點，宕子與杞梁在造成妻子「一何悲」和「孤妾常獨棲」方面，也同樣取得了共同點。如果能拋開曹植《七哀詩》是借助男女以比興君臣的先入為主的詮釋，拋開認為曹植寫作《洛神賦》是寫給甄氏乃是附會傳說的先入為主的觀念，不能不承認，曹植《七哀詩》寫出來的「愁思婦」，正與黃初二年被悲慘賜死的甄后基本吻合，《西北有高樓》中的「杞梁妻」也同樣吻合，兩篇可以視為相隔幾年的續作。其中關於「杞梁妻」的問題，更為關鍵，筆者為此搜尋了有關研究，大體有這麼幾點：

1. 杞梁妻故事，確實為發生於泰山、梁山一帶，「泰山附近，實為歷史上杞梁之家族故地；後世傳說故事中杞梁妻與泰山發生聯繫，其源頭均應於此。——這正是泰山成為「孟姜女故事區域」的史實背景。」〔註13〕最早的記載，出於《左傳》襄公二十三年：「齊侯還自晉……獲杞梁。莒人行成。齊侯歸，遇杞梁之妻於郊，使弔之。辭曰：『殖之有罪，何辱命焉？若免於罪，猶有先人之敝廬在，下妾不得與郊弔。』齊侯弔諸其室。」「歷史上的杞梁，為齊之大夫，其姓杞氏，亦有源可溯。據《元和姓纂》卷六「杞」云：「姒姓，夏禹之後。周武

〔註13〕 參見周郢《孟姜女故事與泰山》，《文史知識》，2008 年第 6 期，第 75 頁。

王封東樓公於杞，後為楚所滅，子孫氏焉。（望出）齊郡。齊有杞殖，字梁。今齊州有杞氏。」又《通志》卷二六《氏族略·以國為氏》：「杞氏，姒姓，夏禹之後。成湯放桀，其後稍絕；武王克紂，求禹後，得東樓公，而封之於杞，……子孫以國為氏。」〔註14〕

2. 杞梁妻的記載和民間流傳的孟姜女故事，一直被視為一回事，認為前者是後者的原型，前文所載的《左傳》片斷，被認為是最早見諸文字記載的孟姜女故事的雛形。這是顧頡剛先生的最早發現。但也有學者提出異議，認為：「《左傳》上的杞梁故事不是孟姜女故事的原型。……孟姜女的『哭長城』與杞梁妻的「迎其柩於路而哭」的含義，有本質差異：杞梁是春秋時齊國的一位將軍，而孟姜女之夫則是被抓去修長城的一個苦役，他們是不同類型的兩種人物。……再次，《左傳》與《禮記》中的杞梁故事是文人撰寫的：或史料的實錄，或虛構的創作，它不可能成為民間文學孟姜女故事的直接源頭。」〔註15〕筆者認為，杞梁妻和孟姜女是兩個系統中的不同文化現象，杞梁妻是在傳統貴族的、文人的文化系統中記載著、演變著，而孟姜女則是民間文化的故事傳說。杞梁妻由真實的歷史記載，到曹植的「梁山傾」，有著由歷史真實到傳說誇張的成分，而這種演變，與曹植長時間生活在底層，以及生活在杞梁的故事發生地有著直接的關係。這樣來理解十九首中的「無乃杞梁妻」，就不會將詩中的女主人公想像成為一位民間怨婦了，恰恰相反，這是在引用春秋時代就開始的貴族婦女的故事。

3. 曹植關於杞梁妻的詩句，成為整個漢魏時期最為重要的文獻資料，曹植是漢魏詩中記載有關杞梁妻的唯一的一位詩人，曹植《精微篇》的「杞妻哭死夫，梁山為之崩」和《黃初六年令》中的：「杞妻哭梁，山為之傾」，為其中的重要文獻。後者曹植寫於黃初六年，以杞

〔註14〕　參見周郢《孟姜女故事與泰山》，《文史知識》，2008年第6期，第75頁。

〔註15〕　參見屈文焜《兩個故事，兩種命運——杞梁妻故事與孟姜女故事比較研究》，《寧夏大學學報》，1992年第1期，第25～26頁。

梁妻哭梁，山為之傾倒，來說明「精神可以動天地金石」。〔註16〕有
學者對此考辨說：

　　　　在三國曹植詩文中屢有「杞妻哭死夫，梁山為之傾」及
「杞妻哭梁，山為之崩」之詠。顧頡剛先生《杞梁妻的哭崩
梁山》對此曾予考證：「梁山在什麼地方？班固《漢書·地
理志》云『夏陽，故少梁，《禹貢》梁山在西北』。是以梁山
在黃河之西，今陝西省關中道韓城縣地。」顧先生之梁山在
晉陝說，自可作一解。然而史籍中泰山附近自有一座梁山，
《琴操》中云：「曾子耕泰山下，思其父母，作《梁山歌》。」
後人多認定此泰山下之梁山即梁父山，故《梁山歌》亦稱作
《梁父吟》。梁父山為徂徠山之東峰，今屬新泰市，正在古
杞之域。杞梁妻哭崩梁山為杞地之山，從故事發生的地域來
看，自較遠在晉陝的梁山更為合理。關於梁山之崩，顧先生
認為是指「春秋成公五年夏（晉國）梁山崩的事」，其事「先
於杞梁戰死三十七年」。但春秋時的晉國山崩，何以會在八
百年後的漢末產生反響而被融入杞梁妻故事之中？顧先生
對此卻未能做出一個合理的解釋。那麼，不妨提出另一種假
設，即杞梁妻故事中新起的「梁山崩」情節導源於漢末泰山
附近的一次山崩。檢《後漢書·桓帝紀》：延熹四年（161）
六月，「岱山及博尤來山並頹裂」。又《五行志》：「四年六月
庚子，泰山、博尤來山判解。」史中之尤來山，即徂徠山之
別名，梁父山為其支阜，故此次山體崩頹，亦可稱之為「梁
（父）山崩」。這次山崩載入正史，足見於當時影響之大。
由於杞梁妻故事其時正盛傳於這一區域，因此西漢戴聖編
纂的《禮記·檀弓分》中亦有類似的記載。〔註17〕

　　所論非常有道理，是故長篇引述之，如此，我們也就能對曹植之
所以能寫出「杞妻哭死夫，梁山為之傾」，正是由於他對山東文化的

〔註16〕　〔魏〕曹植《黃初六年令》，《曹植集校注》，趙幼文校注，人民文學
　　　　　出版社，1984，第 338 頁。
〔註17〕　參見周郢《孟姜女故事與泰山》，《文史知識》，2008 年第 6 期，第 73
　　　　　頁。

熟稔。曹植的人生，與山東有著不解之緣，曹植初封平原，後改封臨淄，再遷鄄城，皆在山東境內。曹植《遷都賦序》說：「余初封平原，轉出臨淄，中命鄄城，遂徙雍丘，改邑濬儀，而未將遷於東阿。號則六易，居實三遷。」〔註18〕其一生中的封地，除了沒有就國的濬儀在開封附近，其餘五個封地皆在山東，更為重要的，是曹植所從小生活的鄄城，正在梁山腳下，參見下文。

　　歸納以上的分析，《西北有高樓》一篇，當為曹植為甄氏作，其中的主要邏輯推斷是：1.整個漢魏時期，北方（當時南方沒有人會寫五言詩）只有銅雀臺地處西北而有名，也只有銅雀臺既能滿足「上與浮雲齊」的規模高度，又處在某個都市的西北位置，同時，也只有鄴城、洛陽的詩人集團會寫這種抒情五言詩；2.詩中女主人公只有甄氏同時在居住銅雀三臺和具有「一彈再三歎，悲歎有餘哀」「無乃杞梁妻」等諸多方面吻合的條件；3.在上述兩個方面的基礎之上，也只有曹植具有能到這種後宮樓下傾聽、聯想並且能寫出這麼優秀的詩篇的條件；4.「杞梁妻」這個故事在詩歌中的使用，首先見於曹植的《精微篇》，而《精微篇》中的「杞妻哭死夫」，是伴隨「梁山為之傾」而出現的，建安五言詩人，只有曹植在梁山一帶長期生活過；5. 此詩從用語到謀篇，從立意到風格，整個漢魏時期，只有曹植的詩作與之可以媲美。因此，《青青河畔草》《西北有高樓》兩首，大體可以指認為曹植所作。

　　如果將曹植《七哀詩》一篇的背景，假設為黃初二年的作品，與曹丕拋棄甄后背景有關。「明月照高樓」之「高樓」，正是「盈盈樓上女」之「樓」，而「云是宕子妻」之「宕子」，正是「蕩子行不歸」之「蕩子」，都指的是曹丕。「君行逾十年」，是君行在外久久不歸的文學性寫法，帶有誇張的意味。當然，對於甄氏這一原型而言，這次離別僅僅是一年，曹丕於延康元年六月離開鄴城，翌年，也就是黃初二

年六月甄氏被賜死，正是一年，但對原型形象所含寓的象徵形象，則不論是甄氏之被拋棄還是曹植自身的悲慘命運，都遠不是一年，故「十年」可以是一個象徵性的說法。

關於《西北有高樓》，筆者在此前的研究中，一直有一個困惑難解的問題，那就是：曹植如果是在建安時期寫作的此詩，則發生在曹植就國之前，如果如同前文所論，杞梁妻哭倒梁山的故事在這個時期，可能還僅僅是山東地區，特別是梁山附近區域所流傳的故事，則曹植也不應該熟悉這一故事；而此詩如果假定是曹植在黃初元年到鄄城之後所寫，則或者曹植在此期間曾經返回過鄴城，或者曹植是在鄄城回憶鄴城往事所作。但以《西北有高樓》所寫的內容來說，解釋為建安二十一年到二十二年之間發生的故事更為吻合，這一謎團如何解釋？其實，曹植就是在鄄城長大的，曹植有詩說：「我本泰山人，何為客淮東？」〔註19〕《銓評》：「案淮東指雍丘。」從初平四年（193）春，曹操軍鄄城開始，鄄城一直就是曹操軍隊的大本營。曹操本人雖然經常率軍外出打仗，但曹植作為曹操子女，一直沒有離開過鄄城，一直到建安九年八月，曹操攻克鄴城，曹植才第一次遠離鄄城。可以說，曹植是聽著杞梁妻的故事長大的，同時，曹植此次去鄴城，正是從鄄城出發去的，因此，《西北有高樓》中出現「杞梁妻」的寫法，是十分自然的。

十九首中的女性題材之作，如《西北有高樓》與《七哀詩》相似，《冉冉孤生竹》與曹植《浮萍篇》相似，《行行重行行》與曹植《雜詩》以及甄后《塘上行》相似等等，不一而足。限於篇幅，本章主要例舉建安十六年到十七年的相關作品來加以分析，其中特別是《涉江採芙蓉》與曹植其他作品的對比，已經足以能證明十九首中的多數作品為曹植所作。看來，曹植的一生，正毀在與甄后的非分情愛上，但成也蕭何，敗也蕭何，這種違背倫理的叔嫂之愛，也成就了曹植深邃

〔註19〕〔魏〕曹植《磐石篇》，《曹植集校注》，趙幼文校注，人民文學出版社，1984，第261頁。

的情感和深邃的愛情，成就了曹植寫成「一字千金」，令人「驚心動魄」的詩作。

由於涉及到《西北有高樓》中女性的音樂素養，則甄氏是否會彈琴也就成為一個值得關注的問題。這一點，前文所引《太平廣記·蕭曠》中有所記載，雖然它是通過小說筆記的形式記載下來的，三國時期的這段歷史，由於當時是個血腥殺戮的時代，許多史事撲朔迷離，史書語焉不詳，幸賴各種筆記傳說，給予記載，信與不信，需要有諸多方面的史料及邏輯聯絡考辨，方可破除迷霧，見出歷史之本原。以甄氏之聰慧素養，則《太平廣記》關於甄氏擅長鼓琴的記載，當為可信。《太平廣記》關於曹植、甄后的愛情關係記載，似乎甄后更為上動，其情愛的理由或說是出發點，乃是「為慕陳思王才調」，這一點也值得關注。

上面的論證，初步得出了《西北有高樓》應為曹植所作的判斷，詩中的女主人公應為甄后。但其中還有疑點：倘若為曹植所作，其具體的時間和地點，似乎與史書記載不能吻合。此兩首玩其語意，《西北有高樓》發生在前，是在女性不知情情況下的男性獨白；《七哀詩》發生在後，是雙方對話之後，側重在女方的對白，「願做西南風，長逝入君懷」，以前都解作曹植對曹丕的兄弟君臣比興，現在則可以理解為曹植代甄后立言，詩中的「君」仍然可以是曹丕，但詩中的主人公敘說視角，卻不再是曹植，而是長時間被拋棄的甄后的痛苦表白。其發生地點無疑也應該是在鄴城，也就是甄氏黃初二年仍然所在的銅雀臺；其發生時間，最為可能的時間，是黃初二年甄后被殘忍處死之前夕。

第三節 《青青河畔草》的寫作背景

《青青河畔草》（以下簡稱《青》）當為曹植所作，其主要理由如下：

1.《青》詩與甄氏之死的背景吻合：甄氏昔為袁熙之妻，袁熙不能保護她，使她如同倡家之女：《後漢書》卷七○《孔融傳》記載：建

安九年，「曹操攻屠鄴城，袁氏婦子多見侵略。而曹丕私納袁熙之妻甄氏。融乃與操書，稱『武王伐紂，以妲己賜周公』」，而魚豢《魏略》更記載了曹丕私納甄氏的細節：「文帝就視，見其顏色非凡，稱歎之。太祖聞其意，遂為迎取。擅室數歲。」〔註20〕同時，更記載了曹丕是先「擅室數歲」後才迎娶甄氏的，此則何異於「倡家女」？甄氏後為曹丕之妻，但曹丕又久行不歸：「延康元年正月，文帝即王位，六月南征，后留鄴。」則甄后自延康元年六月即留鄴而與丈夫分居，直到黃初二年六月賜死，此又何異於「蕩子婦」？「蕩子」，見曹魏時代的《古詞·雞鳴》「蕩子何所之，天下方太平。」因此，此詩若是曹植所寫，「空床難獨守」，不僅是「后愈失意」的「怨言」，而且應是作者曹植的心聲──詩人自我，昔為父王愛子，今為難以見到君主的罪臣，獨守空床之滋味，又何異於蕩子之婦呢？這也許是此詩大體的本意和象徵意。

　　或說，「倡家女」在今日如同罵人，曹植怎敢以此語比喻甄氏？這其實是今人的觀念，當時人並不以為意，曹丕兄弟的生母卞皇后，原本就是倡家女，《三國志·后妃傳》記載卞皇后：「文帝母也，本倡家。」〔註21〕此處，詩人不過是使用形象的比喻，結合兩位女性的身世，來寄託對詩中女主人公一生遭際的無限同情。故「昔為倡家女，今為蕩子婦。蕩子行不歸，空床難獨守」是此詩全篇之立意所在。全篇都是圍繞這一主題展開的：「青青河畔草，鬱鬱園中柳」，以萬物萌生的春意寫詩中女主人公生命意識的覺醒，反寫後文「空床難獨守」的無奈；前面六句，前兩句以外景襯托：後四句則以「盈盈樓上女，皎皎當窗牖」的女性形象之正面描繪，進一步抒發詩人的深刻同情和惺惺相惜的心境。《三國志》卷五《魏書·甄后傳》注引《魏書》曰：「后自少至長，不好戲弄。年八歲，外有立騎馬戲者，家人諸姊皆上

〔註20〕　〔晉〕陳壽撰〔宋〕裴松之注《三國志·魏書·后妃傳》，引〔魏〕魚豢《魏略》，中華書局，1982，第160頁。
〔註21〕　〔晉〕陳壽撰〔宋〕裴松之注《三國志·魏書·后妃傳》，中華書局，1982，第156頁。

閣觀之，后獨不行。諸姊怪問之，后答曰：『此豈女人之所觀邪？』」〔註22〕既然甄氏的性格「不好戲弄」，緣何此處會有「盈盈樓上女，皎皎當窗牖」的顯露？這正反寫出甄氏的不平。連少年時代就懂得「此豈女人之所觀邪」的甄氏，也發出「空床難獨守」的怨懟之語，更見其難以忍受這種非人的待遇了。

2. 甄后之死，與曹植本人關係息息相關：甄后之死，是由郭后詆毀所致，而郭后對於曹操之決定立嗣的問題，起著關鍵性的作用。《魏書·后妃傳第五》記載，郭后其人，極有謀略，少時就被她的父親稱為「此女乃吾女中王也」，「遂以女王為字」，以後，又由於「早失二親」，喪亂流離，沒在銅鞮侯家」，特殊的人生經歷，使這位郭氏城府頗深，長袖善舞：「太祖為魏公時，得入東宮。后有智術，時時有所獻納。文帝定為嗣，后有謀焉。太子即王位，後為夫人，及踐阼，為貴嬪。甄后之死，由后之寵也。」〔註23〕原來，曹丕得以立嗣，有著後宮宮闈之間鬥爭的背景：「文帝定為嗣，后有謀焉」，而甄后之死，又是「由后之寵也」。曹丕聽信郭后之讒言，逼死甄后，甄后之死，極為悲慘，裴松之注引《漢晉春秋》：「初，甄后之誅，由郭后之寵，及殯，令被髮覆面，以糠塞口，遂立郭后，使養明帝。」〔註24〕並且，曹丕不顧大臣反對，於黃初三年立郭氏為後。曹植寫作《青》詩，雖然在甄后被賜死之前，但與郭后之間的矛盾鬥爭卻是一直存在著的。甄后於黃初二年六月被賜死，郭后於黃初三年被立為皇后，這次後宮之間立后的鬥爭，實際上是曹丕兄弟立儲之爭的延續——隨著與曹植有著同樣美德的甄氏之死和幫助曹丕成功立嗣的郭氏之立后，宣告了曹丕和郭后的勝利。黃初二年春夏之際，正是曹植剛剛經歷喪父之痛，自

己失去庇護，甄氏之不幸遭遇，對於曹植來說，難免有惺惺相惜的深重同情，也難免寄託著自己的哀思。

綜上所述，曹植應該是在黃初二年春夏之間，於黃河邊上的鄄城寫作《青》詩，蓋因黃初元年曹丕尚未離開鄴城，甄后也尚未有「蕩子行不歸，空床難獨守」的遭遇。曹植此作既寄託對甄氏不幸遭遇的同情，也昇華為對一切有情人難成眷屬的深深情愫，更比興託寄了自己由於君臣兄弟之間難以彌合的情感溝壑而感受到的彷徨和悲哀。如此理解該詩首句「青青河畔草」和次句「鬱鬱園中柳」的關係，前者應該是詩人所在之地的河畔草，一直「綿綿思遠道」，想像的視野，一直到甄氏所在之地的場景：「鬱鬱園中柳」，由此及彼，思念使兩者融化在一個空間之內。

第十五章　論《洛神賦》及《行行重行行》

　　本章重在研究曹植黃初二年前後的詩文寫作，論證《洛神賦》為植甄關係的原型表現，並論證十几首《行行重行行》為曹植於黃初二年六月離別甄后的感思之作。首先需要清理一下曹植在黃初二年前後的行蹤。

第一節　曹植黃初二年前後的行蹤

　　《魏志·曹植傳》記載：「文帝即王位，誅丁儀、丁廙並其男口。植與諸侯並就國。黃初二年，監國謁者灌均希旨，奏『植醉酒悖慢，劫脅使者』。有司請治罪，帝以太后故，貶爵安鄉侯。其年改封鄄城侯。三年，立為鄄城王。」〔註1〕根據《魏志》這一記載，則曹植與諸侯是在文帝甫繼王位，誅殺丁儀兄弟之後，也就是延康元年就國，而曹植一直到黃初二年、三年之際，才先後封為鄄城侯、王，延康元年之際，曹植還是臨淄侯，因此，也有學者認為曹植在延康元年之際，是去臨淄就國。《三曹年譜》：延康元年「曹植就國臨淄」，〔註2〕但也

〔註1〕〔晉〕陳壽撰〔宋〕裴松之注《三國志·魏書·曹植傳》，中華書局，1982，第561頁。

〔註2〕張可禮編著《三曹年譜》，齊魯書社，1983，第172頁。

有學者認為，曹植是在延康元年以鄄城侯身份就國於鄄城，這樣，曹植封為鄄城侯和就國鄄城的時間都不清晰。與此相似，曹植《上九尾狐表》稱：「黃初元年十一月二十三日於鄄城縣北，見眾狐數十首在後」，〔註3〕曹植自己的這一上表與史書記載的曹植於黃初二年、三年就國鄄城，也同樣是矛盾的，因此，多數學者皆認為是曹植筆誤；再同此，曹植《洛神賦·序》說他是「黃初三年，余朝京師」，但史書並未記載曹植於三年進京朝觀，因此，也多認為曹植筆誤，應為四年。而以筆者所見，曹植的這些記載，都沒有錯誤，而是後人理解之誤。

筆者前文已經考辨，曹植確於延康元年四月去了鄄城，但不是就國，其時的身份仍然是臨淄侯，其去鄄城乃是一個任性的行為，當時曹丕剛剛繼位，帝位尚未穩固，對諸弟侯王也沒有開始採取如同後來的那種嚴厲的管理措施。茲將前文論述引證如下：

黃初元年、二年之際，曹丕初登帝位，尚未穩固，而曹植等諸弟也未有其他罪過，行動還比較自由，裴松之《魏志·曹彰傳》下引《魏略》：曹彰「意甚不悅，不待遣而去……及帝受禪，因封為中牟王。是後大駕幸許昌，北州諸侯上下，皆畏彰之剛嚴，每過中牟，不敢不速。」〔註4〕曹丕於黃初三年三月，立「弟鄢陵公彰等十一人皆為王」，至該年四月，「行還許昌宮」，〔註5〕《魏志》所記載「每過中牟，不敢不速」的事情，當發生於黃初三年四月。這說明一直到黃初三年，在曹丕踐阼一年半左右，曹丕雖登基為帝，但曹丕諸弟如曹彰等，仍然對曹丕構成一定的威懾力。曹植不同，曹植由於在黃初二年六月，被灌均等彈劾，在此後一直受到特殊的管制，但在此前，也同樣有著相對

〔註3〕〔魏〕曹植《上九尾狐表》，《曹植集校注》，趙幼文校注，人民文學出版社，1984，第235頁。
〔註4〕〔晉〕陳壽撰〔宋〕裴松之注《三國志·魏書·曹彰傳》，引〔魏〕魚豢《魏略》，中華書局，1982，第557頁。
〔註5〕〔晉〕陳壽撰〔宋〕裴松之注《三國志·魏書·文帝紀》，1982年版，第79～80頁。

的自由和對朝廷的威懾。這種狀況，也正是曹丕後來對曹彰痛下殺手和對曹植施行嚴苛峻法加以管制的促成因素。因此，曹植在延康元年四月，在並未得到詔許的情況之下自行赴鄄城，再卜表要求祭奠先王，同此，他也同樣可以以此為藉口，在鄄城逗留和返回鄄城。曹植從鄄城返回鄄城的確切時間，已經難以考辨，但隨後就發生了甄后被賜死和曹植被灌均告發的事件，誠如清代學者所歎息，對於曹植的記載，「史之闕伏多矣」。〔註6〕但既然灌均等對曹植的告發非常嚴重，不可能僅僅是精神上的書信往來，則曹植必定應在案發現場之鄄城。

由於黃初二年六月前後，先後發生甄后被賜死和曹植入洛陽請罪的重大事件，各種史書對之諱莫如深，或者加以有意的遮蔽，以至於造成曹植這一段的歷史極端混亂不明。目前能得出的結論，是灌均及三臺九府對曹植紛紛上章彈劾，曹植寫於黃初六年的《自戒令》也能證明：「吾昔以信人之心，無忌於左右，深為東郡太守王機、防輔吏倉輯等任所誣白，獲罪聖朝。身輕於鴻毛，而謗重於泰山。賴蒙帝王天地之仁，違百僚之典議，赦三千之首戾，反我舊居，襲我初服……反旋在國，楗門退掃，形影相守，出入二載。機等吹毛求瑕，千端萬緒，然終無可言者。及到雍，又為監官所舉，亦以紛若，於今復三年矣……今皇帝遙過鄙國……」〔註7〕

曹植此文又名《黃初六年令》，《全三國文》於該文下標注：「《藝文類聚》作《黃初六年令》」。這段資料也許能為黃初二年的植、甄案情提供一些線索：

1. 曹植說：「吾昔以信人之心，無忌於左右，深為東郡太守王機、防輔吏倉輯等任所誣白，獲罪聖朝」，也許能說明曹植於黃初二年與甄后之往來，「無忌於左右」，而後被左右之人出賣。

〔註6〕〔清〕朱緒曾《曹集考異》，《續修四庫全書・集部・別集類》，上海古籍出版社，2002，第453頁。

〔註7〕〔魏〕曹植《自戒令》，〔清〕嚴可均輯《全上古三代秦漢三國六朝文》，中華書局，1958，第1132頁。

2. 彈劾植、甄的，除了灌均之外，還有王機、倉輯等人，王機的身份是東郡太守，正是管轄鄴城的長官，若是王機的這一彈劾，與灌均的彈劾同時發生在黃初二年六月，則說明曹植有可能案發於鄴城，那樣的話，曹植並未與甄后身在一處，罪過就要減輕許多。但從曹植實際的發案情形來看，罪過非比尋常，必定是兩者身在一處，才有可能構陷成甄后的死罪和曹植的似乎難以赦免之罪。其實，曹植所受彈劾，非只一次，其中灌均之彈劾，當為始作俑者，因此，影響最大，灌均之後，三臺九府，紛紛彈劾，王沈《魏書》說：「東阿王植，太后少子，最愛之。後植犯法，為有司所奏，文帝令太后弟子奉車都尉蘭持公卿議白太后，太后曰：『不意此兒所作如是，汝還語帝，不可以我故壞國法。』及自見帝，不以為言。」〔註8〕卞太后侄子卞蘭，受曹丕之命「持公卿議」來向太后稟報，以至於太后說：「不意此兒所作如是」，足以說明灌均及公卿所奏曹植罪行嚴重，也說明上章彈劾者，灌均之後，大有其人。因此，王機所奏，應該是曹植就國鄴城之後的新的彈劾。曹植這篇《自戒令》也說：「反旋在國，楗門退掃，形影相守，出入二載。機等吹毛求瑕，千端萬緒，然終無可言者」，分明是說「出入二載，機等吹毛求疵」，正是指黃初三年反國和四年之後的新彈劾。所謂新彈劾，也正說明曹植仍然未改舊習，不斷有思甄之作。

同時，上引資料也充分說明曹植罪行的嚴重。植、甄關係，可以分為兩種，一種是精神層面上的，曹植從十三歲情竇初開愛上甄氏，這是歷史，也是眾所周知的現實，曹植即便是寫作譬如《涉江採芙蓉》《離思賦》這一類的思甄之作，當不至於被太后說成是「不意此兒所作如是」，更不至於說成是「不可以我故壞國法」；另一種，是肉體上的出軌，但曹植從黃初元年十一月，就在鄴城，甄后則一直在鄴城，若要構陷兩人之間發生關係，則勢必兩人於事發之前身在一處。這樣來推斷，曹植在鄴城可能逗留到黃初二年春夏之交，

〔註8〕〔晉〕陳壽撰〔宋〕裴松之注《三國志·魏書·后妃傳》，引〔西晉〕
　　　　王沈《魏書》，中華書局，1982，第157頁。

從鄴城返還鄴城。或說，黃初之際諸侯王法令嚴峻，豈可以隨意遷徙居所？其實，曹植所居之所，原本就在鄴城，曹植自建安九年十三歲之時遷入鄴城，一直家居在鄴，建安二十五年正月赴洛，乃是因為其父病重，趕赴洛陽，隨後去鄴，乃是因為欲到黃河邊上去祭奠曹操，而鄴城又是曹植從小長大的故鄉，一去逗留數月半載，都是情理之中的事情。此後返回鄴城，乃是返還，並非隨意遷徙，況且，曹植等人此時並未封為鄴城侯、王，名分還應該是曹操在世時候的臨淄王，曹魏也並沒有開始就國歸藩制度。總之，唯一的可能，就是曹植返回鄴城家中，此後，發生了某些重大的事情。

3.「謗重於泰山」，說明灌均、王機、倉輯等人的誣白，確實是嚴重的，倉輯是在朝廷的任職，當是灌均之後三臺九府中的彈劾，曹植將這些彈劾並為一處了。「反我舊居」，應該是指就國鄴城侯。所謂「及到雍……又復三年矣」，說明曹植於黃初四年由鄴城遷徙於雍，前文所說的「反旋在國」，指的是回到鄴城，趙幼文於該文下注，也說：「國，指鄴城」，〔註9〕並舉曹植《求習業表》：「雖免大誅，得歸本國」為證。

曹植在黃初二年前後的行蹤，為他在黃初二、三之際詩文寫作的背景，不可不辨；同此，曹植寫作於黃初二三年之際的作品，也是他這一時期行蹤的佐證。

第二節 《洛神賦》為曹植的辯誣之作

灌均彈劾曹植與甄后之間，到底發生了什麼？灌均的彈劾，必定有人證、物證，否則，何以能造成甄后之死和曹植的彌天大罪？對此，各種史書皆隱而不談，最早進行記載的，是李善注《文選·洛神賦》：「《記》曰：魏東阿王，漢末求甄逸女，既不遂，太祖回與五官中郎將。植殊不平，晝思夜想，廢寢與食。黃初中入朝，帝示

〔註9〕趙幼文校注《曹植集校注·曹植年表》，人民文學出版社，1984年版，第339頁。

植甄后玉鏤金帶枕，植見之，不覺泣。時已為郭后讒死，帝意亦尋悟。因令太子留宴飲。仍以枕賚植。植還，度軒轅，少許時，將息洛水上，思甄后，忽見女來……」〔註10〕這段資料遭到宋清以來的儒家學者的大肆攻擊。其實，劉克莊、朱緒曾等人，只是以儒家理學之觀念來度量曹魏時期人物的思想行為。六朝隋唐之人，對植、甄戀情關係，未嘗質疑。

李善之注，被語言學家王力先生評價為：「李善是唐高宗時代（7世紀）的人，是著名文學家和書法家李邕的父親。他從曹憲受文選之學……後來歷代有人揭發五臣竊據李善注，巧為顛倒。至於李善的注則非常淵博，他引用了諸經傳訓一百餘種，小學三十七種，緯候圖讖七十八種，正史雜史之類將近四百種，諸子之類一百二十種，兵書二十種，道釋經論三十二種，詔表箋啟詩賦頌讚等文集將近八百種。這些書籍多已亡佚，所以《文選》的注成為很重要的一種文獻。即以訓詁而論，李善注與五臣注相比，也顯示了優越性。李善的老師曹憲本來就是精通小學的，李善由於師承的關係，所以引用小學的書多至三十七種，而自己所注釋又多平穩無疵。」〔註11〕李善引《注》，則說明《注》至少是唐之前的史料，它比清代學者的說法，更為接近歷史的真實。

以筆者來看，李善所引的《記》，其所記錄，基本真實，茲分為幾個部分分析：

1.「魏東阿王，漢末求甄逸女，既不遂，太祖回與五官中郎將。植殊不平，晝思夜想，廢寢與食」，有學者考辨，甄后未嫁袁熙之時，曹植剛剛七歲，「漢末求甄逸女」之事不可信：「熙於建安四年，出牧幽州，甄年十八，或已嫁熙，前此一年，則子建甫七歲耳」，因此，得出「子建感甄事，極為荒謬」的結論，認為曹植思甄、感甄，乃為「禽

〔註10〕 〔唐〕李善注《文選·洛神賦》引《記》，中華書局，1977，第269頁。

〔註11〕 王力著《中國語言學史》，復旦大學出版社，2007，第82頁。

獸之惡行，千古奇冤，莫大於此」。〔註12〕其實，朱緒曾是以宋明理學之後的觀念來衡量曹魏之人，包括其婚姻習俗。曹丕搶袁熙之妻，「擅室數歲」，然後為妻，並且最後立為後，並不在意甄后的貞操；《世說新語》記載，曹丕在曹操死後，悉取曹操宮人自侍，被卞太后罵為：「狗鼠不食汝余」，「魏武帝崩，文帝悉取武帝宮人自侍。及帝病困，卞后出看疾。太后入戶，見直侍並是昔日（武帝）所愛幸者……因不復前而歎曰：『狗鼠不食汝余，死故應爾！』」〔註13〕以腐儒之見，則曹丕亂倫，方是禽獸之惡行，而況植、甄之戀，限於精神，並無肉體之出軌，參見下文。

另，魏徵等撰《群書治要》卷四六載曹丕《典論·內戒》：「上定冀州屯鄴，捨紹之第。余親涉其庭，登其堂，遊其閣，寢其房。棟宇未墮，陛除白若。」可知，曹丕侵入袁紹府邸，不僅僅「登其堂，遊其閣」，而且「寢其房」，直接在袁府與甄氏入寢。曹魏時代通脫，想說什麼就說什麼，想做什麼就做什麼，以宋明理學之思想衡量魏晉人行為，豈非緣木求魚。

建安九年，曹植十三歲，是年，「鄴定，家屬遷居鄴」，〔註14〕第一次見到甄氏，李善所引《記》的求甄之事，當為此年。此前曹植不僅尚幼，而且未嘗見甄，此後，曹丕已經「擅室」，都無求甄之可能。十三歲，以今人眼光來看為小，以古人之婚俗來說，卻未必小，蘇轍娶妻史氏，其《寄內》詩有「與君少年初相識，君年十五我十七」，古人十五六歲婚娶，並不乏見，更何況曹植聰明穎異，早熟早慧：「年十歲餘，誦讀詩、論及辭賦數十萬言」。〔註15〕

〔註12〕〔清〕朱緒曾《曹集考異》，《續修四庫全書·集部·別集類》，上海古籍出版社，2002，第450，451，452頁。

〔註13〕徐震堮著《世說新語校箋》，中華書局，1984，第364頁。

〔註14〕趙幼文校注《曹植集校注·曹植年表》，人民文學出版社，1984年版，第567頁。

〔註15〕〔晉〕陳壽撰〔宋〕裴松之注《三國志·魏書·曹植傳》，中華書局，1982，第557頁。

也有人說：曹植求甄於前，曹丕侵略於後，這樣來理解以後曹植與甄后的關係，也許更為合於情理，但這一方面的資料，還有待進一步查證。

2. 關於甄后玉枕：「黃初中入朝，帝示植甄后玉鏤金帶枕，植見之，不覺泣」，這一段記載，尤為清代腐儒所不容：「示枕賚枕，里巷之人所不為，況帝又猜忌諸弟？」〔註16〕確實，若是在理學一統之後的漢民族，確實里巷之人所不為，但這一條資料，還需看如何理解。黃初中入朝，時間當是黃初二年六月甄后被賜死之後，曹植謝罪入朝。《魏略》記載：「初植未到關，自念有過，宜當謝帝。乃留其從官著關東，單將兩三人微行，入見清河長公主，欲因主謝。而關吏以聞，帝使人逆之，不得見。太后以為自殺也，對帝泣。會植科頭負鈇鑕，徒跣詣闕下，帝及太后乃喜。及見之，帝猶嚴顏色，不與語，又不使冠履。植伏地泣涕，太后為不樂。詔乃聽復王服。」〔註17〕「帝示植甄后玉鏤金帶枕，植見之，不覺泣」，這一段記載，應該是曹丕經過「逆之」「猶嚴顏色，不與語」兩個階段之後所發生的事情。之所以拿出甄后生前「玉鏤金帶枕」，應該是作為植、甄之間的罪證來給曹植的。如前文所析，灌均等指證兩人越軌，必定有物證，而通過甄后臨死之前所作的《塘上行》和曹植自己詩文中反覆強調的「眾口鑠金」以及曹植《洛神賦》描寫的情況來看，兩人之間所發生的關係，僅僅局限於精神層面的愛戀，而甄后既然不能以身相許，送給其身邊之物以訴心曲，這是情理之中的事情。

3. 關於留宴賚枕：「時已為郭后讒死，帝意亦尋悟。因令太子留宴飲，仍以枕賚植」，這段記載，應該是曹植入宮謝罪之後第四個階段的事情。關於曹丕後悔殺甄，史書多有記載，《三國志‧方技傳》記載曹丕問卦於周宣：

〔註16〕〔清〕朱緒曾《曹集考異》，《續修四庫全書‧集部‧別集類》，上海古籍出版社，2002，第 450 頁。

〔註17〕〔晉〕陳壽撰〔宋〕裴松之注《三國志‧魏書‧曹植傳》，引〔魏〕魚豢《魏略》，中華書局，1982，第 564 頁。

文帝問宣曰：「吾夢殿屋兩瓦墮地，化為雙鴛鴦，此何謂也？」宣對曰：「後宮當有暴死者。」帝曰：「吾詐卿耳！」……無幾，帝復問曰：「我昨夜夢青氣自地屬天。」宣對曰：「天下當有貴女子冤死。」是時，帝已遣使賜甄后璽書，聞宣言而悔之，遣人追使者不及。帝復問曰：「吾夢摩錢文，欲令滅而更愈明，此何謂邪？」宣悵然不對。帝重問之，宣對曰：「此自陛下家事，雖意欲爾而太后不聽，是以文欲滅而明耳。」時帝欲治弟植之罪，逼於太后，但加貶爵。〔註18〕

這一段資料，清晰記載了曹丕在接到灌均彈劾之後的震怒、焦躁、不安的心境，既要懲治曹植和甄后，又不希望惹得大臣民議論紛紛，不成體統。以夢境來問卜，本身就說明了曹丕的這種不希望張揚的心情，同時，「吾夢摩錢文，欲令滅而更愈明」，更是清楚道出了曹丕的本意。而周宣的對言，「此自陛下家事，雖意欲爾而太后不聽，是以文欲滅而明耳」，更清楚說明，曹丕所問正是植、甄之事，陳壽隨後的說明，更是明確將與甄后事件發生關聯的男方人物曹植點明出來。

既然不能殺弟，曹丕反而需要做出高姿態，以便給天下人看，說明兄弟之間的這一段風波，是個誤會，「因令太子留宴飲。仍以枕賚植」，就不是不可能發生的事情。曹植《洛神賦序》曰：「黃初三年，余朝京師」，賦曰：「余從京師，言歸東藩」，對於其中的黃初三年，古今之人也多認為曹植誤寫，或是有意多寫一年，如說：「此賦當是四年作」，「而賦云三年者，不欲亟奪漢亡年」，〔註19〕以筆者所見，誤寫與有意所寫均誤。參看曹植在黃初二年六月進京之後，待罪南宮的情況，曹植應該自黃初二年六月進京，一直就在曹丕身邊等待處理，並未就國。根據《文選》卷20曹植《責躬詩》李注：「植集曰：『博

〔註18〕〔晉〕陳壽撰〔宋〕裴松之注《三國志·方技傳》，中華書局，1982，第810～811頁。
〔註19〕〔清〕朱緒曾《曹集考異》，《續修四庫全書·集部·別集類》，上海古籍出版社，2002，第452頁。

士等議，可削爵土，免為庶人。』」此當為曹植失題之文。又，《文選》卷 20 曹植《上責躬應詔詩表》李注：「植集曰：『植抱罪，徙居京師，後歸本國。』」此當為曹植失題之文，《文選》卷 20 曹植《責躬詩》李注：「《求出獵表》曰：『臣自招罪釁，徙居京師，待罪南宮。』」又李注：「植《求習業表》曰：雖免大誅，得歸本國。」〔註 20〕知黃初二年在將甄后賜死之後，對曹植的處理，先是徙居京師，待罪南宮，中間有行至延津封為安鄉侯，隨後改封鄄城侯的詔令。

《三國會要‧朝會》引《宋書‧禮志》：「魏國初建，事多廢闕。故黃初三年，始奉璧朝賀」，〔註 21〕因此，朱緒曾《曹集考異》認為：「子建實以三年朝京師也。」〔註 22〕由此，大致可以推斷，曹植黃初二年後半年，主要是在京城南宮待罪，中間有一次行至延津的折返，隨後，在黃初三年正月，直接參見元會，但元會不在洛陽舉辦，而是許昌，詳見下文《論青青陵上柏》。

明帝於太和五年（231）八月時說：「朕惟不見諸王十有二載」，〔註 23〕則明帝與諸王之間的上次見面應該是黃初二年，古人計算時間乃為虛歲，首尾各有一年，則為黃初二年。黃初四年的會節氣，明帝未能見到諸王叔，同時也說明，一般的會節氣，曹叡並不參加，曹叡之所以能在太和五年在《詔》書中清晰提及「不見諸王十有二載」，正與李善所引《記》中所說的（黃初二年）「因令太子留宴飲」相互吻合。

既然所有的事情均已史實吻合，則「仍以枕賚植」，就不無可能。曹丕作為政治家，他知道怎樣才能盡快平息這一事件，以及臣民對曹氏家族的議論，並且，要考慮怎樣從歷史上抹煞這一事件的痕跡。曹丕

〔註 20〕 梁春勝《曹植佚文輯考》，《古籍整理研究學刊》，2008 年第 5 期，第 51 頁。
〔註 21〕 清錢儀吉撰《三國會要》，上海古籍出版社，2006，第 257 頁。
〔註 22〕 〔清〕朱緒曾《曹集考異》，《續修四庫全書‧集部‧別集類》，上海古籍出版社，2002，第 452 頁。
〔註 23〕 〔晉〕陳壽撰〔宋〕裴松之注《三國志‧魏書‧明帝紀》，中華書局，1982，第 98 頁。

後來對曹植表示原諒，也同樣是給天下人看，給歷史學家看的，譬如
《魏志》記載，曹丕在黃初六年，特意「幸植宮」：「六年，帝東征，還
過雍丘，幸植宮，增戶五百。」〔註24〕曹植很天真，或者也許他能明白
曹丕欲掩蓋天下人耳目的本意，所以，寫了一篇《黃初六年令》，又名
《自戒令》：「吾昔以信人之心，……反旋在國，楗門退掃，形影相守，
出入二載。機等吹毛求瑕，千端萬緒，然終無可言者。及到雍，又為
監官所舉，亦以紛若，於今復三年矣……今皇帝遙過鄙國，曠然大赦，
與孤更始，欣笑和樂以歡孤，隕涕諮嗟以悼孤，豐賜光厚……孤以何
德，而當斯惠？」〔註25〕看起來曹丕原諒了曹植，兄弟已經和好，但
朱緒曾《曹集考異》卷十二《年譜》黃初六年下，引郝經《續後漢書》：
「六年，丕東征，還過雍丘宮，令植作詩，丕憐之，增戶五百，荀宗
道注引世說：魏文帝令東阿王七步中成詩，不成者當大法」，又，「《太
平廣記》引世說，魏文帝與陳思王植同輦出遊，逢見兩牛在牆間鬥，
一牛不如，墜井而死，詔令賦死牛詩，不得道是牛，亦不得道是井，
更不得言其死。走馬一白步，令成四十言，步盡不成，加斬罪。子建
策馬而馳……步未盡復作三十言。」〔註26〕可知，終曹丕之世，皆未
原諒曹植，只不過迫害既不得，只能對外顯示兄弟之間並無嫌隙。

　　4.「植還，度軒轅，少許時，將息洛水上，思甄后，忽見女來」，
這段記載，應該是曹植自黃初二年六月獲罪以來，首次離開曹丕。《曹
集考異》卷十二引東阿縣魚山《陳思王墓道隋碑文》：「皇（黃）初二
年，姦臣謗奏，遂貶爵為安鄉侯。三年立為□王」，〔註27〕實則應該
是黃初三年離開洛陽，行至延津，得到貶爵安鄉侯的詔命，《文選》注

〔註24〕〔晉〕陳壽撰〔宋〕裴松之注《三國志・魏書・文帝紀》，中華書局，
　　　　1982，第 565 頁。
〔註25〕〔魏〕曹植《自戒令》，〔清〕嚴可均輯《全上古三代秦漢三國六朝
　　　　文》，中華書局，1958，第 1132 頁。
〔註26〕〔清〕朱緒曾《曹集考異》，《續修四庫全書・集部・別集類》，上海
　　　　古籍出版社，2002，第 562 頁。
〔註27〕〔清〕朱緒曾《曹集考異》，《續修四庫全書・集部・別集類》，上海
　　　　古籍出版社，2002，第 565 頁。

曹植罷朝表曰：「行至延津，受安鄉侯印綬」，隨後應是返回洛陽，曹植集載詔：「知到延津，遂復來」，應是回洛陽後，改封鄄城侯，並於三年四月，為鄄城王。李注引《記》所說「植還」，當指黃初三年受封為鄄城王之後，所謂「還」，應指還於鄄城，鄄城既是曹植自幼長期生活之所在，又是曹植黃初元年四月以來居住之地，故曰「還」。曹植《自戒令》所說：「反我舊居」，也是此意。曹植於黃初四年改封雍丘，以鄄城王身份在鄄城居住，為三年、四年兩個年頭，故曰：「出入二載」。所以，曹植《洛神賦》寫於黃初三年，正如曹植序中所寫，絲毫不錯。其具體的時間，應該是參加完黃初三年的會節氣之後，也就是三年的五月至六月之間，詳見後文《青青陵上柏》的有關論證。至於「將息洛水上，思甄后，忽見女來」，曹植剛剛從與甄后的風波中走出，面對洛水，神情恍惚，產生「忽見女來」的錯覺，也是情理之中的事情。

從《洛神賦》描寫的情況來看，其中不僅有大量明顯的甄氏的身影原型，更有兩人之間交往的細節原型體現。後人應該感謝曹植的《洛神賦》，因為，植、甄關係究竟如何，只有當事人的回憶和自白最為可靠。曹植不可能公然寫作感甄，故在賦前，特意寫明是「感宋玉對楚王神女之事，遂作斯賦」，其實，明眼人都能看出，曹植剛剛發生甄后與自己戀情的驚天大案，滿腹的冤屈需要傾訴，哪會有心思寫作宋玉對楚王神女之事，這是寫作個人自傳隱秘事件的常見手法。我們嘗試摘引一些段落加以分析：

1.「攘皓腕於神滸兮，採湍瀨之玄芝」，甄后喜愛芳草，喜愛採擷靈芝、芙蓉，曹丕、曹植都有詩作紀錄，參見前文。曹丕在許昌開鑿靈芝池並命曹植寫作《靈芝篇》，當與甄后有關。

2.「嗟佳人之信修兮，羌習禮而明詩」，習禮，正吻合於各種史料對甄氏的記載，而「明詩」，建安時期甄后是獨一無二的女詩人，其臨終之作的《塘上行》，可以併入三曹七子的詩作之中也毫不遜色。

3.「余情悅其淑美兮，心振盪而不怡。無良媒以接歡兮，託微波而通辭。願誠素之先達兮，解玉佩而要之」，這一段描寫，正可以視為植、甄之間訴說情感的原型表現。「余情悅其淑美兮，心振盪而不怡」以及「無良媒以接歡兮」，正是曹植少年時代寫作《感婚賦》《愍志賦》情境的縮寫，「解玉佩而要之」，則極有可能是黃初二年灌均彈劾植、甄關係的物證之一。李善注引《記》說：「忽見女來，自云：『我本託心君王，其心不遂，此枕是我在家時，從嫁前與五官中郎將，今與君王。遂用薦枕席。歡情交集，豈常詞能具。為郭后以糠塞口，今被發羞將此形貌重睹君王爾。言訖，遂不復見所在。遣人獻諸於王，王答以玉佩，悲喜不能自勝。』」〔註28〕

《記》中所說，與曹植本人所訴說的植甄關係並不相同，一是曹植賦中所說，所贈君王的為：「獻江南之明璫」，《記》說所贈為「玉枕」，並且，為「遂用薦枕席」，也就是說，兩人之間的關係，發生了實質性的變化。這也正應是灌均等人彈劾的內容。以筆者所見，還應該以曹植、甄后兩人共同傾訴的「眾口鑠金」為依據，並參考曹植《洛神賦》描寫的細節來考量兩人之間的關係；而「玉枕」和「明璫」之間的關係，倒是可以相信李善所引《記》，因為，文賦所寫，還有寫作上的一些需要，譬如韻腳的要求等等。因此，曹植贈送甄后以玉佩，甄后贈送曹植以玉枕，大體可信。

4.「感交甫之棄言兮，悵猶豫而狐疑。收和顏而靜志兮，申禮防以自持」，正體現了兩者後來同時辯誣，說是「眾口鑠黃金」，也就是說，兩人之間發乎情而止乎於禮，「申禮防以自持」，正是兩者之間情濃之際仍能理智自持的原型表現。

5.「動朱唇以徐言，陳交接之大綱。恨人神之道殊兮，怨盛年之莫當」，此四句描寫，深入而具體，若無相同類型的生活體驗，斷難有此等細節入微的摹寫，「動朱唇以徐言」，正當為甄后闡發兩人關係的

〔註28〕〔唐〕李善注《文選‧洛神賦》引《記》，中華書局，1977 年版，第 269 頁。

神態，「恨人神之道殊兮，怨盛年之莫當」，所謂「人神道殊」，乃是寄
託洛神，實則為君臣兄嫂關係之間的「道殊」，但兩者之間的「愛」是
聖潔無辜的，只怨恨「盛年之莫當」，在盛年美妙年華中，卻不能自由
相守。

　　6.「抗羅袂以掩涕兮，淚流襟之浪浪。悼良會之永絕兮，哀一逝
而異鄉。無微情以傚愛兮，獻江南之明璫。雖潛處於太陰，長寄心於
君王。」此段描寫，應該是黃初二年六月，曹丕下詔賜死甄后，兩者
之間痛哭離別的場景摹寫：「悼良會之永絕兮。哀一逝而異鄉」，「無
微情以傚愛兮，獻江南之明璫」，則應為甄后贈送曹植玉枕的詩體記
錄。「雖潛處於太陰，長寄心於君王」，這裡就更為明顯、更為直接採
用與甄后臨終永訣的場景畫面，「太陰」，直接指陳陰間，「君王」，曹
植寫作《洛神賦》之時，應該已經封為鄄城王，故曰「君王」。

　　7.「於是，背下陵高，足往神留。遺情想像，顧望懷愁。冀靈體
之復形，御輕舟而上溯。浮長川而忘反，思綿綿而增慕。夜耿耿而不
寐，沾繁霜而至曙。命僕夫而就駕，吾將歸乎東路。攬騑轡以抗策，
悵盤桓而不能去」，這一大段描寫，正是曹植在甄后被賜死之後，自
己「顧望懷愁」的精神寫照，他「遺情想像」，希望能出現奇蹟，希望
甄后死後的靈體能夠復形：「冀靈體之復形」，於是，他離別的腳步雖
然邁動著，但心神卻長久的在甄后身邊逗留。「足往神留」，「攬騑轡
以抗策，悵盤桓而不能去」等，皆是如此，這也是十九首中「行行重
行行」反覆訴說的意思。

　　或說，曹植在剛剛被釋放之際，驚魂未定，何以有膽量為懷念甄
后而寫作《洛神賦》？此為不懂詩人之語，更是未讀懂《洛神賦》之
過。首先，從曹植作為詩人性格來說，請罪自是請罪，並不妨礙寫詩作
賦。靈感若來，是難以阻遏的，即便是有殺頭之罪，也難以擋住寫作的
魅力，這正是詩人之性格、之人生本質所致。如蘇軾經歷烏臺詩案，
以寫詩之過差點被殺頭，但甫出獄，就有「試拈詩筆已如神」之句；
其次，從潛意識動機和寫作效果來說，《洛神賦》正是曹植的一次最好

的藝術表白。因為，曹植喜愛甄氏，這是當時路人皆知之事，而且可能早於其兄，愛是無罪的，曹植所要反復申辯的，是兩者之間最後的歸結點，乃是「收和顏而靜志兮，申禮防以自持」，是「恨人神之道殊兮，怨盛年之莫當」，是「無微情以傚愛兮，獻江南之明璫」，換言之，甄后之所以贈送曹植玉枕，正是因為人神道殊，不能以自己的『微情』以獻愛，所以才使用自己的玉枕來替代自己的身體。但兩人之間的這種始終純潔的關愛，其結果卻是「悼良會之永絕兮，哀一逝而異鄉」，怎麼不讓多愁善感的曹植「抗羅袂以掩涕兮，淚流襟之浪浪」呢？

曹植《洛神賦》，一說原名為《感甄賦》。以筆者所見，曹植雖然以植甄關係作為創作時候的原型皈依，但在寫作完成之後，未必曾以「感甄」為題，畢竟是文學創作，有著作者內心的秘密和隱私，而且，《洛神賦》的題目更為吻合於全賦之所寫。所謂《感甄賦》篇名，應該是曹植創作完成之後在流傳之中的附會改動，不一定是曹植的本意。但不論是《洛神賦》還是《感甄賦》，由於其中描寫，發乎情而止於禮，並沒有越界於當時男女交接之大綱，所以，曹植的這篇以自己和甄后悲劇為主題、為素材的賦作，才能在曹丕時代被容忍和接納，只不過曹叡器量狹小，不能容忍任何人道及曹植與其生母的關係，哪怕是曹植的這種辯誣之作，遂將流傳中的《感甄賦》改回為曹植原名的《洛神賦》，以便掩去植、甄戀情這一段歷史。

第三節 《行行重行行》與《塘上行》應為植甄互贈的詩篇

甄后、曹植被告發之後，甄后臨別之際應有《塘上行》的吟唱，十九首中《行行重行行》，應為曹植的回覆之作：「行行重行行，與君生別離。相去萬餘里，各在天一涯。道路阻且長，會面安可知。胡馬依北風，越鳥巢南枝。相去日已遠，衣帶日已緩。浮雲蔽白日，游子不顧反。思君令人老，歲月忽已晚。棄捐勿複道，努力加餐飯」，對比甄后《塘上行》：「蒲生我池中，其葉何離離！傍能行仁義，莫若妾自

知。眾口鑠黃金，使君生別離。念君去我時，獨愁常苦悲。想見君顏色，感結傷心脾。念君常苦悲，夜夜不能寐。莫以豪賢故，棄捐素所愛。莫以魚肉賤，棄捐蔥與薤。莫以麻枲賤，棄捐菅與蒯。出亦復苦愁，入亦復苦愁。邊地多悲風，樹木何翛翛。從軍致獨樂，延年壽千秋。」〔註29〕《樂府詩集》載《塘上行》於魏武帝之下，實則為甄后所作。《鄴都故事》曰：「魏文帝甄皇后，中山無極人。袁紹據鄴，與中子熙娶後為妻。後太祖破紹，文帝時為太子，遂以後為夫人。後為郭皇后所譖，文帝賜死後宮。臨終為詩」。〔註30〕「眾口鑠黃金，使君生別離」，正是指灌均之彈劾。「邊地多悲風，樹木何翛翛。從軍致獨樂，延年壽千秋」四句，與全詩的生離死別完全不搭界，一向被認為此詩非甄后所作的證據，其實，曹叡作為帝王兼詩人，在臨終之前，處理了曹植的文集，那麼，對於其生母的這首臨終詩作，稍作處理，或移花接木，或添加數句，並非難事。

　　《樂府詩集》卷六十一載有曹植《當牆欲高行》：「眾口可以鑠金，讒言三至，慈母不親。（憒憒）憒憒俗間，不辨偽真。願欲披心自說陳，君門以九重，道遠河無津。」〔註31〕此詩清楚表明了曹植和甄后在黃初二年使用著同樣的話語──「眾口鑠金」來辯解著同樣的問題，那就是關於兩人之間並沒有發生越軌的實際行為。「讒言三至，慈母不親」，清楚地記錄了案發之後的悲涼景況，曹植憤激於世俗間「不辨偽真」，百口難解，希望有機會正在君王面前辨白清楚，但「君門以九重，道遠河無津」，筆者前文已經說明，植、甄之間實際上是否越軌和曹丕、曹叡、公卿大臣是否認為植、甄之間是否越軌是兩回事，重要的是他者指認植、甄越軌，就會從客觀上造成曹叡的撰錄曹集、刪除他認為的涉及植、甄關係之作。

〔註29〕　參見逯欽立輯校《先秦漢魏晉南北朝詩》上，中華書局 1983 年版，第 406 頁，其中「莫以麻枲賤」，「賤」為「賦」，今據《樂府詩集》校改為「賤」。
〔註30〕　〔宋〕郭茂倩《樂府詩集》，中華書局，1979 年版，第 521 頁。
〔註31〕　〔宋〕郭茂倩《樂府詩集》，中華書局，1979 年版，第 888 頁。

　　曹植《浮萍篇》：「浮萍寄清水，隨風東西流。結髮辭嚴親，來為君子仇。恪勤在朝夕，無端獲罪尤。在昔蒙恩惠，和樂如瑟琴。何意今摧頹，曠若商與參。茱萸自有芳，不若桂與蘭。新人雖可愛，無若故所歡。行雲有返期，君恩倘中還。慊慊仰天歎，愁心將何愬。日月不恒處，人生忽若寓。悲風來入懷，淚下如垂露。發篋造裳衣，裁縫紈與素」，其中「浮萍寄清水，隨風東西流」，正是甄后「蒲生我池中，其葉何離離」的回應，而「結髮辭嚴親，來為君子仇。恪勤在朝夕，無端獲罪尤。在昔蒙恩惠，和樂如瑟琴」，是在寫甄后當年初嫁曹丕的和樂生活；「何意今摧頹，曠若商與參。茱萸自有芳，不若桂與蘭。新人雖可愛，無若故所歡」，寫黃初元年至二年曹丕新寵郭后的事情；「行雲有返期，君恩倘中還。慊慊仰天歎，愁心將何愬。日月不恒處，人生忽若寓。悲風來入懷，淚下如垂露」等，則是表達自我對甄后的滿腔同情和安慰。

　　甄后《塘上行》，曹植《浮萍篇》《當牆欲高行》，與十九首的《行行重行行》四篇之間，竟然相互之間有著這麼多的相互對應的詩句語詞，這絕非偶然，而是應該看作甄后之死以及曹植的被彈劾，對曹植造成了巨大的衝擊波，使他經歷了一生中從未經歷過的巨大災難，在他心中掀起了巨大的江海波瀾，才使曹植寫出了這麼多的同一題材、主題的詩篇。還遠遠不止這些，曹植的《雜詩六首》，其中的前四首，都應是寫作對於甄氏的懷念之情。植、甄之間，惺惺相惜，相互之間由同情到愛情，應該是有的，但並無肉體的出軌，是故甄后說「眾口鑠黃金，使君生別離」。曹植《雜詩》的另外三首：如其一：「高臺多悲風，朝日照北林。之子在萬里，江湖迴且深。方舟安可極，離思故難任。孤雁飛南遊，過庭長哀吟。翹思慕遠人，願欲託遺音。形影忽不見，翩翩傷我心。」所謂「遠人」「遺音」「形影忽不見，翩翩傷我心」等，正是《洛神賦》的五言詩體之表達，而「之子在萬里，江湖迴且深」等詩句，正是《行行重行行》的反覆吟唱。

同此，曹丕的《雜詩二首》，也應該是表達對甄后的思念。曹丕錯殺甄后，是聽郭后讒言，在下達處死的詔命之後就已經追悔莫及，遣人追趕而不及，事見《魏志》。曹丕「西北有浮雲，亭亭如車蓋。惜哉時不遇，適與飄風會」，當是寫甄后，因此才會有對甄后《塘上行》「棄置」詩句的回應：「棄置勿復陳，客子常畏人」。曹丕詩作，其中有不少屬於詩流率短其才，「實漢人語」之作，寫於黃初二年之後的《雜詩二首》和後期的《燕歌行》，當是隨著曹植五言詩的飛躍，曹丕的五言詩也受到了影響而發生進步，寫作得含蓄隱諱了。

再從語詞的構成來看：行行：十九首：「行行重行行」，曹操《苦寒行》：「行行日已遠」；曹丕3例，《黎陽作詩三首》：「行行到黎陽」，《雜詩二首》：「行行至吳會」，《詩》「行行遊且獵」；曹植2例，《門有萬里客》：「行行將復行，去去適西秦」，《聖皇篇》：「行行將日暮」。漢魏五言詩中，曹操首見，曹丕3例，曹植2例，十九首1例。

別離：十九首2例，「與君生別離」，「誰能別離此」；繁欽：《定情詩》：「何以慰別離」；《古詩為焦仲卿妻作》2例：「結誓不別離」「心知長別離」；阮瑀《駕出北郭門行》：「存亡永別離」；徐幹《於清河見挽船士新婚與妻別詩》：「宿昔當別離」；《蘇李詩》：「良友遠別離」。「別離」，十九首2例，《蘇李詩》1例，其餘作者皆為建安詩人。

胡馬：十九首：「胡馬依北風」；蘇李詩：「胡馬失其群」。漢魏五言詩中，僅有十九首與蘇李詩各1例，說明兩者之間的密切關係。越鳥：十九首：「越鳥巢南枝」，曹植《朔風詩五首》：「願隨越鳥，翻飛南翔」，「越鳥」一詞，漢魏時期，僅有曹植與十九首各有1例，說明去除十九首不知名作者之外，此詞在詩作中為曹植首用。曹植《朔風詩》：「願隨越鳥，翻飛南翔」，從對面著筆，說詩人所思念之人，也一定思念著自己，願意跟隨著越鳥，翻飛而南翔。「胡馬依北風，越鳥巢南枝」，正從此地化出，只不過將「代馬」替換為「胡馬」而已。

白日：十九首「浮雲蔽白日」；孔融《臨終詩》：「浮雲翳白日，靡辭無忠誠」；王粲《從軍詩五首》：「白日半西山」；陳琳《宴會詩》：

「白日揚素暉」；劉楨《贈五官中郎將詩四首》：「仰視白日光」；曹丕《詩》：「白日未及移」；曹植《野田黃雀行二首》：「驚風飄白日」；《名都篇》：「白日西南馳」；《侍太子坐詩》：「白日曜青春」；《贈白馬王彪詩》：「白日忽西匿」。「白日」一詞，出現較早，但在五言詩中，孔融首次使用，隨後，王粲、徐幹、劉楨、陳琳、曹丕各有 1 例，曹植最多，為 4 例。

游子：曹丕：「游子戀所生」（《於明津作詩》），曹植 2 例，《送應氏詩》：「游子久不歸」；《情詩》：「游子歎黍離」。十九首 2 例：「游子不顧反」「游子寒無衣」；蘇李詩 3 例：「游子暮何之」「請為游子吟」「游子戀故鄉」。則「游子」一詞，當為曹丕首次在五言詩中使用，為曹植所接納並廣泛使用，十九首與蘇李詩皆當為曹植、曹彪之作。

棄捐：十九首：「棄捐勿複道」；傳為班婕妤（實則為曹植）《怨歌行》：「棄捐篋笥中」；曹丕《雜詩二首·其二》：「棄置勿復陳，客子常畏人」；曹植《贈白馬王彪詩》：「棄置莫復陳」；甄后《塘上行》：「莫以豪賢故，棄捐素所愛。莫以魚肉賤，棄捐蔥與薤。莫以麻枲賤，棄捐菅與蒯」。《怨歌行》，筆者此前已經辨析，當為曹植所作，則「棄捐」這一詞彙在五言詩中的採用，曹丕先用「棄置」，曹植隨後倣仿之。另，甄后《塘上行》或作魏武帝之作，誤，曹操所存二十餘首詩作，從無此等別情淒婉之作，此作當為甄后與曹植被誣陷後，與曹植離別之作，十九首之《行行重行行》，當為曹植回覆甄氏之作，是故同用「棄捐」。「棄捐」二字，是此詩的詩眼，當是植、甄二人最後離別的話語，白話語猶如「放棄」，對生命的放棄，對理想的放棄；而十九首《行行重行行》，當是曹植回應甄后《塘上行》之作，故云：「棄捐勿複道，努力加餐飯」，「棄捐勿複道」，應該是曹植對甄后《塘上行》「棄捐」語的回覆和勸慰，「努力加餐飯」，應該是甄后留別語的引述和勉勵，意味珍重身體的意思；曹植《雜詩》中的「去去莫複道，沈憂令人老」，是對此痛定思痛之後的再次呼應，曹植《靈芝篇》「念之令人老」也是相似的說法。

　　「努力」一詞，《詩經》中沒有出現過，四言詩中較早出現的，當屬朱穆的《與劉伯宗絕交詩》：「永從此訣，各自努力」；曹丕的《豔歌何嘗行》：「男兒居世，各當努力」，隨後，十九首和蘇李詩中各有出現，蘇李詩中除了「努力愛春華」之外，還有「努力崇明德」，十九首（其一）中的「努力加餐飯」。「加餐飯」，《太平御覽》引《魏略》：「陳思王精意著作，食欲減損，得反胃病也。」〔註32〕《太平御覽》卷三七八記載了曹叡關懷曹植的手詔以及曹植的答詔：「魏明帝手詔曹植曰：『王顏色瘦弱，何意焉？腹中調和不？今者食幾許米？又，啖肉多少？見王瘦，吾意甚驚。宜當節水加餐。』答詔表曰：『近得賜御食，拜表謝恩，尋奉手詔，憫臣瘦弱，奉詔之日，泣涕橫流。』」〔註33〕可知，曹植食欲不好，胃病屢犯，在當時眾所周知。是故，《行行重行行》結句，「棄捐勿複道，努力加餐飯」，前一句當為曹植對甄后所說，蓋因甄后《塘上行》屢屢說及「棄捐」；而後一句，當是引述甄后臨終託付曹植珍重身體的話語，後兩句詩可以理解為：「請你不要再說『棄捐』生命這樣的話語，我也會記住你的囑咐，努力加餐，珍重身體。」

　　如此來看，甄后之《塘上行》與應為曹植所作的《行行重行行》，皆應為灌均告發植甄關係，兩人被迫分開之際所作，但應在甄后被賜死的詔命下達之前，否則，就不會有「棄捐勿複道」這樣的安慰性話語了，兩人之間也難以再寫詩篇了。

　　在有了上述的論證之後，我們再來看十九首其八《冉冉孤生竹》：「冉冉孤生竹，結根泰山阿。與君為新婚，兔絲附女蘿。兔絲生有時，夫婦會有宜。千里遠結婚，悠悠隔山陂。思君令人老，軒車來何遲。傷彼蕙蘭花，含英揚光輝。過時而不採，將隨秋草萎。君亮執高節，

〔註32〕〔宋〕李昉等編纂《太平御覽》，卷三七六，中華書局，1960，第1738頁。

〔註33〕〔宋〕李昉等編纂《太平御覽》，卷三七八，中華書局，1960，第1748頁。

賤妾亦何為？」以前一直認為，此詩的作者是位男性，所謂「賤妾」的自稱，乃是古人的比興手法，其實，此詩應該是甄氏寫給曹植之作，時間應該是黃初二年的上半年。

反思史書提供的各種資料，如甄后勸諫曹丕「廣求淑媛，以豐子嗣」每因閒宴，常勸帝，言「昔黃帝子孫蕃育，蓋由姪勝眾多，乃獲斯祚耳。所願廣求淑媛，以豐繼嗣。」帝心嘉焉；〔註34〕而當曹丕登基地位，甄后竟然三次拒絕曹丕令她赴洛京主持長秋宮落成大典，並且，明確上書，請曹丕另立新后。這其實是請求曹丕一紙休書，給她和曹植自由。不妨重新引述這段資料：

《魏書》曰：有司奏建長秋宮，帝璽書迎后，詣行在所，后上表曰：「妾聞先代之興，所以饗國久長，垂祚後嗣，無不由后妃焉。故必審選其人，以興內教。今踐阼之初，誠宜登進賢淑，統理六宮。妾自省愚陋，不任粢盛之事，加以寢疾，敢守微志。」璽書三至而後三讓，言甚懇切。

「故必審選其人，以興內教。今踐阼之初，誠宜登進賢淑，統理六宮。妾自省愚陋，不任粢盛之事，加以寢疾，敢守微志」，分明是植甄二人向曹丕攤牌，言外之意，王位曹植可以不爭、不要，唯一企望的，是曹丕給予兩人愛的自由。這在崇尚通脫時代的曹魏，並非不可能，否則，就難以解釋甄后上書請曹丕另立皇后的含義。

前文筆者陳述過，曹植從黃初元年十一月就一直逗留在鄄城，甄后則一直在鄴城，曹植在鄄城可能一直到黃初二年春夏之交，才從鄄城返還鄴城。《冉冉孤生竹》一篇，有可能是甄后在此期間內，寫給曹植的，是思植、盼植歸來的詩作。其背景可能是：甄后在多次上書曹丕，請求另立新后的上表之後，在期待著兩人的美夢成真；曹植也有可能在此前與曹丕有過深談，請求曹丕放過甄后，作為自己不爭王位繼承的交換條件。（曹植在建安後期，一再犯錯誤，失寵於曹操，也極

〔註34〕〔晉〕陳壽撰〔宋〕裴松之注《三國志·魏書·后妃傳》，引〔西晉〕王沈《魏書》後按語，中華書局，1982，第160頁。

有可能是曹植對這一交換條件的承諾）因此，甄后滿懷期望曹植早日返回鄴城，兩人結為秦晉之好。

　　「冉冉孤生竹，結根泰山阿」，曹植此刻在山東鄄城，故曰「泰山阿」，而「孤生竹」，正是曹植孑然一身，與自己離別，獨居於泰山之下的形象比喻。之所以會有竹子的比喻，可能來源於後文所說「兔絲」「女蘿」的依附：「與君為新婚，兔絲附女蘿」，並非說兩者已經私自結為夫婦，而是說，自己日日時時期望能與心上人新婚，就像是那纖細柔弱的兔絲，就像是不得不攀附於「孤生竹」枝幹的女蘿。兔絲、女蘿，或說是一物，《經典釋文》：「在田曰兔絲，在水曰女蘿」，吳仁傑《離騷草木疏》：「《爾雅》以女蘿兔絲為一物，《本草》以為二物」，無論為一物或是兩物，此詩分寫兔絲女蘿，既為用韻的緣故，同時，以重複的手法，強調了作者作為女性柔弱無所依傍的心境。方廷圭指出，「此為新婚，只是媒妁成言之始，非嫁時也」，〔註35〕正看出全詩的語氣，當是盼望新婚、渴望結合，而非新婚之作。

　　以下六句，延續著兔絲的比喻，敘說自己對所愛者企盼的心境：「兔絲生有時，夫婦會有宜」，那依附枝幹的兔絲，其生也有時序，長也有季節，何況人生苦短的夫婦呢？現在，你我之間，千里之隔（兩人分在鄴城和鄄城），雖然兩情相悅，卻隔著千山萬水：「千里遠結婚，悠悠隔山陂」。我因思君念君而紅顏憔悴，卻久久不見君的軒車到來：「思君令人老，軒車來何遲？」杜預《左傳注》：「軒，大夫車」。

　　以下四句，接續前六句的思念之情，更深一步敘說自己盛顏易逝的心曲，勸說對方及時歸來，以免發生過時不採，蘭蕙枯萎的悲劇：「傷彼蘭蕙花，含英揚光輝。過時而不採，將隨秋草萎。」此四句，前兩句極寫自己當下盛顏之美，說是「傷彼」，實則寫我；後兩句，則說若是不能及時採摘，則年華流逝，盛顏難再。此年甄后四

〔註35〕 以上三處說法，參見隋樹森《古詩十九首集釋》，中華書局 1957 年版，第 30 頁。

十歲，有著愛情的滋養，「顏色轉盛」，有了更為美麗的風韻，但畢竟是生命最後的光輝，因此，對於時間的流逝，也就分外的敏感。

結尾兩句，單為一個獨立的單元：「君亮執高節，賤妾亦何為？」句意是說，君不歸來，誠然是對於乃兄之高節，但我的心已經歸屬於你，你又將我置於何地？言自己已經三次拒絕曹丕的詔書，明確提出請他另立新后，而曹植卻遲遲不歸，我這兔絲女蘿一般柔弱無依的女子，此生又將何所託付呢？

在讀懂了這首詩作之後，再來反思回想黃初二年前後的一些事情，才會將兩者之間的關係，以及灌均告發的兩者罪行，可能會有進一步的解讀：

首先，如前所述，曹植在建安後期，應當是建安二十一、二年之後，曹植已經放棄對於繼承人的競爭，轉將自己生命的價值，歸結為與甄氏的情愛。同時，正是這種愛情關係，使曹植的詩風為之一變：這種難以向他人訴說，難以讓他人解會的情境，迫使曹植的詩作轉向了沉著清老的精練寫意，這就是後期《雜詩六首》和十九首中一些詩作的風範。

其二，黃初二年前夕，甄后請求另立新后的上表，可以視為植甄二人共同的請求，正因為如此，曹植才會後來說，自己當時的許多行為，是並不迴避左右的。

其三，植甄之間，在黃初二年的上半年，特別是春夏之際，應該多有詩作往返，筆者前文解讀《青青河畔草》《庭中有奇樹》，提出此二首應為曹植在此時期在鄄城寫給甄氏之作，現在，又補充《冉冉孤生竹》一篇，應為甄氏所作。此外，十九首其十的《迢迢牽牛星》一首，其十八《客從遠方來》一首，十九《明月何皎皎》一首，也應該是黃初二年曹植與甄后分別期間，兩者相互思念之作。

其四，甄氏應該除了《塘上行》之外，涉及與曹植關係的，除了《冉冉孤生竹》之外，不能排除其餘作品也有甄后之作的可能性，特別是上述的三首，即《迢迢牽牛星》《客從遠方來》《明月何皎皎》三

首，有甄后所作的可能，但其中尤以《冉冉孤生竹》一篇表達情愛最為直白、最為迫切、最為露骨，因此，才會有後人「孤竹一篇，為傅毅所作」的附會傳說。從情理上說，曹叡臨死之前，死不瞑目，其所繫念之事，正是其生母與親叔之間的這段戀愛關係，是故，除了刪除三臺九府當年的奏章和曹植集中有關兩者關係的詩作之外，還應該特意處理其生母甄氏的思植、贈植之作，這樣，就不難理解《塘上行》為何最後四句與全詩不搭界，並且，被指認為曹操之作；而這首《冉冉孤生竹》一篇，也特意被挑選出來，被指認為傅毅之篇。我們知道，作案者往往會特意加以掩飾，反而為其被偵破留下了重要的歷史證據。

其五，前文筆者猜測，灌均的告發，應該有證據，其證據可能是詩作和信物，則此首詩作（或者《迢迢牽牛星》也為甄后思植所作，也當在其中），有可能是罪證之一，這才迫使曹植去與使者搶奪，遂有了所謂「劫脅使者」的罪名。

其六，根據此篇句意，甄氏的期待新婚，以及結尾所說的「君亮執高節，賤妾亦何為」，另再閱曹植《洛神賦》的辯誣，則植甄關係，可能確實沒有真正越過人倫之大防，但兩人之間的情愛關係，卻是真實存在的。這正是兩人都認為「眾口鑠黃金」的原因，也是後人之認為兩者為千古奇冤之所在。

第十六章　論《青青陵上柏》──
兼談十九首方法論的反思

第一節　《青青陵上柏》的寫作背景

　　通過前文的辨析，我們已經可以初步得出這樣的結論，所謂《古詩十九首》，主要是針對植、甄關係而發生的，就筆者前文已經辨析過的篇章而言，除了《今日良宴會》之外，其餘之作，均為這一大背景之下的作品。由於有了植、甄關係作為背景，有了甄后作為參照座標，其具體的寫作時間，就比較方便定位：譬如《西北有高樓》，顯示了比較輕鬆的氛圍和格調，兩者之間還有一定的調侃的印記，非常吻合於建安二十二年左右，曹丕出征，曹植與甄后留守鄴城的背景。《涉江採芙蓉》，由於有了明確的地點「江」和明確的內容「採芙蓉」，這與建安十七年十月，曹植到長江邊前後所寫的思甄之作進行比對，也就不難將其進行細膩的編年。《青青河畔草》《庭中有奇樹》《冉冉孤生竹》《明月何皎皎》《迢迢牽牛星》等，則完全吻合於黃初二年春夏之際，兩者遠隔千里之外，「悠悠隔山陂」的思念對答唱和，再反思李商隱詩中所說，由宮女往返傳送信息，很可能就不是傳言，而是一個真實的歷史紀錄。李商隱《代魏宮私贈》：「來時西館阻佳期，去後漳河隔夢思。」沈祖棻先生鑒賞此一首並《代元城吳令暗為答》兩首，

所說：「甄后有情，曹植無意」，並說：「第一首是代甄后的宮人私下寫來送給鄄城王曹植的」，這些論述，也就都有了令人回味無窮的意味——曹植愛甄在前，但就黃初二年的事件來說，則顯然甄氏更為主動，曹植可能是在甄后一再的催促下由鄄城返回鄴城的，回去之後，就有了灌均的告發和隨後的甄后被賜死；同此，《行行重行行》則更為明確地將其寫作時間和背景，指向了黃初二年六月，灌均告發之後的生離死別。因此，這些詩作的具體背景，往往是唯一的指向，因此，它們也就容易擁有準確的詮釋。

當然，也正如前文筆者所辨析，十九首的主體雖然以兩者情愛為中心，但卻並非全部是表現情愛的詩作，而是摻雜了若干首與此並不相干的作品。其中《青青陵上柏》《今日良宴會》《驅車上東門》《生年不滿百》等篇章可能與情愛無關。後兩首的時間比較好確定，它們都與求仙的主題關係密切，通過考辨整個曹魏時期求仙服食這一大的文化背景的演變過程，就不難將其作出一個大體時間和寫作者的初步定位。以筆者初步的研究來看，它們應該是曹植後期的作品，曹植對於求仙和服食的態度，在黃初之後，經歷了一個由相信求仙，通過求仙以消弭痛苦，到反省求仙並不能解決自身痛苦的超越過程，也就是所謂的「服食求神仙，多為藥所誤。不如飲美酒，被服紈與素」。而《生年不滿百》一首，更與曹植其他作品非常近似。「生年不滿百，常懷千歲憂。晝短苦夜長，何不秉燭遊？為樂當及時，何能待來茲？愚者愛惜費，但為後世嗤。仙人王子喬，難可與等期。」此詩正與曹植遊仙詩相類。遊仙應該是對現實徹底失望之後的期待，而縱慾往往是對遊仙失望後的無奈選擇。黃初中，曹丕用嚴峻法律，派遣監國官吏，控制諸王行動，而且頒布諸侯王遊獵不得過三十里的規定，曹植更是首當其衝，因此，對於神仙的嚮往就表達了曹植衝破現實壓迫的渴望：「四海一何局，九州安所如？韓終與王喬，要我於天衢。……人生如寄居，潛光養羽翼。」（曹植《仙人篇》），韓終，古仙人，或作韓眾，即秦始皇命求仙人不死之藥者（見《史記·秦始皇本紀》）；王子喬，

《列仙傳》：「王喬者，周靈王太子晉也。好吹笙，作鳳鳴，遊伊洛間。」後得仙而去。

　　曹植《遊仙》詩：「人生不滿百，戚戚少歡娛。意欲奮六翮，排霧陵紫虛。蟬蛻同松喬，翻跡登鼎湖。翱翔九天上，騁轡遠行遊。……」，正是對於「韓終與王喬，要我於天衢」遊仙行為失望後的反映。「生年不滿百」，與曹植「人生不滿百」，不僅主題相似，句法相似，所使用王子喬等仙人典故也相同，可以視為一個主題的前後篇。就次序來說，應先有對於仙境的渴望，後有仙境難以實現而產生的「為樂當及時」的現世享樂思想。考曹植《贈白馬王彪》（其七）：「苦辛何慮思？天命信可疑。虛無求列仙，松子久吾欺」的憤激之語和對求仙的失望，則這一系列求仙或者表達對於求仙失望的詩作，連同十九首的《生年不滿百》，大抵應約略在黃初後期到太和期間所作。

　　另，十九首的《人生不滿百》，出自樂府古詞《西門行》的「西門」第四解：「人生不滿百，常懷千歲憂。晝短而夜長，何不秉燭遊？自非仙人王子喬，計會壽命難與期。人壽非金石，年命安可期。貪財愛惜費，但為後世嗤。」〔註1〕兩者之間，顯然是十九首在後，而作為「古詞」的《西門行》在前，因為經過十九首的使用之後，更為成熟了：1.次序的調整，將原本第五句的「王子喬」放在最後，而先說「為樂當及時，何能待來茲？」更為順暢；2.語言更為文人化，「貪財」等帶有民間口語的味道，改為「愚者」就是詩歌語言了；3.去掉「自非」變雜言而為整齊的五言。曹植也同樣多有從民間語中化出者，甚至同樣有詩從此首《西門行》中的化用。《西門行》第三解：「飲醇酒，炙肥牛。請呼心所歡，可用解愁憂」，曹植《箜篌引》：「中廚辦豐膳，烹羊宰肥牛」，同時，曹植此詩後一部分：「驚風飄白日，光景馳西流。盛時不再來，百年忽我遒。生存華屋處，零落歸山丘。先民誰不死，知命復何憂」，是對《西門行》第四解的同樣主題的化用。

────────────

〔註1〕《宋書·樂志》，上海古籍出版社，1986 年 12 月，《二十五史》3，
　　　　第 1701 頁。

可以看出，十九首以愛情主題為最多，這是由於十九首被從曹植文集中刪除的主要原因，其次，是遊仙詩的主題，如同上文所辨析，再次，就是遊宴詩的作品，可以《今日良宴會》為代表。《今日良宴會》由於顯示了鮮明的歡樂的、積極踴躍的心境，並且與曹操的《短歌行》顯示出了顯著的密切關聯，因此，初步定在建安十七年正月，也是不難考索的。與此相對應，十九首中的《青青陵上柏》一首，就顯得難以尋繹出準確的時間和背景。這可能屬於十九首中的第三種類型。

當然，解讀《青青陵上柏》，也同樣需要將本書前文所論的各種論述，作為此一首的前提基礎，也就是說，《青青陵上柏》同樣不可能是兩漢之作，即便是三國時期，也僅僅是曹魏政權中的少數幾位詩人，具有寫作此詩的寫作條件，它應該是曹植詩作中的一首，在這個基點之上，再來看其具體的可能發生的寫作時間和背景。

十九首《青青陵上柏》全詩如下：「青青陵上柏，磊磊礀中石。人生天地間，忽如遠行客。斗酒相娛樂，聊厚不為薄。驅車策駑馬，遊戲宛與洛。洛中何鬱鬱，冠帶自相索。長衢羅夾巷，王侯多第宅。兩宮遙相望，雙闕百餘尺。極宴娛心意，戚戚何所迫。」

筆者認為，其寫作時間有兩種可能：其一，是黃初四年，曹植等參加會節氣入洛陽所作，其二，是曹植晚年，也就是太和六年參加元會期間，在洛陽之作，曹植的另一篇詩作《箜篌引》，也應是太和六年之際在洛陽所作。下面我們逐一辨析這兩種可能。先按照第一種可能來嘗試解說，即《青青陵上柏》，可能為曹植作於黃初四年，跟隨曹丕從宛城回洛陽所作。

曹植《洛神賦·序》：「黃初三年餘朝京師」，因史書沒有記載曹植於黃初三年來朝京師，一般多認為是曹植筆誤，但《三國會要·朝會》引《宋書·禮志》：「魏國初建，事多廢闕。故黃初三年，始奉璧朝賀」，〔註2〕因此，朱緒曾《曹集考異》認為：「子建實以三年朝京

〔註 2〕 〔清〕錢儀吉撰《三國會要》，上海古籍出版社 2006 年版，第 257 頁。

師也」，〔註3〕同時指出，曹丕在黃初六年之間，僅黃初二年正月朔在洛陽，其餘元會均在外，或在許昌，如《三國會要》引《通典》：「魏文帝禪後，修洛陽宮室，權都許昌，宮殿狹小。元日於城南立氈殿，青帷以為門，設樂饗，會後還洛陽，依漢舊事，其藩王不得朝覲。明帝時有朝者，由特恩，不得為常。」〔註4〕曹植在黃初三年、四年都應該參加元會。其中三年庚午，「行幸許昌宮」，元會應該延遲到正月初五在許昌舉行。曹植在這個期間，應該先是在南宮待罪，等待處分，隨後，根據曹植《表》：「行至延津，受安鄉侯印綬」，三月，改封鄄城侯，四月，改封鄄城王，晚於曹彰等一個月，而且如同錢大昕所說，是縣王，非郡王。又據曹植《贈白馬王彪》李善注引曹植集：「黃初四年五月，白馬王、任城王與余俱朝京師，會節氣」，則黃初三年曹植來朝京師，應當是五月來朝京師，會節氣。

　　黃初四年，曹丕行幸宛，並於是歲鑿靈芝池，一直到三月，方才自宛還洛陽宮：「四年……築南巡臺於宛。三月丙申，行自宛還洛陽宮。」〔註5〕黃初四年，曹丕是在宛舉辦的元會，則曹植必定應該從鄄城趕來參加元會。不僅如此，曹植在參加完元會之後，可能一直跟隨曹丕在宛，寫作有《靈芝篇》，其首句云：「靈芝生天地」，《文選》江淹《雜體詩》李注：「陳思王《靈芝篇》曰：『靈芝生玉池』」，趙幼文：「作玉池是。玉池，指靈芝池。」〔註6〕《靈芝篇》結尾：「陛下三萬歲，慈母亦復然。」正是身伴帝王之作。如此，曹植應該是至三月丙申，跟隨曹丕「自宛還洛陽宮」，因為，緊接著就是黃初四年五月，在洛陽舉辦的會節氣，至六月，就發生了任城王曹彰死於洛陽的事件。按照這一背景來解釋，「驅車策駑馬，遊戲宛與洛」，就得到了

〔註3〕〔清〕朱緒曾《曹集考異》，《續修四庫全書·集部·別集類》，上海古籍出版社 2002 年版，第 452 頁。

〔註4〕〔清〕錢儀吉撰《三國會要》，上海古籍出版社 2006 年版，第 256 頁。

〔註5〕〔晉〕陳壽撰〔宋〕裴松之注《三國志·明帝本紀傳》，中華書局 1982 年版，第 82 頁。

〔註6〕趙幼文校注，《曹植集校注》，人民文學出版社 1984 年版，第 327 頁。

很好的解釋,但也有不足,那就是難以解釋此詩最後所寫的「極宴」二字,曹植在曹丕的黃初期間,是否有參加「極宴」的機會,這是一個問題。

再看第二種可能,那就是曹植、曹彪兄弟,於太和五年歲末至六年二月參加元會,在洛陽期間所作。如前所述,曹植此次參加元會,前後共計約有三個月的時間,則又有初到洛陽所作和將近離別洛陽所作之兩種可能。按照這兩種不同的解釋,「青青陵上柏」之「陵」,也會有不同的兩種解釋,一種是曹操之西陵,另一種則指的是魏明帝女兒平原公主之陵。就筆者的研究過程而言,經歷了三個階段,三種推斷:第一個階段的直覺感受,認為應是曹植晚年之作,但猜測其為自封地入洛陽所作,即太和五年歲末入洛之作;第二個階段的第二種推測,認為應該是黃初四年由許昌而至洛陽之作;第三個階段的第三種論證,是認為應為太和六年二月所作,則「青青陵上柏」之「陵」,應為死於太和六年二月的平原公主之陵。則曹植此作,應為與《箜篌引》寫作於同時之作,該詩結尾所說的「極宴」,應為參加明帝曹叡之宴會。此詩最難索解,是故,筆者經歷了一個否定之否定的過程。

筆者之所以最後落足於太和六年二月,大致有這樣的幾點思考:1.此詩清晰寫明參加宴會的「極宴」之所,乃是「兩宮遙相望,雙闕百餘尺」的皇宮,同時,詩中又說明此詩發生地點乃在洛陽:「洛中何鬱鬱」,標明此皇宮在「洛中」,而此時之「洛中」,已經是「長衢羅夾巷,王侯多第宅」的景象,曹丕於黃初元年(220)「十二月,初營洛陽宮」〔註7〕,到明帝之時,經歷十餘年的營造,洛陽才有可能出現上述的初步繁榮景象,因此,此「洛中」解釋為明帝曹叡時期的洛中,可能更為合理;2.若是解釋為曹植初到洛陽所作,則「陵」當解釋為曹操之西陵,而目前所見到的資料,並沒有寫曹植自封地入京,先去西陵拜謁的記載,而解釋為太和六年二月平原公主之陵,則有明確的

〔註 7〕〔晉〕陳壽撰〔宋〕裴松之注《三國志·文帝紀》,中華書局 1982 年版,第 76 頁。

史料記載；3.此詩吻合於曹植晚年的心境，曹叡雖然別有用心，但曹植並不知情，因此，太和六年元會的氣氛，至少在表面上是融洽的，曹植才會有心情進行這種類型的詩歌寫作。

在解讀《青青陵上柏》之前，先來看曹植的《箜篌引》，可以將曹植此次參加元會的背景情況做出進一步的梳理。此詩應該是曹植參加這次特恩元會的一首詩作：「置酒高殿上，親友從我遊。中廚辦豐膳，烹羊宰肥牛。秦箏何慷慨，齊瑟和且柔。陽阿奏奇舞，京洛出名謳。樂飲過三爵，緩帶傾庶羞。主稱千金壽，賓奉萬年酬。久要不可忘，薄終義所尤。謙謙君子德，磬折欲何求。驚風飄白日，光景馳西流。盛時不可再，百年忽我遒。生存華屋處，零落歸山丘。先民誰不死，知命復何憂。」關於此詩的寫作時間，主要有兩說：一說是早期之作。黃節引述之曰：「劉履云：『此蓋子建既封王之後，燕享賓親而作』，案子建在文帝時雖膺王爵，四節之會，塊然獨處，至明帝時，始上疏求存問親戚，恐無燕享賓親事。然則此篇作於封平原、臨淄侯時也。」〔註8〕二說是曹植後期作品，大約是明帝太和時期所作，而晚年說的證據是：1.「京洛出名謳」中的京洛，鄴城之時洛陽尚未恢復。2.「盛時不可再」等句子，格調灰暗，似乎不是青年子建的話語。以筆者所見，此詩正是曹植太和五年進京參加元會之作。「歷史記載，曹植赴洛陽計兩次：一在黃初四年五月，另一在太和五年冬，至六年春反國，《元會》詩是曹植參加正月元日的朝宴而寫，則創作時日必在太和六年正月。」〔註9〕此說基本正確（但還應該包括建安二十五年一次，且不論），但離開洛陽的時間應該是太和六年二月之後，而非正月。

誰是此詩的主人，此詩是怎樣的背景下寫作的？古今說法不一。以筆者之見，從詩中「主稱千金壽，賓奉萬年酬」的句意來看，曹植並非詩中的主人，恰恰相反，是客人。其句意是，主人在酒宴上，拿

〔註8〕黃節注《漢魏六朝詩六種》，中華書局 2008 年版，第 79 頁。
〔註9〕趙幼文校注《曹植集校注》，人民文學出版社 1984 年版，第 494 頁。

出千金為客壽（客壽，對客人表示敬意），客人則致以祝主人「萬年」的答詞，從這個角度來說，正是曹植在太和六年正月，赴京師洛陽朝會參加明帝宴會所作。此前，曹植一直是縣王，直到太和六年二月，才改封為郡王，《三曹年譜》：「二月，曹叡作《改封諸侯以郡為國詔》」，「以陳四縣封曹植為王。」〔註10〕《魏志‧曹植傳》：「其二月，以陳四縣封植為陳王，邑三千五百戶」，比之原先的采邑，增加一千戶，這當是詩中所說的「主稱千金壽」的意思。曹叡以陳四縣封植為陳王，邑三千五百戶，應該是乘著曹植在眼前給予賞賜，才合情理。《三曹年譜》在太和六年二月下記載：「曹叡作《與陳王植手詔》，曹植作《答詔表》。詔與表均見《御覽》卷三七八……詔及表當作於植在京都時。」〔註11〕因此，曹植在此年的二月，仍然在京城逗留，並且參加曹叡的酒會。

　　《箜篌引》詩中涉及生死的哀歎，也是有所指的，當時正值明帝女兒平原公主夭折，明帝甚為傷感，親自作誄臨送：「吾既薄才，至於賦誄，特不閑。從兒陵上還，哀懷未散，作兒誄。答曰：……句句感切，哀動神明，痛貫天地。楚王彪等聞臣為讀，莫不揮泣。」〔註12〕清楚說明，曹植、曹彪等在太和六年二月還均在洛陽。若是《箜篌引》中關於生死的哀歎，正是由於平原公主之死所引發的感歎，則此詩必定作於太和六年二月之後。

　　這樣，再來看《青青陵上柏》作為太和六年二月的解讀。先看此詩前四句：「青青陵上柏，磊磊澗中石。人生天地間，忽如遠行客」。青青：劉楨《詩》：「青青女蘿草，世依高松枝」；曹丕《見挽船士兄弟辭別詩》：「鬱鬱河邊樹，青青野田草」；十九首2例：「青青河畔草」，「青青陵上柏」；另有《飲馬長城窟行》：「青青河邊草，綿綿思遠道」。

〔註10〕　張可禮編著《三曹年譜》，齊魯書社1983年版，第229頁。
〔註11〕　張可禮編著《三曹年譜》，齊魯書社1983年版，第229頁。
〔註12〕　〔宋〕李昉等撰《太平御覽》，卷五九六中華書局1960年版，第2684頁。

按：此詩作者不明：《文選》作古辭，《玉臺》作蔡邕，蔡集亦載此；
《類聚》四十一作樂府古詩；《樂府詩集》三十八作古辭。《御覽》九
百三十六作古歌辭。引魚、書二韻。事類賦魚注作古詩。引魚、書、
如、思四韻。漢魏五言詩中「青」共計出現 5 例，最後一例，當為
與十九首相似之「古詩」。陵：作為名詞，專指帝王或者帝王家族之
墳墓，特別是漢魏之後，《說文》：「陵，大阜也」，《水經注‧渭水》：
「秦名天子冢曰山，漢曰陵。」則此處「青青陵上柏」，必定是指帝
王及其家族之陵寢。或說，曹叡之女平原公主，不過是個孩子夭折，
其墳能否稱之為「陵」。這是一種想當然，事實上，曹叡對這個女兒
非常溺愛，不僅「為之立廟」，而且，取其母后甄后從孫甄黃合葬，
曹植當時作有《平原懿公主誄》：「在生十旬，察人識物」，可知，平
原懿公主壽命為百日左右，「哀爾孤獨，配爾君子」「銀艾優渥，成
禮於宮」，〔註 13〕正寫出了為平原公主舉行冥婚的場面。《魏書‧楊阜
傳》：「帝愛女淑未期而夭，帝痛之甚，追封平原公主，立廟洛陽，葬
於南陵，將自臨送。阜上疏曰：『文皇帝、武宣皇后崩，陛下皆不送
葬，所以重社稷備不虞也，何至孩抱之赤子而可送葬也哉！帝不從。』」
〔註 14〕可知，曹叡不但為之立廟，而且，葬之於洛陽之南陵。《太平
御覽》五百九十六引明帝詔書：「吾既薄才，至於賦誄詩特不閒，從兒
陵上還，哀懷未散，作兒誄，為田家公語耳。」〔註 15〕可知，曹叡親
自送葬到南陵，而且，親自作誄，同時，他也感到自己的文才不好，
「作兒誄，為田家公語耳」，正因為此，曹植的才華，才第一次在帝王
之家派上了用場，也就是為明帝愛女平原懿公主作誄，即前文所引之
誄文。從上面所述，也可以知道，發生在太和六年二月左右的明帝愛

〔註 13〕 曹植《平原公主誄》，趙幼文校注《曹植集校注》，人民文學出版社
　　　　 1984 年版，第 494～495 頁。
〔註 14〕 〔晉〕陳壽撰〔宋〕裴松之注《三國志‧魏書‧楊阜傳》，中華書局
　　　　 1982 年版，第 707 頁。
〔註 15〕 〔宋〕李昉等撰《太平御覽》卷五九六，中華書局 1960 年版，第 2684
　　　　 頁。

女之死的喪事，在當時是多麼重大的一件大事。又何以知道是發生在二月，同時，又何以知道曹植此時還在京城洛陽呢？曹植有《答明帝詔表》：「奉詔並見聖恩所作故平原公主誄。文義相扶，章章殊興，句句感切，哀動神明，痛貫天地。楚王臣彪等聞臣為讀，莫不揮涕。」〔註16〕可知，曹叡詔書宣讀於曹植，曹植接詔後，又宣讀給楚王彪等，充分說明，曹植與曹彪等人，此時皆在京城洛陽宮中。

魏明帝太和六年二月，還發生了一些其他的事情，《三曹年譜》記載：二月，曹叡作《改封諸侯以郡為國詔》，以陳四縣封曹植為陳王……曹叡女淑卒……詔、表、誄當作於植及彪等在京都時。〔註17〕《魏志·明帝本紀》也明確記載，太和六年，「春二月……『其改封諸侯王，皆以郡為國。』」〔註18〕總之，關於曹植、曹彪等一直逗留到太和六年二月，是比較一致的見解，此一點並無爭議。

「人生天地間，忽如遠行客」，既應是接續「青青陵上柏」之對平原公主哀情而發的議論，也應是曹植對自我人生的感歎所發。「忽如遠行客」：曹丕《大牆上蒿行》：「人生居天壤間，忽如飛鳥棲枯枝」，曹植《白馬篇》：「視死忽如歸」，遠行：漢魏時期在詩中首先使用「遠行」的，是曹操的《苦寒行》：「遠行多所懷。我心何怫鬱」，隨後，曹植《遊仙詩》：「騁轡遠行遊」，《雜詩》：「僕夫早嚴駕，吾行將遠遊」，「遠行客」則首先出自曹植的《雜詩》：「悠悠遠行客。去家千餘里」，同時，漢魏之際的五言詩，也只有曹植和十九首出現了「遠行客」。

此詩前四句似乎與中間四句不能連接，也就是從「青青陵上柏」的陵墓之地，到「斗酒相娛樂」的歡樂，轉折過快，令人難以接受，其實，「人生天地間，忽如遠行客」兩句，已經將這兩種心境連接起

〔註16〕曹植《答明帝詔表》，趙幼文校注《曹植集校注》，人民文學出版社1984年版，第498頁。

〔註17〕參見張可禮編著《三曹年譜》，齊魯書社1983年版，第229頁。

〔註18〕〔晉〕陳壽撰〔宋〕裴松之注《三國志·魏書·明帝本紀》，中華書局1982年版，第98～99頁。

來了，那就是既然生死一瞬間，迅忽如同一次遠行，那就還「不如飲美酒」，在美酒中撫慰這種痛苦的心境。「斗酒相娛樂，聊厚不為薄」以下四句，正是承接「人生天地間，忽如遠行客」的人生喟歎，轉寫自己。曹植自黃初二年甄后事件被告發之後，一直過著被監管的罪人生活，因此，所謂「斗酒相娛樂，聊厚不為薄」，也可以視為對近十年來人生慘痛經歷、醉生夢死的一種概括。「斗酒」，「指少量的酒」，《史記·滑稽列傳》：「一斗亦醉，一石亦醉」。曹植：「歸來宴平樂，美酒斗十千。」（《名都篇》），「陳王昔時宴平樂，斗酒十千恣歡謔」，「斗酒」賦詩也成為曹植的象徵；「娛樂」，首先出自於阮瑀的《公讌詩》；「上堂相娛樂」，此處應該是曹植借鑒阮瑀詩句而來，同此，「聊厚不為薄」，出自於徐幹的《室思詩·其六》：「既厚不為薄」。曹植也愛使用「厚薄」來形容酒的優劣，《文選》卷27《望荊山》李注：「曹子建《樂府詩》曰：『金樽下杯，不能使薄酒更厚』」，有學者考證南朝梁蕭繹《金樓子》卷4立言篇九下：「金樽玉杯，不能使薄酒更厚，鑾輿鳳駕，不能使駑馬健捷」，「後兩句亦當為曹植語」，也可以佐證之。

　　曹植此次入京之前後，有不少的作品可以參看。先有《請赴元正表》：「欣豫百官之美，想見朝覲之禮，耳存九成，目想率舞。」〔註19〕此表應為曹植在接到朝廷詔書之後的心境。《謝周觀表》，則應為曹植初到京城，曹叡安排曹植到京城遊覽周觀之後，曹植所作的謝表：「初玩雲盤，北觀疏圃，遂步九華。」〔註20〕《妾薄命》兩首樂府詩：「攜玉手，喜同車，比上雲閣飛除。釣臺蹇產清虛，池塘觀沼可娛。仰泛龍舟綠波，俯擢神草枝柯。想彼宓妃洛河，退詠漢女湘娥。」〔註21〕此詩一般被認為表現曹叡荒淫生活，如趙幼文：「此篇揭示太和五年冬應詔赴洛，遊覽苑囿所見……曹植如實地勾勒曹叡荒淫生活的片

〔註19〕趙幼文校注《曹植集校注》，人民文學出版社1984年版，第491頁。
〔註20〕趙幼文校注《曹植集校注》，人民文學出版社1984年版，第475頁。
〔註21〕趙幼文校注《曹植集校注》，人民文學出版社1984年版，第480頁。

斷」〔註22〕，但這僅僅是一種解釋，曹植自以為重新得到皇帝信任，因此，初到京城，遊覽周觀京城，而洛陽各種建築，多從鄴城而來，當然，鄴城建築，又是模仿東都洛陽而來，曹植難免追憶往事，通過《妾薄命》的樂府歌詩，表達內心深處對往日戀人甄氏的思念之情，特別是「俯擢神草枝柯」「想彼宓妃洛河」兩句，更與前文筆者所論的一些背景情況吻合。

「驅車策駑馬，遊戲宛與洛。」此兩句可以理解為近十年來圍繞洛陽，或說是許昌、洛陽一帶，驅車駑馬奔走的人生經歷，也可以理解為書寫曹植、曹彪來京朝覲之事。「驅車」一詞，由漢魏之際的詩作中，首見於曹丕的五言詩作，計有《於玄武陂作詩》：「兄弟共行遊。驅車出西城」，《於明津作詩》：「驅車出北門」兩次，曹植隨後兩次使用，有《驅車篇》：「驅車揮駑馬，東到奉高城」，《孟冬篇》：「驅車布肉魚」，十九首中兩次使用，除了「驅車策駑馬」之外，還有「驅車上東門，遙望郭北墓」。可知，「驅車」這一語彙，是由曹丕首先使用到五言詩中，隨後曹植借鑒使用的。十九首兩篇中的「驅車」，皆應該是曹植之作。

「駑馬」，曹植雖然要去參加皇室元會，但他的景況極為惡劣，也是不爭的事實，與以前他作為魏王愛子的情形相比，對現在所乘之馬，自稱「策駑馬」，當不為過。「駑馬」，《廣雅》：「駑，駘也」，謂馬遲鈍者也，也是曹植之自喻。「駑馬」在漢魏詩歌中出現較早，《樂府詩集》中的《戰城南》中有：「駑馬裴回鳴」，但在漢魏文人五言詩中，只有曹植和十九首此作，各有一次使用，也充分說明「駑馬」是曹植習慣使用的詩歌語彙。

「遊戲」，出自於《史記·莊子傳》：「吾寧遊戲污瀆之中以自快，無為有國者所羈」，漢魏之際的詩作中，則首先出現於劉楨的《公讌詩》：「永日行遊戲」，劉楨詩中的「遊戲」，與現代的概念相似，但劉

───────────

〔註22〕 趙幼文校注《曹植集校注》，人民文學出版社 1984 年版，第 481 頁。

植此詩中還有「輦車飛素蓋，從者盈路傍」的詩句，則「遊戲」也可能含有駕車行路的意思。

「宛洛」，可以有實指、虛指兩種理解：從實指來說，宛洛是由南陽到洛陽的重要道路，從洛陽出龍門山和香山之間的伊闕，經伊川、汝州、寶豐到達南陽，這條路如今並不十分重要，但在古代卻非同尋常，這是著名的交通要道——宛洛古道。其中寶豐到南陽之間路分兩條，經平頂山、葉縣、方城到南陽的是大道；而經魯山、南召到南陽的是小路。這條古道到南陽後，經鄧州或新野向荊襄延伸，所以又被稱為荊洛古道，大約在春秋時期，這條路就很重要，當時叫「夏路」，從那時以後一直是南方通往中原的要道。這個語彙在三國時期已經形成，諸葛亮《隆中對》：「待天下有變，則命一上將將荊州之兵以向宛、洛」。宛，是當時的另一個中心。《漢書》：「南陽郡有宛縣，洛，東都也。」南陽在洛京之南，漢時亦稱南都。洛陽或伊洛植詩中都多次出現。曹植《贈白馬王彪》：「伊洛廣且深，欲濟川無梁。」《靈芝篇》：「朱草被洛濱」。綜合兩句來看，應該是說，從外地驅車駕馬來到京城洛陽。

曹植雖然從總的方向是從東面來，但此次進京，曹彪也參加元會，而此時明帝曹叡對諸王叔的態度，已經有所鬆動，至少從表面來看，已經相當不錯，若是曹植會同曹彪同行進京，而曹彪封為楚王，其進京路線恰恰是遊戲宛洛。因此，第二種可能則是曹植、曹彪參加太和六年正月的活動，或指曹彪走宛洛大道，或指曹植在宛城與曹彪會合，一同遊戲宛洛，也未可知。曹彪於黃初六年封為楚王，《諸史考異·淮南郡》：「黃初二年，邯鄲懷王邕封淮南公，以九江郡為國；六年改封楚王彪。嘉平元年，彪自殺，國廢，為淮南郡。」〔註23〕太和五年，曹彪是從淮南郡出發入洛，則當走宛洛大道。

〔註23〕 洪頤煊撰《諸史考異》一，中華書局，叢書集成初編，1991年版，第6頁。

從虛指來說，可以理解為一個偏義名詞，僅僅指示洛，而沒有宛的實際意思。

「洛中何鬱鬱，冠帶自相索。長衢羅夾巷，王侯多第宅」，此四句則應是描寫曹植到洛陽之後的觀感。「鬱鬱」，呂向曰：「鬱鬱，盛貌。」賈逵《國語》注曰：「索，求也。」方廷珪曰：「冠帶，富貴之人。富貴人與富貴人為偶。……句眼在『自』字，各適其適。」〔註24〕漢魏文人五言詩作中，首先使用「鬱鬱」的，是曹丕的《於玄武陂作詩》：「兄弟共行遊。驅車出西城。……黍稷何鬱鬱」，此處之鬱鬱，為「盛貌」；鬱鬱，還有一意，為鬱悶的意思，曹丕另有五言詩作《雜詩二首·一》：「鬱鬱多悲思」，曹植也有《苦思行》：「鬱鬱西嶽巔」。故「洛中何鬱鬱」，可以解釋為兩重意蘊，一是洛中他者的興盛繁茂，包括他人和它物：「冠帶自相索」是他人的得意，「長衢羅夾巷，王侯多第宅」，是它物即洛陽新都的繁華景象，而他人它物的得意繁華，正反襯了自己和曹彪以罪臣身份來到京城的寂寞鬱悶。

曹植、曹彪以皇叔和罪臣的雙重身份來京朝覲，自然是孤獨的。曹操於建安九年左右從袁紹部眾手中取得鄴城，一直以鄴城為中心，一直到建安二十五年曹操死後，曹丕於黃初元年（220）「十二月，初營洛陽宮，戊午幸洛陽」〔註25〕到太和六年之時，洛陽已經繁盛，但貴人們只是「冠帶自相索」，他們的宅第也更加富麗堂皇：「長衢羅夾巷，王侯多第宅」，並不理會曹植這個罪臣。

「兩宮遙相望，雙闕百餘尺」以下四句，應該是曹植參加曹叡宮廷宴會的景象，應是曹植等參加完平原公主喪事之後的宮廷酒宴。至今民間仍有風俗，即喪事之後，應有宴會款待賓客。曹植《箜篌引》和此作，都應該是這一背景下的作品。

兩宮問題，涉及到東漢洛陽和曹魏洛陽的不同兩宮問題。古人

〔註24〕隋樹森《古詩十九首集釋》，中華書局 1955 年 3 月第 1 版，第 23 頁。
〔註25〕〔晉〕陳壽撰〔宋〕裴松之注《三國志·文帝紀》，中華書局 1982 年版，第 76 頁。

常常以東漢洛陽的兩宮，來解釋十九首中的「兩宮遙相望」，蔡質《漢·官典職》曰：「南宮北宮，相去七里。」現代學者，也常常會以十九首中的「兩宮遙相望」，來解釋東漢的兩宮問題，〔註26〕其實，十九首中的「兩宮遙相望」，指的是曹魏新建洛陽城中的兩宮。「在大量文獻中，則記載著該城的漢代宮城是由南、北兩個宮城組成，即學者們一般認為的南、北宮對峙的形制。其中南宮南臨洛水，南、北宮之間以樓閣複道相連，相距七里。」而曹魏在東漢廢墟上所建立的南、北宮，「經過對有關記載的文獻仔細辨別，可以發現它們顯然已不是指漢代那種地位和功能相同，但區域不同且南北對峙的兩個獨立的宮城，而是對同一座宮城內位置及作用不同的帝、后殿所的分別稱謂。」〔註27〕

換言之，東漢兩宮，南北對峙，是兩座相距七里之遙的不同建築，而曹魏的建都洛陽，由於建都時間比較短，從曹操建安二十五年開始在東漢洛陽廢墟上建立建始殿，其地點在原洛陽的北部，到曹植晚年的太和六年，經歷曹丕父子兩代，也不過是十二年的時光，對於修建一個都城來說，財力時間所限，都不會有原先的洛陽那麼大，所以，曹魏修建的洛陽，城中的南、北宮，僅僅是一個建築群中的兩座宮殿，南宮即所謂太極殿，主要是帝王理政之所，而宮城北部的殿所既稱後宮，也稱之為北宮，是后妃之居所。分析到這裡，我們再重新來閱讀曹植的詩作《五遊詠》：「閶闔啟丹扉，雙闕曜朱光。徘徊文昌殿，登陟太微堂。上帝休西櫺，群后集東廂」，〔註28〕可以推測，所謂「兩宮」、「雙闕」，是在一起的一個建築群，連同閶闔門，宮門為閶闔門，閶闔門兩邊為雙闕的建築物，他們都是朱色

〔註26〕　參見錢國祥著《由閶闔門談漢魏洛陽城宮城形制》，《考古》，2003 年第 7 期，第 54 頁。

〔註27〕　錢國祥著《由閶闔門談漢魏洛陽城宮城形制》，《考古》，2003 年第 7 期，第 58 頁。

〔註28〕　此詩不見於趙幼文《曹植集校注》，見載於逯欽立輯校《先秦漢魏晉南北朝詩》，第 433 頁。

的，文昌殿和太微堂分別是帝王理政的南宮和后妃居所的太微堂，
若論東西走向而言，則文昌殿居於西欄，而群后所在的太微堂位於
東廂，故有「上帝休西欄，群后集東廂」之句。這樣來理解十九首
中的「兩宮遙相望，雙闕百餘尺」，就可以理解為，前句兩宮，重在
寫兩宮之間的關係，可以遙遙相望；後句「雙闕百餘尺」，重在寫兩
宮雙闕的上下高度的描寫。這正是作者步入閶闔門之後，面對宮廷
景象的真實描寫。關於雙闕，隨後再論。

　　「極宴娛心意，戚戚何所迫？」「戚戚」，漢魏五言詩作中，首見
於曹操《秋胡行》：「戚戚欲何念」，但曹操之作屬於樂府歌詩，漢魏文
人五言詩，則只有曹植《遊仙詩》「人生不滿百，戚戚少歡娛」與十九
首此詩使用了「戚戚」。李周翰曰：「言於此宮闕之間，樂其心意，則
憂思何所相逼迫焉」，與曹植「歡笑盡娛，樂哉未央」（《元會》）的表
面文章以及與曹植可能寫於此時的《箜篌引》相互參看。

　　關於「雙闕」，我們不妨再作進一步的探討。雙闕，也稱「石闕」，
根據梁思成《中國建築史》：「漢宮殿祠廟陵墓門外兩側多立雙闕，或
木構，或石砌」，〔註 29〕可知，石闕是「宮殿祠廟陵墓門外兩側」所
立的建築，這至少將十九首的作者指向了宮廷貴族中的人物，特別是
十九首中的詩句，在寫作了「兩宮」「雙闕」之後，又寫了「極宴」，
可知詩人是經過兩宮、雙闕而去赴宴，這是一般人所不能走進的禁區。
崔豹《古今注》曰：「闕，觀也。古每門樹兩觀於其前，所以標表宮門
也。其上可居；登之則可遠觀。故謂之觀。人臣將至此，則思其所闕，
故謂之闕。」〔註 30〕關於「雙闕」，就其建築物本身來說，《三輔黃圖》
記載說：「未央宮，《漢書》曰：『高祖七年，蕭何造未央宮，立東闕、
北闕』」，〔註 31〕這可能是「雙闕」這一建築名稱的較早實物，作為專
有名詞來說，可能較早見於後漢李尤，《藝文類聚》：「後漢李尤《闕

〔註 29〕梁思成著《中國建築史》，百花文藝 2005 年版，第 39 頁。
〔註 30〕隋樹森著《古詩十九首集釋》，中華書局 1955 年版，第 23 頁。
〔註 31〕何清谷校注《三輔黃圖校注》，三秦出版社 2006 年版，第 132 頁。

銘》曰：『……表樹兩觀，雙闕巍巍』。」〔註32〕「雙闕」這一建築用語，在整個漢魏時期的五言詩作之中，一共僅僅出現四次，除了十九首一次之外，只有曹植分別有三首詩描寫了雙闕，分別是《贈徐幹詩》：「聊且夜行遊，遊彼雙闕間」，《五遊詠》：「閶闔啟丹扉，雙闕曜朱光」，〔註33〕《仙人篇》：「閶闔正嵯峨，雙闕萬丈餘」；又曹植《雜詩七首·其六》：「飛觀百餘尺」，與十九首「雙闕百餘尺」描寫相同，應該就是雙闕的別樣寫法。另，《三輔黃圖》記載古歌曰：「長安城西有雙闕，上有雙銅雀。一鳴五穀生，再鳴五穀熟」，這是一條重要的資料，但「古歌」常常不能確定準確的時間，也不能確定準確的作者。《三輔黃圖校注》在這條資料下引陳直曰：「《太平寰宇記》卷二十五引《長安記》古歌辭與本文同。又按《太平御覽》卷一七九，載魏文帝歌曰：『長安城西有雙圓闕，上有雙銅闕，一鳴五穀生，再鳴五穀熟。』據此古歌，似為曹丕作也。」〔註34〕鄴城建章臺等模仿西漢長安建築，因此，曹丕回顧長安建築的情形，也不是不可能的。曹植詩中所說的「飛觀」之「觀」，也是闕的意思。「闕是古代宮殿等大型建築門前的高建築物，通常左右各一，建成高臺，臺上起樓觀，是帝王頒布法令的地方。闕又稱觀，又稱象魏。徐鍇《說文解字繫傳》云：『蓋為二臺於門外，人君作樓觀，上圓下方，以其闕然為道，為之闕；以其上可遠觀，謂之觀。』」〔註35〕

　　如前所述，東漢洛陽的雙闕，有李尤《闕銘》的記載，但在其餘作家中，對於雙闕的描寫和記載，似乎都還很少使用：如從張衡《西京賦》來看，長安有「嶢闕」，高高的城闕的意思，並無雙闕、也無閶闔的記載，「圓闕聳以造天，若雙碣之相望」，也只是以「雙碣」稱之。而《東京賦》，關於臺，有「其內則合德章臺」「前殿靈臺，蘇騮安福」

〔註32〕歐陽詢撰《藝文類聚》下，上海古籍出版社 1999 年版，第 1117 頁。
〔註33〕此詩不見於趙幼文《曹植集校注》，見載於逯欽立輯校《先秦漢魏晉南北朝詩》，第 433 頁。
〔註34〕何清谷校注《三輔黃圖校注》，三秦出版社 2006 年版，第 254 頁。
〔註35〕何清谷校注《三輔黃圖校注》，三秦出版社 2006 年版，第 133 頁。

的記載；關於門，有「啟南端之特闈，立應門之將將」「謻門曲榭，邪阻城洫」的記載，並無直接使用「雙闕」的記載。

曹魏洛陽的雙闕建築，應該是來源於曹魏建安時期的鄴城的雙闕建築，而曹魏鄴城的雙闕，應該是對西漢長安及東漢洛陽雙闕的模仿，曹植在《登臺賦》中提到了雙闕：「從明後之嬉遊兮，聊登臺以娛情。見太府之廣開兮，觀聖德之所營。建高殿之嵯峨兮，浮雙闕乎太清。立衝天之華觀兮，連飛閣乎西城。臨漳川之長流兮，望園果之滋榮。」其中「見高殿之嵯峨兮，浮雙闕乎太清」，明確寫出了「雙闕」這一對建築物。可知，鄴城的雙闕就在銅雀臺附近，或者說，就是銅雀臺建築群中的重要組成部分，都是「聖德（曹操）之所營」。

曹植出現「雙闕」的三首詩作，首先是《贈徐幹詩》：「驚風飄白日。忽然歸西山。圓景光未滿。眾星燦以繁。志士營世業。小人亦不閒。聊且夜行遊，遊彼雙闕間。文昌鬱雲興，迎風高中天。春鳩鳴飛棟，流焱激櫺軒。顧念蓬室士，貧賤誠足憐。薇藿弗充虛，皮褐猶不全。慷慨有悲心，興文自成篇。寶棄怨何人，和氏有其愆。彈冠俟知己，知己誰不然。良田無晚歲，膏澤多豐年。亮懷璠璵美，積久德愈宣。親交義在敦，申章復何言。」詩題為《贈徐幹詩》，而徐幹死於建安二十三年之前，則此詩應該是作于鄴城，中間涉及「文昌」的建築：「文昌鬱雲興，迎風高中天」，說明趙幼文「雙闕在文昌殿外」的推斷是正確的。

十九首說「雙闕百餘尺」，可知雙闕之高，其中的「百餘尺」三字，漢魏詩作中，也只有在曹植的五言詩作中出現，曹植《雜詩·其六》：「飛觀百餘尺，臨牖御櫺軒。遠望周千里，朝夕見平原。烈士多悲心，小人偷自閒。國讎亮不塞，甘心思喪元。拊劍西南望，思欲赴太山。弦急悲聲發，聆我慷慨言。」在曹植的這首詩作中，我們還可以看到一個現象，那就是曹植的詩作中，他所喜歡使用的詞彙，會多次使用，譬如「雙闕」，他在五言詩作中使用了三次，在賦作中也有使用，而在他同代或者之前的詩人，則較少使用。「百餘尺」，在漢魏時

期，也只有曹植和十九首使用。這也充分說明，這首《青青陵上柏》就是曹植的作品。曹植此詩中的「臨牖御櫺軒」，說明這飛觀雙闕，是可以登上去臨牖而遠望的。「櫺軒」，則說明雙闕上面是有窗戶的，而且是有格子的窗戶，櫺，欄杆或是窗戶上的格子。十九首所說「西北有高樓，上與浮雲齊」，詩中的「交疏結綺窗，阿閣三重階」，正是《魏都賦》所說的「殿居綺窗」，也正是曹植《雜詩・其六》詩中的「飛觀百餘尺，臨牖御櫺軒」。「飛觀」和「雙闕」，應該是同一種建築的不同說法。曹植《登臺賦》：「浮雙闕乎太清」與「立衝天之華觀」，兩者是一而二的建築，由於賦體的鋪排需要而加以不同的表述。

再看曹植另外兩篇出現「雙闕」的詩篇，先看《仙人篇》：

仙人攬六著，對博太山隅。湘娥拊琴瑟，秦女吹笙竽。玉樽盈桂酒，河伯獻神魚。四海一何局，九州安所知。韓終與王喬，要我於天衢。萬里不足步，輕舉凌太虛。飛騰踰景雲，高風吹我軀。回駕觀紫薇，與帝合靈符。閶闔正嵯峨，雙闕萬丈餘。玉樹扶道生，白虎夾門樞。驅風遊四海，東過王母廬。俯觀五嶽間，人生如寄居。潛光養羽翼，進趨且徐徐。不見軒轅氏，乘龍出鼎湖。徘徊九天上，與爾長相須。

《仙人篇》，《曹植集》列於黃初中，黃初之後，由於曹植處境不好，心境抑鬱，於是開始寫作遊仙詩，大抵能說得通，但到底是曹丕稱帝的黃初時期，還是曹叡為帝的太和時期，還需要研究。當曹植在幻想仙境的時候，他是以現實中的都城來作為仙境的幻象來描寫的：「閶闔正嵯峨，雙闕萬丈餘」，因此，仙境中的「雙闕」和連同出現的「閶闔」，並不妨礙我們對「雙闕」含義的現實意義的考察，同時，「閶闔」在詩中的出現，更為我們研究雙闕提供了重要的線索。前一首《贈徐幹詩》中只有「雙闕」而沒有「閶闔」，但有文昌殿的描寫，這是巧合還是寫實？是否可以說明，前一首寫的是鄴城的雙闕，鄴城雙闕在文昌殿附近，而《仙人詩》寫的是曹魏新建的洛陽城中的雙闕，附近有閶闔門？現在還僅僅是一個推測，我們需要進一步探索。

再看曹植的另一首帶有「雙闕」建築物的詩作《五遊詠》：

> 九州不足步，願得凌雲翔。逍遙八紘外，遊目歷遐荒。披我丹霞衣，襲我素霓裳。華蓋芬晻藹，六龍仰天驤。曜靈未移景，倏忽造昊蒼。閶闔啟丹扉，雙闕曜朱光。徘徊文昌殿，登陟太微堂。上帝休西欞，群后集東廂。帶我瓊瑤佩，漱我沆瀣漿。踟躕玩靈芝，徙倚弄華芳。王子奉仙藥，羨門進奇方。服食享遐紀，延壽保無疆。

同是遊仙詩，應該同是曹植的晚年之作，也同樣是以現實中的都市來想像天上的景物，此詩中同時出現「雙闕」「閶闔」「文昌殿」「太微堂」等，說明了以下幾個問題：

1. 遊仙詩是曹植晚年之作，曹植寫作仙境中的都市，也已經轉移到現實中的政治中心，此兩首詩作中的建築物，都應該是洛陽的，而不是鄴城的。

2. 兩首詩中都提到了雙闕、閶闔，說明洛陽城中的雙闕在閶闔門旁邊。閶闔，出自屈原《離騷》：「吾令帝閽開關兮，倚閶闔而望予」，因此，閶闔首先是帶有想像色彩的天門，也泛指門的意思，《說文‧門部》：「楚人名門皆曰閶闔」，皇宮正門也被稱之為閶闔，張衡《西京賦》：「正紫宮於未央，表嶢闕」。則此兩首詩中的「雙闕」，應該是曹魏後期洛陽京城閶闔城門兩邊的兩座高層城闕。

3. 曹植詩中的雙闕，明確說明了是「朱光」，是朱色的城闕，正與鄴城雙闕顏色的赤、黑兩色吻合，說明了曹魏新建的洛陽雙闕，是模仿鄴城雙闕建造的。

4. 曹植此詩中不僅出現「雙闕」「閶闔」，還出現了「文昌殿」，說明曹魏新建造的洛陽，不僅僅與鄴城的雙闕相同，而且，附近也有文昌殿。但反過來說，新造洛陽有閶闔門，被模仿的鄴城是否也有閶闔門，這個問題還需要再探討。

5. 雙闕附近另外增添了太微堂建築，又提供了新的研究線索。根據考古學家繪製的《魏晉、北魏洛陽宮城平面布局勘探復原示意

圖》，在太極殿旁邊有東堂，「按照東晉制度，帝王舉行大型朝會是在太極殿，小會則在東堂。」〔註36〕則太微堂，很有可能是東堂在曹魏時代的名稱。

總體來看，此詩主題徘徊於死生之間，悲喜之境，極為富貴，卻又極為窘迫，讀之者依稀可以見到詩人從「青青陵上柏」的帝王家族陵寢中歸來，經過百餘尺的雙闕和遙遙相望的兩宮之間，走向宮廷極宴的身影，眼前浮動著的卻是詩人「斗酒相娛樂，聊厚不為薄」的以薄酒澆深愁和駕馬驅車在宛洛、鄴城、東阿等地崎嶇山道上的蒙太奇，還有與畫面同時出現的悲涼話外音：「極宴娛心意，戚戚何所迫？」

第二節　十九首研究方法論反思

以上關於曹植與十九首關係的研究，分別論證了《今日良宴會》應為曹植於建安十七年正月丁鄴城所作，《涉江採芙蓉》應為曹植於建安十七年十月於長江北岸所作；《西北有高樓》應為曹植於建安二十一年至二十二年之際在鄴城所作，《青青河畔草》和《庭中有奇樹》應為曹植於黃初二年春夏之際在鄴城所作，曹植的《七哀詩》應於黃初二年六月之前在鄴城所作，《行行重行行》，應為曹植在黃初二年六月于鄴城所作，《洛神賦》應為曹植於黃初三年五月於洛陽就國鄄城所作；《青青陵上柏》應為曹植在太和六年二月在洛陽所作。

以上是以自然的時間順序排列，這樣，再來看十九首的次序，其一，是《行行重行行》，應為曹植在黃初二年六月于鄴城所作，這也是曹叡最為記恨的植、甄唱和之作；其二，《青青河畔草》，應為曹植於黃初二年春夏之際在鄴城所作，也是曹叡所急需遮蔽的植甄關係史的重要篇章；其三《青青陵上柏》和其四《今日良宴會》，應為曹植分別在太和六年二月在洛陽所作，和曹植於建安十七年正月于鄴城所作，均為與甄氏無關之作。有關與無關之作，混同刪除，正見出刪改者瞞

〔註36〕錢國祥著《由閶闔門談漢魏洛陽城宮城形制》，《考古》，2003年第7期，第59、60頁。

天過海的良苦用心。其五《西北有高樓》和其六《涉江採芙蓉》以及其九《庭中有奇樹》，分別為曹植的贈甄、思甄之作，皆早於《行行重行行》。看來十九首的刪詩次序，也許還保存著曹叡於臨終之前重新撰錄曹集時候的原次序，帶有著曹叡精心安排刪除的痕跡。

　　或說，曹植受迫害於魏，詩文或不流傳，然經歷晉，其作再無禁之理，且家中自有手錄為當時所知，則世間十九首等之作，若是出自其手，不應再稱為「古詩」。且靠近當時歷史，無有新署名曹植之作出。這些懷疑，情有可原，是由於沒有深入到這段歷史冤案之中的緣故。如前所論，筆者之所以提出十九首等古詩主要為曹集中的作品，其中主要根據的邏輯關係：1.王沈《魏書》、魚豢《魏略》等分明記載了曹、甄之間的隱情；2.曹植在黃初二年甄后賜死的同年，也因此獲罪，兩者之罪乃為同罪；3.曹叡對其生母與叔父之間的戀情深以為恥；4.甄后《塘上行》與十九首中的《行行重行行》，以及曹植《雜詩》等詩作中的話語是對應和唱和的關係；5.曹植晚年被「特恩」參加曹叡太和六年的元會，應是曹叡對曹植陰險報復的一次行為；6.曹植在參加元會的當年死去，曹叡隨後在景初二年下詔對曹植文集進行重新撰錄，曹植和甄后之間有關聯的主要詩作以及連帶刪除曹植其他的一些優秀五言詩作，並將這些被重新撰錄、整理之後的文集「副藏內外」，以便作為權威版本，而根據《晉書》記載，曹志分明說自己家中有曹植生前「手所作目錄」，說明朝廷整理的曹植全集與家藏的「手所作目錄」，是不同的版本，而朝廷之所以將這整理過的版本不僅僅收藏於宮中，還要使之流行於「外」，正是希望這些刪除的詩作永遠消失；7.為了達到使這些涉及植、甄隱情的詩作永遠與其本事無關，與曹氏家族無關，將這些詩作分別派發到枚乘、傅毅、班婕好等兩漢詩人的名頭上，而曹植、曹彪兄弟的唱和之作，則被依附到所謂的蘇李詩，以後，曹彪謀逆，被司馬氏政權賜死，曹彪的詩作也一併為封殺，現今僅僅流下四句五言詩作；8.到了西晉時代，一是距離曹植文集被刪改的時間已經久遠，那些被刪除的曹

植（可能還有曹彪、甄后）之作，只能靠口耳相傳流傳下來，魏晉時代，是個血腥屠殺的時代，曹植、曹彪乃為魏晉兩朝帝王的共同政敵，又有哪個知情人敢於冒險將這個秘密記錄下來，寫作下來呢？因此，在西晉陸機的時代，從曹植文集中剔除出來的這些詩作，就已經失去了作者署名。有人說，即說是「古詩」，一定會距離陸機的時代非常久遠，這是不對的，當時流傳著兩種截然不同的說法：一種是由曹叡宮廷散佈出來的枚乘、傅毅、蘇武、李陵之作，另一種則是少數知情人口耳相傳的「曹王所制」，陸機既然不能考辨，簡單稱之為「古詩」，這是合理的選擇。

十九首之所以難以破譯，以及漢魏這一段文學史，之所以疑案頗多，而且難以索解，主要有這樣的幾個因素：

其一，由於魏晉時代是一個血腥的殺戮時代，上層貴族首當其衝，如曹植、曹彪等都是當時政壇風口浪尖上的人物，他們身兼時代政治和五言詩寫作兩大領域的佼佼者，一旦成為血腥祭壇上的犧牲，其作品也就隨之封殺，從而有可能成為失名「古詩」的主要源頭：曹植作品到了晉初時期已經散失許多，晉武帝若要查找一篇作品是否為「先王（曹植）所作」，需要向曹植的兒子曹志詢問，而曹志則需要回府去查對先父「手所作目錄」，〔註37〕可知，當時的皇宮內廷，是知道曹植在宮廷中的文集是被大量刪改的版本，而偏偏曹志以後也成為了這場一直還在延續的血腥殺戮風氣的犧牲，神經失常，從此曹植的「手所作目錄」消失，這就成為所謂十九首等「古詩」以及《陌上桑》等「《古辭》」失去作者的原因。

其二，是《玉臺新詠》的出現，《玉臺》中的大多數作品可信，但頗有一些涉及兩漢到曹魏時代的作品「不可採信」，從而將本來就由於作者被封殺而撲朔迷離的這一段文學史，變得更加渾沌不清，從

────────

〔註37〕《晉書》著帝嘗閱《六代論》，問志曰著「是卿先王所作邪？」志對曰著「先王有手所作目錄，請歸尋按。」還奏曰著「按錄無此。」，詳論參見有關曹植章節。

而增添了恢覆文學史本來面目這一工作的難度。有人說，兩漢魏晉時代的詩歌史疑案多，是由於史學家對此缺少記錄，但這並非主要原因。事實上，《漢書》、《後漢書》中凡是涉及文苑中的人物，即便是並不優秀的文學作品，也多加抄錄。十九首等古詩若是兩漢時期某個具體人物所作，兩漢史書沒有不加以記載的理由。枚乘、蘇武、李陵、班婕妤、秦嘉等人的五言詩沒有出現在史傳中，正是由於這些作品不是他們所作的；而這些作品若是曹植所作，則史傳反倒不必記錄，因為，曹植的作品實在太多，難以一一記錄。

其三，本世紀以來漸次興起的一些新文學觀念將原本就混亂的這段歷史更加混亂。譬如對於通俗文學的提倡，對於民歌的高度重視，提升了兩漢樂府的地位，使《陌上桑》等成為所謂兩漢樂府民歌的樣板，這就為十九首的破譯工作雪上加霜。因為，若是建安之前就已經有《陌上桑》這樣成熟優秀的五言樂府詩，則十九首為東漢之作，似乎也有了理由。也有不少的朋友直接就猜測十九首也許就是樂府民歌——幸虧學術界將十九首定位為文人五言詩，杜絕了民歌樂府的這一猜測，否則，十九首等一旦淪入到民歌的茫茫人海之中，那就真的是永難破譯了。現在，十九首等有幸屬於文人五言詩的大範疇，這樣，至少就可以在兩漢魏晉之間的大詩人之中進行排查，一一對比，終究是可以破案的。

其四，由於曹魏國祚短暫，加之其作為歷史上的建安時期的二十五年，古人並不將其視為現代意義上的建安，而是視為後漢時期，因此，有關對三曹七子的一些研究資料，並不在現代意義上的建安時期，反而需要到兩漢的範疇之中尋覓。古人將十九首等視為兩漢之作的說法時間既久，就會成為一個先入為主的觀念，因此，能接受梁啟超先生的東漢說，已經是一種進步了，現在，還要再向後推遲六十年到八十年，一時難以接受，這是情理之中的事情。這些都為破譯和接受十九首的真相造成了先天的障礙。再譬如有學者與我商榷，說最為重要的問題是十九首中多次提及的「洛陽」問題如何解釋，這也和先入為

主的觀念有關，十九首中涉及的洛陽，並非東漢之洛陽，而是曹魏建都洛陽之後的洛陽，是黃初、太和之間的洛陽。

其五，某些錯誤的學術理念在制約著對十九首的研究和破譯，首先，是過分強調所謂的「鐵證」，認為只有某些出土文物上面明確寫明其產生時間和作者，才可以真正作為定論。按照這種理念，就沒有研究文學的學者的必要，只需考古學科即可，事實上，文學史內部演變的規律，五言詩由兩漢之涓涓細流的偶然出現，到建安十六年之後的蔚然大觀的成立過程，將這個過程之中每個詩人詩作的內在考辨，以及將他們與十九首作品的對比研究，這些遠比所謂的出土文物更為真實，更為有說服力；其次，過分強調所謂「新的材料」，這種觀念，其實是前一種學術觀念的別樣說法。我們當然都希望有別人沒有見過的材料，但中國的學術史，十九首的接受傳播史，自其產生以來，已經歷經一千七百餘年，期間特別是經過清代學者的接受和研究，幾乎已經不可能還有沒被學者關注過的資料。問題的關鍵，應該是對這些有限資料的重新閱讀、理解和詮釋，若將這些資料比喻為一顆顆散落的珍珠，被湮沒在歷史的塵埃之中，我們這一代學者的使命，就應該是將這一顆顆珍珠上的灰塵揮落拂拭，並且，將它們以理性的邏輯的線索加以貫穿。所謂「灰塵」，並非僅指年代的久遠，更多的是指由錯誤的理念帶來的蒙蔽。

如果讓筆者使用簡短的話語來概括一下本書的結論，那是非常困難的，因為，如果十九首是產生於建安十六年之後的作品，那麼，十九首的每一個毛孔就都會帶有建安十六年之後的時代氣息；如果說，十九首中的一些作品為曹植所作的話，那麼，這些作品的每一個細胞都會具有曹植詩人生命的屬性。這本書稿已經例舉了許多的理由，但這還僅僅是一個開始，還會例舉更多的理由。而東漢論的理由，只有一條，那就是東漢張衡、秦嘉等人的五言詩作，似乎已經達到了十九首的水平，而就是這一條理由，也是不能成立的理由，因為，十九首若不是秦嘉時代的產物，那就勢必沒有一條的理由。

關於十九首、蘇李詩等「古詩」，應該是建安十六年之後的作品，筆者已經論述了許多，概括而言，大體有這樣的幾點：

1. 梁啟超先生所倡導的「東漢」說，並無確切的根據，僅僅是根據「至安、順、桓、靈之後，張衡、秦嘉、蔡邕、趙壹、孔融等才各有較多的五言詩傳世，音節日趨諧暢、格律日趨嚴密。其時五言體制已經通行，造詣已經純熟」〔註38〕的所謂「直覺」，而這種直覺有時候是並不準確的。張衡的《同聲歌》不能確認，秦嘉的三首五言詩為偽作，趙壹等人的五言詩，還不是真正意義上的五言詩。判斷五言詩的標準，主要是鍾嶸所說的「窮情寫物」，也就是以具體的物象來表達情感的抒情五言詩，建安十六年之前的五言詩，還是「言志詩」只可以說是「發生」，而非「成立」，五言詩只有到建安十六年之後才真正「成立」，十九首為五言詩「成立」之後的作品。

2. 曹操、王粲早期之作，孔融臨終之作，皆非抒情五言詩，並且，曹操王粲之作，都有著極為鮮明的探索歷程，他們都沒有十九首、蘇李詩等抒情五言詩作為借鑒和讀本；曹丕作為大批評家，也沒有隻言片語提及十九首、蘇李詩；十九首必定產生於建安十六年之後。

3. 十九首、蘇李詩等「古詩」，與建安五言詩擁有共同的審美特質，共同的寫作手法，而這種抒情五言詩，不僅僅是中國詩歌史的時間問題，而且，是一個空間的範疇，整個兩漢三國時期，僅僅有曹魏政權內部的文人會寫這種風格的抒情五言詩，蜀、吳兩國的文人，只會寫四言詩，而不會寫作這種抒情五言詩。即便是曹魏之內，也僅僅是三曹七子會寫，此外僅僅有甄后、曹彪等個別詩人會寫，其餘如吳質等文人，皆不會寫作這種風格的詩作。這個狀況，一直延續到西晉時代，陸機、陸云是最早會寫這種抒情五言詩的南人，並且是通過效法形式表現出來。陸機、陸雲之所以會寫，成為這個時代的例外，正是由於他們有入洛的人生經歷。事實充分說明，所謂十九首、蘇李

〔註38〕以上兩點參見梁啟超《中國之美文及其歷史》，中華書局，1936，第106頁。

詩，都是建安（主要指建安十六年至太和）時期以鄴城、洛陽為中心的一部分詩人創新寫作的產物，它們的作者，必定在這個範疇之內，而曹操、曹丕和七子都早死，十九首、蘇李詩中的大悲苦，必定是黃初之後曹植、曹彪兄弟才有可能經歷，才有可能傾訴出來的產物。王國維有言：「無高尚偉大之人格，而有高尚偉大之文章者，殆未之有也」，以此理論來觀之，則十九首這些「一字千金」，令人「驚心動魄」之作，斷非無名氏或是民間之作，必定是有偉大人格之曹植、甄后等人之所作。而整個漢魏之際，能寫五言詩如十九首者，也斷非曹植莫屬。

4.語言的變遷，是個非常緩慢的過程，詩歌作品中，出現由以單音詞為主到以雙音詞為主的變化，必定是有著當時政治背景、文化風俗、審美心理等多方面因素的交織構成，並通過一代人的集體努力才有可能實現的。建安時代，在曹魏政權內部，出現了對於兩漢儒家一統和經術牢籠思想的解構，風氣漸次通脫，遊宴詩興起，文人們的文藝觀念出現了由言志諷諫、教化人倫至娛樂審美的轉型，詩歌寫作不再是那麼神聖經典，語言上需要著向口語化的轉型。而建安擬樂府的盛行，這些詩作都是要被之管絃的歌詩，要求歌唱出來順口流暢，五言詩新的詩體形式的三個音步的節奏特徵，都在客觀上需要歌詩語言方面的革新，單音詞為主的局面被打破，就是順理成章的事情。從中國詩歌語言變遷史的層面來看，若是將十九首、蘇李詩等所謂古詩視為兩漢之作，則這些以雙音詞為主的抒情五言詩，就成為無源之水，無本之木，不僅僅在西漢時期找不到與之相類似的詩人作者，即便是放到東漢後期，放到建安早期，仍然沒有可以與之相匹配的詩人，也罕見與之相似的雙音詞為主的五言詩作。而放到建安之後，則十九首和蘇李詩中出現的這些雙音詞的用法，我們就可以從建安詩人中一一見到例證，或是曹操，或是陳琳，或是曹丕等，它們不是個人的創作意願，而是建安時代三曹七子的群體語言創造。這合於中國詩歌史的發展規律，也合於中國詩歌語言史的漸進規律。

　　5. 從十九首最早出現的記錄來看，是西晉時代的陸機，陸機寫作《擬古詩十四首》（現存十二首），這是有關十九首的最早記錄，而此前無論是曹操、曹丕、曹植還有其他的詩人、批評家、史學家等，對此都沒有任何記錄。這也與筆者提出的產生於曹魏中後期吻合，十九首不可能更早，更早則《後漢書》應該有記載（《後漢書》中一般文人凡有詩作者，大多記載，而這些詩作水準與十九首相差甚遠），曹丕等批評家也應該提及；十九首也不可能更晚，更晚則陸機應該知道其底細。十九首產生的時間與陸機寫作《擬古詩》的時間相差六十年到八十年的時間，更兼這是一個血雨腥風、改朝換代的時代，正好是一個適度的時間之窗。

第十七章 論風骨的內涵及建安
風骨的漸次形成

第一節 概説

　　提到建安，總要說「風骨」，但何謂風骨，至今仍然未能真正詮釋。學界對於風骨的理解，代表性的主要有：1.「一方面反映了社會的動亂和民生的疾苦，一方面表現了統一天下的理想和壯志，……建安詩歌這種傑出成就形成了後來稱為『建安風骨'的傳統。」〔註1〕可以概括為以內容詮釋建安風骨；2.「建安風骨是指建安文學（特別是五言詩）所具有的鮮明爽朗、剛健有力的文風，它是以作家慷慨飽滿的思想感情為基礎所表現出來的藝術風貌，不是指什麼充實健康的思想內容」；〔註2〕3.「作品中表現出的剛健之力」，〔註3〕後兩種都是以文風或者風格來詮釋風骨。

　　對於建安風骨內涵的破譯，需要從兩個方面加以研究，首先要研究劉勰的「風骨」論，以劉勰之本意作為風骨內涵的標準，而不是根據唐人以來對風骨理解和發揮的引申義來界說；其次，對於建安風

〔註1〕游國恩等主編：《中國文學史》，人民文學出版社，1963，第196頁。
〔註2〕王運熙：《文心雕龍探索》，上海古籍出版社，1986，第108頁。
〔註3〕孫明君：《三曹與中國詩史》，清華大學出版社，1999年版，第73頁。

骨，則要還原到建安五言詩形成和演進的歷程之中，根據建安五言詩的實際情況，來檢驗我們所理解的劉勰之風骨理論是否正確。

以筆者所見，劉勰的「風骨」說，其基本本義主要有二：其一，指的是五言詩所要具有的抒情性，這是針對兩漢詩歌的言志性而言的；其二，指的是寫作上要精於錘鍊，這是針對漢大賦的鋪排風尚所給漢魏詩風帶來的影響而言的。其引申義也有二：首先是反對華靡，提倡質樸，這是由風骨之「骨」而來，若要精練，則必然反對漢大賦式的鋪排和詞藻的炫耀；其次是與意象理論有關，這既與針對兩漢言志詩的「風」有關，也與針對漢大賦的「骨」有關。建安五言詩體制的重要內涵之一，就是以其抒情性來取代兩漢言志詩的空泛議論，而抒情性若是仍然以議論化方式來實現，則建安五言詩之於兩漢言志詩的變革，就只將兩漢「言志詩」變成了「言情詩」而已，所「言」的內涵雖然由「志」而變為「情」，但卻仍然未能實現真正的代雄遞變。所以，風骨理論內涵的另一個引申義，也就包含了以具體的事物、景物、場景、人物來替代空泛之「言」的意思。

因此，以往的意象理論，大多認為意象的寫作實踐和理論都始於六朝，認為意象寫作是謝靈運山水詩之後的事情，理論總結則當然是劉勰，但實際上，正如山水詩肇始於曹操，意象詩也發軔於建安五言詩。這一點需要另文單論。

從建安五言詩演進的實際情形來看，三曹代表的建安五言詩的三個階段，正經歷了由言志詩向抒情詩轉型的三個階段，五言詩的「述情」之「風」與「鋪辭」之「力」，也正是在此三個階段中漸次形成，特別是到了曹植後期的五言詩，臻於較為完美的「風骨」境界，達到了與十九首相似的風骨水準。劉勰的「風骨」論，正是主要針對曹植中後期五言詩和十九首的風骨之作的理論總結，而曹植與十九首的風骨之作，也就構成了華夏意象詩作的發軔。

第二節　風骨與建安風骨的內涵

如上所說，探討風骨，其標準應該主要依據劉勰的原論。劉勰《風骨篇》說：「《詩》總六義，風冠其首，斯乃化感之本源，志氣之符契也。是以怊悵述情，必始乎風；沉吟鋪辭，莫先於骨。故辭之待骨，如體之樹骸；情之含風，猶形之包氣。結言端直，則文骨成焉；意氣駿爽，則文風清焉。若豐藻克贍，風骨不飛，則振采失鮮，負聲無力。是以綴慮裁篇，務盈守氣，剛健既實，輝光乃新，其為文用，譬征鳥之使翼也。故練於骨者，析辭必精；深乎風者，述情必顯。捶字堅而難移，結響凝而不滯，此風骨之力也。若瘠義肥辭，繁雜失統，則無骨之征也。」〔註4〕

我們可以看到，劉勰所論的「風骨」，其基本元素：

1　述情怊悵：「怊悵述情，必始乎風」，「風」字的來源，本於《詩經》中的國風。《書·舜典》：「詩言志。」《孟子·公孫丑》上：「夫志，氣之帥也。」〔註5〕《毛詩序》：「風，風也，風以動之，教以化之。」有了「風」，才能感動人，但「風」本身並不是教化，也不是志氣，而是教化的本源，志氣的表現；「情」也不是「風」本身，但有「風」才能動人。

對這一點，有兩個誤解，一是有人據此就說「情、志」是一回事，如《左傳》昭公二十五年孔穎達《正義》：「在己為情，情動為志，情、志一也。」那麼，「詩言志」和「詩緣情」，到底有沒有區別？是兩個不同時代的詩歌美學命題，還是就像是孔穎達所說的那樣「情志一也」？筆者認為，言志與緣情，顯然是兩個不同時代的詩歌美學命題。就中國詩歌的美學觀念來說，由言志向緣情，有著一個漸進的歷程。由先秦時代的「詩言志」說，「興觀群怨」說，到

〔註4〕劉勰著、周振甫注：《文心雕龍注釋》，人民文學出版社，1981，第320頁。

〔註5〕劉勰著、周振甫注：《文心雕龍注釋》，人民文學出版社，1981，第322頁。

屈原在《楚辭‧惜頌》中說「發憤以抒情」，再到漢代《毛詩序》的：
「詩者，志之所之也，在心為志，發言為詩，情動於中而形於言。」
將「情」納入到「志」的大命題下，再到到建安時代文學自覺，這是
一個漸進的過程。曹丕的「詩賦欲麗」，仍然是對兩漢大賦美學精神
的總結，直到陸機正式提出「詩緣情而綺靡」，才產生了劃時代的詩
歌美學命題。所以，「詩言志」與「詩緣情」，是一個漸進的過程，有
著逐漸由「志」向「情」轉移的過程，是有著本質區別的兩個美學
範疇。

　　另一個誤解，就是認為，「風」與「情」之間毫無關係，這樣，
就不能理解筆者所說的「風骨」的第一個含義，就是指詩歌的「述情」
性。隨著建安魏晉以來，「詩言志」的教化功能，已經漸次被「詩緣
情」新的詩歌美學風範所替代，所以，此時，「風」的本原意思，已經
由「言志」風教嬗變而為「怊悵述情」，其審美要求是與五言詩的抒情
性特徵密切相關的。劉勰何以將新興的「情」與漢大儒的「風」聯繫
在一起呢？首先，廣義的「情」不僅指感情，也包括抒情述志在內；
其次，劉勰的原道、宗經、徵聖的理論體系，使他在建樹任何一種理
論的時候，都會從道統出發，來尋求這種理論的源頭，這樣，劉勰就
將新興的「情」的觀念，依附在傳統的「風」字上，以「風」論「情」：
認為「風」是化感的本源，志氣生成的符契。因此，「情」與「風」既
是有所區別的，同時，又是在同一中，是聯絡著的，同一的。總之，
按照劉勰的理論體系，風，是「怊悵述情」的結果，骨，是「沉吟鋪
辭」的果實。概言之，「述情」和「鋪辭」既是「風骨」產生的原因，
又是風骨理論的自身構成。

　　不難看出，劉勰在《風骨》中所論，但凡涉及「風」的，大都與
「情」有關：「怊悵述情，必始乎風」；「情之含風，猶形之包氣」，「深
乎風者，述情必顯」，〔註6〕可以說，劉勰是借助傳統的「風」來論述

〔註6〕劉勰著、周振甫注：《文心雕龍注釋》，人民文學出版社，1981，第320
　　　　頁。

新興的「情」，來糾正當時出現的緣情綺靡的偏激，同時，再提出屬於藝術方式方面的「骨」，來進一步實現這種詩歌情感的風力。

2. 鋪辭捶字，精練如骨，是「骨」的具體內容：有了怊悵的「風」，產生「述情」的願望，其次的重要環節，就是要「沉吟鋪辭」，要（錘鍊）精要地將情感表達出來：「沉吟鋪辭，莫先乎骨。」這兩點都很重要，都是針對兩漢文風而言的。兩漢的主要文學體裁是漢大賦，漢大賦歌頌形容，鋪張揚厲，其對於詩歌的影響，不可小看——兩漢詩歌言志的特點，與此密切相關。具體到了建安五言詩，在其形成的歷程之中，也不可避免地攜帶著漢賦和兩漢言志詩的一些後遺症，譬如言志詩的空泛，漢賦鋪張的冗長等，所以，劉勰重在強調文學寫作的情感表現的鮮明和語言的精練，反對情感、志向的空泛表達和語言的繁雜：「故練於骨者，析辭必精；深乎風者，述情必顯。捶字堅而難移，結響凝而不滯，此風骨之力也。若瘠義肥辭，繁雜失統，則無骨之征也。」〔註7〕析辭必須要精練如骨，情感必須深邃顯明，落在實處，才能達到「風骨之力」，反之，則會「瘠義肥辭，繁雜失統」，這是「無骨之征」。

正如此文但凡涉及「風」的都與「情」有關，劉勰此文但凡涉及「骨」的，都與語言表達的錘鍊有關：「沉吟鋪辭，莫先於骨。故辭之待骨，如體之樹骸」「結言端直，則文骨成焉」「故練於骨者，析辭必精」「捶字堅而難移，結響凝而不滯，此風骨之力也」以上為正向說，還有反向說：「若豐藻克贍，風骨不飛」「若瘠義肥辭，繁雜失統，則無骨之征也。」〔註8〕骨的反意就是肥辭，就是繁雜，像是畫論中說的「多肉」「墨豬」，晉衛夫人《筆陣圖》說：「善筆力者多骨，不善筆力者多肉。多骨微肉者謂之筋書，多肉微骨者謂之墨豬。多力豐筋者

〔註7〕劉勰著、周振甫注：《文心雕龍注釋》，人民文學出版社，1981，第320頁。

〔註8〕劉勰著、周振甫注：《文心雕龍注釋》，人民文學出版社，1981，第320頁。

聖，無力無筋者病。」〔註9〕其中對劉勰「骨」的含義的理解有借鑒意義。

所以，我們以前將建安風骨多理解為寫作內容上的反映社會動亂等方面的特色，這是對劉勰「風骨」理論的誤讀。事實上，建安三曹，只有曹操寫有這方面的內容，曹丕兄弟雖有詩句涉及，但非主要特點，恰恰相反，曹丕詩「便娟婉約」，曹植詩「文采兼備」，都轉向了新的審美潮流。曹植的「骨力奇高」，並非指的是內容上的特色，曹植的詩歌多為自我命運的述情，較少時代社會的客觀寫照，如果按照傳統對於「風骨」的解釋，則曹丕、曹植的五言詩，都不在「風骨」範疇之內。但曹丕、曹植的五言詩，呈現了日益抒情化、日益精練化的趨勢，特別是山水景物、女性題材等在五言詩中的使用，使建安詩歌徹底擺脫了言志詩寫作方式的窠臼，尋求到了具有風骨之力的意象表達形式。

那麼，為什麼會產生對於風骨，特別是建安風骨的誤讀呢？其原因大致有：

1. 作為劉勰「風骨」說的風骨，與其字面義不盡相同，其字面義是「品格、骨氣」，《新唐書·趙彥昭傳》：「少豪邁，風骨秀爽。」〔註10〕很容易引申為豪邁剛健的風格：「後來亦稱較能反映社會政治現實，格調比較勁健的作品為有風骨。」〔註11〕而其實，劉勰的風骨論本身並不含有所謂反映什麼的問題，只是要求情感濃鬱、顯明，就是慷慨悲越的意思，而建安風骨，曹植兄弟都不是剛健一派，恰恰相反，都以女性化婉約移情為其寫作特徵，但恰恰是這些作品，更為具有風骨。

2. 建安風骨的誤讀，大概從對劉勰的《文心雕龍》本身的理解就開始了，這一次，也同樣是由於望文生義而致。劉勰《時序篇》：

〔註 9〕 參見辭海編輯委員會編：《辭海》，上海古籍出版社，1989，5407 頁。
〔註 10〕 參見辭海編輯委員會編：《辭海》，上海古籍出版社，1989，4009 頁。
〔註 11〕 參見辭海編輯委員會編：《辭海》，上海古籍出版社，1989，4009 頁。

「觀其時文，雅好慷慨，良由世積亂離，風衰俗怨，並志深而筆長，故梗慨而多氣也。」〔註12〕這一段文字，成為後來闡發建安風骨的重要內容和依據。其實，劉勰只是闡述了「世積亂離，風衰俗怨」的歷史背景所造成的「志深而筆長」「梗慨而多氣」的情況，「志深而筆長」「梗慨而多氣」，並不一定意味著就寫作「反映社會政治現實」和「格調比較勁健」的作品，曹植兄弟及七子雖然都有反映社會政治現實的一面，但都不以此為特色，而是以表現自身親歷的宴遊、羈旅、交往及述懷等為特長，不能說他們沒有反映社會現實，他們是通過自身的身世經歷及情感來折射時代的風貌。其中的關鍵所在，是對於「梗慨」的理解，梗慨就是勰所說的「述情」，而且是「怊悵」。所謂「慷慨」，「就是直抒胸臆，意氣激蕩之意，即情感的表現不是哀而不傷、樂而不淫，而是鮮明動人，強烈激蕩。他們認為只有那些感情濃烈的、大喜大悲的、極怒極怨的，才具有強大的感染力，他們尤其推崇悲苦之音，認為悲音最能撼動人心。」〔註13〕而個人身世、女性題材等，恰恰才更為具有這種慷慨悲越的審美效果。所以，慷慨、梗慨都與所謂現實主義傳統無關，也與剛健的風格無關，恰恰相反，便娟移人的婉約風格，也許更為具有這種慷慨多氣的特點。曹植與十九首書寫自身的痛苦悲情，也就使這種梗慨風骨，昇華到一個新的境界。

　　3. 以剛健詮釋風骨，大抵從唐人始，陳子昂《修竹篇序》的「漢魏風骨，晉宋莫傳」，批評六朝文風「剛健不聞」，要「思革其弊」。這是由於六朝的華靡文風，使初盛唐詩人急於革弊，於是，便採用劉勰的風骨理論，借用其字面義來倡導某種新的剛健文風。這是唐人詮釋的風骨論，而不是劉勰本意的風骨。

〔註12〕劉勰著、周振甫注：《文心雕龍注釋》，人民文學出版社，1981，第 478 頁。
〔註13〕劉明瀾：《魏氏三祖的音樂觀與魏晉清商樂的藝術形式》，《中國音樂學》，1999 年第 4 期，第 71～72 頁。

4. 上個世紀，特別是五十年代以來，內容、形式理論風行，反映社會現實更成為時髦，於是出現上述《中國文學史》《辭海》中的以反映社會政治現實解釋風骨的理論。可以說，一代有一代之「風骨」論，最後接力闡釋的「建安風骨」，已經偏離劉勰的本意甚遠。

第三節　建安風骨的漸次形成

上文所論「風骨」之意，仍嫌簡略——若要理解「風骨」的內涵，需要將風骨置於「建安風骨」的具體形態中加以理解，並同時驗證筆者所說「風骨」的抒情性和精練性之兩大內涵。

建安之骨力，有著漸次形成的歷程。筆者在論述五言詩的形成歷程中，曾有過這樣的論述：重視情感的抒發，特別是悲情的體驗，是建安詩歌三個時期的共同特點，也是五言詩體制的重要內容。但這僅僅是相對於其他歷史時期而言，是個相對宏觀的說法，就具體情形而言，作為魏響第一個階段的曹操，其情其感，莫非真實，「白骨露於野，千里無雞鳴」，堪稱漢末建安初年的歷史實錄；第二個階段曹丕、七子的遊宴詩，則帶有公子貴冑的氣息，其《公讌詩》《鬥雞》等詩篇，都有為文造情的意思；第三個階段的曹植，由於身世遭際的特殊原因，使他重新回歸乃父曹操第一個時期的深邃和真實。但曹操之深刻和真實，乃是政治家之於國家、時代之客體表現，曹植之深邃與真實，乃是自我心靈的敏銳捕捉和真實傾訴。

就詩歌的唯美追求來說，曹操尚帶有兩漢的質樸；曹丕七子則開始唯美的追求，所謂緣情綺靡，詩賦欲麗，都是這個階段的美學追求；而曹植作為建安五言詩歌第三個階段的完成者，則是前兩個階段的一次整合，由於有著深重的苦難和無以言說的思想，他既有乃父的質樸，又由於有著第二個階段唯美追求的果實，他自身又深具著才高八斗的詩人才華和唯美愛美的詩人天性，使他不可能重回曹操式的質樸，因此，才形成了曹植兩者兼備的審美風範。我們在這個基礎上，再來探討建安風骨的漸次形成。

　　王夫之《薑齋詩話》說：「一詩止於一時一事，自《十九首》至陶、謝皆然」，其實，這種從兩漢空泛言志之詩風向「一詩止於一時一事」的風骨意境之作，始於曹操。曹操不僅在五言詩寫作上，有著由漢音向魏響的轉型，而且，就在四言詩這一代表漢音詩歌體裁的傳統形式中，也同樣實現了向魏響的轉型。寫於中平元年（184）的《對酒》：「對酒歌。太平時。吏不呼門。王者賢且明。宰相股肱皆忠良。咸禮讓。民無所爭訟。……爵公侯伯子男。咸愛其民。……犯禮法，輕重隨其刑。路無拾遺之私。囹圄空虛。冬節不斷人。耄耋皆得以壽終。恩澤廣及草木昆蟲。」這不僅是完全的雜言詩，而且是言志詩的表達方式，五言詩的「窮情寫物」特徵，在曹操這首詩中則既沒有「情」，也沒有「物」，僅僅是抽象表達的「志」，因此，也就沒有五言詩的「滋味」。不僅曹操如此作詩，建安之前的兩漢詩人，大體也都是寫作四言言志詩，王粲的《贈蔡子篤詩》（蓋因王粲建安初期之作，更能作為漢音之最後階段的樣式）：「翪翪飛鸞，載飛載東。我友云徂，言戾舊邦。舫舟翩翩，以泝大江。蔚矣荒塗，時行靡通。慨我懷慕，君子所同。悠悠世路，亂離多阻。濟岱江衡，邈焉異處。風流雲散，一別如雨。人生實難，願其弗與。瞻望遐路，佇企伊佇。烈烈冬日，肅肅淒風。潛鱗在淵，歸雁載軒。苟非鴻雕，孰能飛翻？雖則追慕，予思罔宣。瞻望東路，慘愴增歎。率彼江流，爰逝靡期。君子信誓，不遷於時。及子同僚，生死固之。何以贈行？言賦新詩。中心孔悼，涕淚漣洏。嗟爾君子，如何勿思？」[註14] 其共同特點是篇幅都很長，空泛議論多，場景、景物都不明晰，總之，風情骨力尚未樹立。

　　曹操的《短歌行》：「對酒當歌，人生幾何？……周公吐哺，天下歸心。」清人吳淇《六朝選詩定論》（卷五）評：「劈首『對酒當歌』四字，正從《古詩》『今日良宴會』之『今日』二字來。截斷已過、未來，只說現前，境界更逼，時光更促，妙傳『短』字神髓，較《古詩》

〔註14〕逯欽立輯校《先秦漢魏晉南北朝詩》上，中華書局 1983 年版，第 357 頁。

更勝。蓋『今日』二字雖妙，然一日之間未必皆對酒當歌之時也。以下三十一句詩文，皆從此四字生出。」〔註15〕「截斷已過、未來，只說現前」，正是王夫之所說的「一詩止於一時一事」，也就是與兩漢詩空泛議論截然相反的作詩方法，就是要將場景、人物、情感具體化，具體才會有「更逼」之「境界」，才會有風骨。所以，篇幅長短僅僅是表面現象，曹操《短歌行》也不短，但由於「截斷已過、未來，只說現前」，也就句句有了著落，句句有了風骨。不像是前面所舉曹操的《對酒》、王粲的《贈蔡子篤詩》兩首前期作品，誦讀半日，不知作者身在何處。

　　建安風骨並非不言志，而是要將抽象之志，附麗在濃鬱的情感上，而情感又附麗在具體的場景事件的形體之中，曹操的《觀滄海》：「東臨碣石，以觀滄海。水何澹澹，山島竦峙。樹木叢生，百草豐茂。秋風蕭瑟，洪波湧起。日月之行，若出其中；星漢燦爛，若出其裏。幸甚至哉，歌以詠志。」如明人鍾惺所評：「直寫其胸中眼中，一段籠蓋吞吐氣象。」也就是說，曹操通過「胸中眼中」的大海景物，就完美地展示了他的「籠蓋吞吐」的政治胸懷，其中又包蘊著某種悲涼的人生體驗，如王夫之評（《船山古詩評選》卷一）《碣石篇》：「不言所悲，而充塞八極無非愁者。」一幅大海的畫圖，竟然包蘊了如此之多的內涵，這正是後來意象、意境理論之濫觴。而其中的大海描寫，又通過山木草風，使之更為細膩，如張玉穀《古詩賞析》卷八所評：「鋪寫滄海正面，插入山木草風，便不枯寂。……寫滄海，正自寫也。」

　　故中國詩歌發展到曹操，實在是一大轉關，兩漢言志詩的空泛、無味、冗長、沉悶，被新興的五言抒情詩所取代，詩人開始用審美的眼光看待整個世界和宇宙，於是，一山一水，一場一景，一人一事，都有了新的審美意義。四言、五言也被打並為一體，曹操開始時是以（以）四言詩寫作五言詩，後來，到寫作《觀滄海》《短歌行》的時

〔註15〕 吳淇：《六朝選詩定論‧卷五》，河北師範學院中文系古典文學教研組編：《三曹資料彙編》，中華書局，1980，第22頁。

候，則是以五言詩的體制寫作四言詩，於是，魏晉時代的四言詩，也有了新的面貌。

曹操之詩，被稱為「漢末實錄」，堪稱詩史，故其詩作，確實直接具有剛健的風格，這也是後來論建安風骨為「剛健」，為「時代政治內容」論者之所本。但這僅僅是魏響之第一個階段，曹操的四言詩、五言詩，實在是跨越漢音、魏響兩個階段的橋樑，張玉穀也說：「老瞞詩格極雄深，開魏猶然殿魏音。」〔註16〕曹丕之作，進一步由言志而走向言情、緣情，由時代社會而走向文人化的細膩內心感受。時代的苦難、戰爭的艱苦、政治家的雄心，都不再是詩歌的主要表現對象，而上層貴族的游宴之樂，女性的思念之悲，個人的對景述懷等，成為了新一代詩人的主要審美觀照對象。曹丕、七子、曹植連同十九首、蘇李詩的作者，都在這個大的範疇之內，只不過曹植、十九首之作，表達了更為深邃的生命憂患意識，曹丕和七子（實際上為六子，孔融早死）的某些作品，已經具有了十九首和所謂蘇李詩的抒情範型。王夫之評曹丕：「《雜詩》二首果與《行行重行行》《攜手上河梁》狎。」〔註17〕

試看曹丕的《雜詩二首》：

> 漫漫秋夜長，烈烈北風涼。展轉不能寐，披衣起彷徨。
> 彷徨忽已久，白露沾我裳。俯視清水波，仰看明月光。
> 天漢回西流，三五正縱橫。草蟲鳴何悲，孤雁獨南翔。
> 鬱鬱多悲思，綿綿思故鄉。願飛安得翼，欲濟河無梁。
> 向風長歎息，斷絕我中腸。
>
> 西北有浮雲，亭亭如車蓋。惜哉時不遇，適與飄風會。
> 吹我東南行，行行至吳會。吳會非我鄉，安得久留滯。
> 棄置勿復陳，客子常畏人。〔註18〕

〔註16〕張玉穀：《古詩賞析·卷八》，河北師範學院中文系古典文學教研組編：《三曹資料彙編》，中華書局，1980，第39頁。

〔註17〕王夫之：《船山古詩評選·卷一》〔A〕，河北師範學院中文系古典文學教研組編：《三曹資料彙編》〔M〕，中華書局，1980，第71頁。

〔註18〕逯欽立輯校《先秦漢魏晉南北朝詩》上，中華書局1983年版，第401頁。

在曹丕這裡，不但不見了兩漢詩的空泛，也淡化了乃父曹操的實錄風格，連建安時期的鋪排錦繡，也一同消隱不見了，應該是曹丕後期的作品。其中體現出來的情感，更為深藏含蓄，而景物場景的描繪更為精練，情感通過「漫漫秋夜」之「長」，「烈烈北風」之「涼」，以及「展轉不能寐，披衣起彷徨」的形體動作，以及「草蟲鳴何悲，孤雁獨南翔」的場景描繪，大自然的「草蟲」「孤雁」，無不成為詩人展示鬱鬱悲思、綿綿鄉思的代言。可以說是「怊悵述情」和「沉吟鋪辭」，這就是劉勰所說的「風骨」。

吳淇《六朝選詩定論》卷五評曹植黃初之作：「陳思入黃初，以優生之故，詩思更加沉著。故建安之體，如錦繡黼黻，而黃初之初，一味清老也。」〔註19〕這是十分重要的評論，指出了曹植黃初之初體和建安體的不同以及產生不同詩體的原因。曹植的《贈白馬王彪》，若用傳統的「風骨」理論解釋，則此詩風骨齊備，若按筆者理解的劉勰原意來解釋，則此詩風力有餘而骨力不足。也就是說，曹植此詩，太多地具有詩歌意象的原型，太多的情感傾訴，反而顯得不夠含蓄。因為，此詩與《野田黃雀行》都是寫在從建安到黃初轉型的事態之中。而曹植在經歷黃初年間事變之後的作品，則能沉著而深邃，含蓄而悲鬱，如《雜詩》中的其三：

> 西北有織婦，綺縞何繽紛。明晨秉機杼，日昃不成文。
> 太息終長夜，悲嘯入青雲。妾身守空閨，良人行從軍。
> 自期三年歸，今已歷九春。飛鳥繞樹翔，嗷嗷鳴索群。
> 願為南流景，馳光見我君。〔註20〕

此詩比之《美女篇》，賦體的鋪排消隱，而風骨更為凸現。《美女篇》：「美女妖且閒，採桑歧路間。柔條紛冉冉，落葉何翩翩。攘袖見素手，皓腕約金環。頭上金爵釵，腰佩翠琅玕。明珠交玉體，珊瑚間

〔註19〕 吳淇：《六朝選詩定論·卷五》，河北師範學院中文系古典文學教研組編：《三曹資料彙編》，中華書局，1980，第66頁。

〔註20〕 逯欽立輯校《先秦漢魏晉南北朝詩》上，中華書局1983年版，第457頁。

木難。羅衣何飄飄，輕裾隨風還。顧盼遺光采，長嘯氣若蘭。行徒用息駕，休者以忘餐。」則《美女篇》應該寫在前兩首前面。《美女篇》美則美矣，但尚帶有賦的味道，其中對美女之美，從手到腕，從頭到腰，從佩飾到衣著，無不一一鋪敘，是《陌上桑》的寫法，而《青青河畔草》，雖然也有從景物到人物的一一鋪寫，帶有某種賦體的痕跡，但已經極為儉省筆墨，有了相當的骨力。到曹植的此篇《西北有織婦》，則賦體鋪排的痕跡徹底消泯。

由此，也可以知道，建安五言詩，即便是到了曹子建的時代，也是在他的後期才尋求到類似唐詩意象的方式。因此，十九首和蘇李詩，也應該人都是曹植後期及其之後時代的作品。由於這種寫法，錘鍊如不經意，去掉真實的歷史場景記錄，而偏重於怊悵述情，因此，為破譯其寫作背景帶來了極大的困難，但這才是真正意義上的詩歌。曹植的《雜詩六首》，若是丟失作者，也就同樣是十九首中的六首，只不過十九首的數字也要改寫了。

總之，建安詩歌對於漢音最為本質的變化有二：1.變兩漢言志詩而為緣情詩，2.變漢人賦影響下的黼黻錦繡、冗長囉嗦而為而為沉吟鋪辭，錘鍊精美，這也正是建安風骨的特質及其演進嬗變之目的。

第十八章 論建安文學的自覺

第一節 文學自覺的產生時間及內涵

十九首之難以在束漢時代產生，從根本上來說，是由於兩漢還是一個文學沒有自覺的時代，而十九首是在不自覺的兩漢時代難以產生的，故此處探討文學自覺的問題，兼有解決十九首產生的時間以及整個漢魏五言詩的基本走向問題。

有關文學的自覺，主要有「魏晉文學自覺」和「漢代文學自覺」，以及「魏晉南北朝文學自覺」等多種說法，筆者提出，中國文學的自覺，就其發生時間來說，應該在建安文學期間，就其內涵來說，應該主要是時代的自覺、作家的自覺、文學自身的自覺和文學批評的自覺，而非一向所說的主要是批評的自覺。

「魏晉文學自覺說」的提出，源於日本人鈴木虎雄 1920 年在日本《藝文》雜誌上發表的一篇題為《魏晉南北朝時代的文學論》的論文，後收入他的《中國詩論史》。鈴木先生認為，漢末以前中國人都沒有離開過道德論的文學觀，不可能產生從文學價值自身看其價值的傾向，他由此得出結論：「魏的時代是中國文學的自覺時代」。〔註1〕

〔註 1〕鈴木虎雄著《中國詩論史》，許總譯，廣西人民出版社，1989，第 37 頁。

其主要根據,是他對曹丕《典論・論文》的分析。其後,魯迅說:「曹丕的一個時代,可說是『文學的自覺時代』,或如近代所說是為藝術而藝術(Art for Art 'S ake)的一派」,〔註2〕「為藝術而藝術」,可以有兩種解釋,一是脫離政治的附庸,崇尚藝術,另一種是為情造文的意思,李澤厚在《美的歷程》中引用這段論述,加以解釋:「『為藝術而藝術』是相對於兩漢文藝『厚人倫,美教化』的功利藝術而言。……它們確乎是魏晉新風。」〔註3〕袁行霈先生主編的《中國文學史》,認為「從魏晉開始」的這個文學階段,其重要的標誌就是「文學的自覺」,並且,「文學的自覺是一個漫長的過程,它貫穿於整個魏晉南北朝,是經過大約三百年才實現的。所謂的文學的自覺有三個標誌:第一,文學從廣義的學術中分化出來,成為獨立的一個門類。」「第二,對文學的各種體裁有了比較細緻的區分」,「第三,對文學的審美特性有了自覺的追求。」〔註4〕對「魏晉文學自覺說」持異議的觀點,如郭紹虞先生:「(曹丕的)這種論調,雖則肯定了文章的價值,但是仍舊不脫離儒家的見地。」〔註5〕趙敏俐先生近來發表《「魏晉文學自覺說」反思》一文,提出「漢代文學自覺說」,其主要論述如下:

　　一、針對袁行霈先生的三個標誌進行辯駁:1.以班固在《漢書・藝文志》中把詩賦單列一類,論證漢代的文學已經「從廣義的學術中分化出來,成為獨立的一個門類」;2.以揚雄對前代各種文體的模仿為例,證明漢人不僅「對文學的各種體裁有了比較細緻的區分,更重要的是對各種體裁的體制和風格有了比較明確的認識」;3.以司馬相如、揚雄、張衡等對於賦的認識,來說明漢人已經「對文學的審美特

〔註2〕魯迅著《魏晉風度及文章與藥及酒之關係》,《魯迅全集》第3卷,人民文學,1956,第382頁。

〔註3〕李澤厚著《美的歷程》,三聯書店,2009年版,第99頁。

〔註4〕袁行霈主編《中國文學史》第二卷,高等教育出版社,1999年,第3、4頁。

〔註5〕郭紹虞著《中國文學批評史》,上海古籍出版社,1979年,第43頁。

性有了自覺的追求。」從而得出結論：「即便是以袁行霈先生關於文學自覺說的三個標誌來衡量，漢代文學也已經完全達到『自覺』了。」

　　二、針對鈴木、魯迅、李澤厚的說法，論證：1.曹丕所說「文章」，並非文學，以文章來追求不朽，開始於春秋時代；2.「詩賦欲麗」並非曹丕首先提出，班固、揚雄有「侈麗閎衍」「麗以則」「麗以淫」之說，「追求華麗的辭藻是漢賦寫作的基本特徵。」三、論證「功利主義」與「文學自覺」的關係：1.「中國古代的文學發展，正是從功利主義的自覺走向藝術審美自覺的」，「後世古代的文學審美觀是在六經建立的過程中逐漸成為體系的」，先秦的經書分類，也正是最初的文體區分，在《禮記‧樂記》中，已經有了對於藝術的一般本質的深刻理解，《樂記》和《毛詩序》對中國文學的影響比之曹丕之論要大得多；2.曹丕、曹植都不是「為藝術而藝術」的一派，「魏晉以後的中國文學並沒有真正走向『為藝術而藝術』，自然也不可能擺脫『功利主義』的藝術觀。」四、針對李澤厚的魏晉開始的「個體意識」和「文學自覺」，從文學寫作自身的狀況進行論證，提出「人的主題」「在漢初就表現得非常明顯了。」「騷體賦的主要內容」大多是表達漢代文人的個體情感，「漢代文人個體意識的自覺，特別是關於人生短促、及時行樂等情感的抒發，在以《古詩十九首》為代表的漢代文人五言詩中表現得最為明顯。」〔註6〕

　　趙敏俐先生對於「魏晉文學自覺說」的逐條辯駁，確實是有說服力的，但這只說明了以往對「文學自覺說」詮釋方面的問題，而不能說「魏晉文學自覺說」本身是不成立的，同時，「魏晉文學自覺說」的時間表述也許還需要更為精確一些，這也就是筆者之所以提出「建安文學自覺」說的主要原因。

　　筆者提出「建安文學自覺」，其要點如下：

　　1. 關於文學自覺所發生的時間：文學本體之自覺，如同人之頓

〔註 6〕趙敏俐《「魏晉文學自覺說」反思》，《中國社會科學》，2005 年第 2 期，第 156～167 頁。

悟，所謂自覺，正是對這一由不自由、不自覺到自覺、自由的頓悟瞬間狀態的描述，至於自覺之後的漫長演變歷程，只是這次頓悟或說是自覺之後的必然結果，已經不是頓悟和自覺的本身。若說整個魏晉南北朝都是自覺，那麼，唐代文學是不是自覺，宋代文學更是自覺，即便是明清小說、五四新文化運動，又何嘗不是新的自覺呢？那就沒有了自覺瞬間與自覺之後的生命過程的區別。譬如太康文學到六朝文學，既有著繼續自覺的深入發展，也有著文學自覺前行途中的暫時迷失和倒退，因此，不但南北朝文學不必劃入到文學自覺的範疇，即便是兩晉文學，也只是文學自覺的閘門打開之後的某種結果。因此，可以概括說：文學的自覺，乃是中國文學史一個歷史瞬間的自覺行為，而不可能是延續數百年的漫長過程，即便是「魏晉文學自覺」說，也不夠準確，因為晉代文學與六朝文學並無本質的區別，嚴格來說，只有曹魏文學，或說是建安文學具有文學史易代革命的性質，所以，從文學自覺的準確時間來說，應該是建安文學的自覺。

　　2. 文學自覺的三個階段：魏晉文學自覺說，認為是曹丕的時代為開始點，實際上曹操才是文學自覺的探索者和奠基者，〔註7〕故此，筆者所提出的建安文學自覺的說法，略早於魏晉文學自覺之說：建安十八年（213）曹操被封為魏公，二十一年（216）封為魏王，直到黃初元年曹丕登基才是真正意義上魏，即便是寬鬆一些，以曹操被封為魏公算起，若以魏晉作為標誌，則前面建安期間的大部分時段從嚴格意義來說，沒有表述出來，後面的晉代則不能稱之為「文學自覺」的時間段落；而建安文學從文學史的習慣說法來看，可以跨越漢末和曹魏兩個時期。有學者認為，建安文學以曹植去世的太和六年（232 年）為終結標誌。但這樣劃分，也有弊端，一是曹植雖死，曹彪、應璩（讀如璩，一種耳環，應瑒的弟弟，卒於 252 年）等人還在，曹彪詩作雖然遺失，但存在著詩歌寫作的客觀性，應該留存這一空間給後人繼續研究；二是根據正始時期的歷史因素、文化背景，以及正始詩人的詩

〔註 7〕參見筆者有關曹操五言詩和山水詩的論述。

人群體尚未正式走上詩壇的情況，因此，我個人的意見，是將建安文學的截止時間，放在 239 年為好。也就是說，中國文學的自覺，主要是中國詩歌的自覺，其發生的具體時間，應該主要是指公元 221 年到 232 年，更為寬泛一些，則為公元 196 年到 239 年的時間中。可以分為三個時期，一是建安的前十五年，是建安文學的開拓期，此時期，一方面，孔融、王粲等此時之作，尚在漢音範疇，另一方面，曹操開始了他的新的探索，包括他的五言詩寫作和四言詩寫作新方式的探索，因此，此時期處於文學自覺的拂曉時分，既有不自覺的漢音餘響，又有曹操自覺的探索歷程；第二個時期，以曹丕為中心，曹植和六子為參與者，從建安十六年開始大量寫作抒情五言詩，標誌了建安文學真正意義上的開端；第三個時期，以曹植為中心，從黃初之後，大量寫作抒發個人情感的抒情五言詩，標誌了五言詩的成熟，也標誌了建安文學達到了頂點。

　　三、「文學自覺」的內涵：筆者認為，應該是以文學本體為中心的一個系統的自覺，而非僅僅是批評的自覺或是以文學批評為中心的文學自覺。我們應該拷問：什麼是文學的自覺？文學的自覺怎麼樣產生的？文學的自覺，首先需要來源於文學的寫作主體——人的自覺，作家的自覺，而人的自覺，來源於時代的覺醒，若無時代之自覺，斷難有人之自覺，而若無作家之覺醒，斷難有文學作品之自覺，若無作品之自覺，斷難有理論家先於作品而臆想出新時代的文學樣式，也就是難有文學批評的自覺。此四者，環環相套，層層相生，一個環節也缺少不得。兩漢時期，乃是經術時代，儒學一統，桎梏牢籠，並不具備覺醒的時代環境，當然也就無從說起人的覺醒和文學的覺醒。傳統的說法，都是認為文學自覺是從曹丕的《典論·論文》開始，這是從文學批評的角度來詮釋「文學自覺說」，包括提出這一理論的始作俑者鈴木虎雄先生，都陷入了這一誤區。文學的自覺，究其實質，是文學自身的自覺，包括作家和作品的自覺，至於文學批評、欣賞、閱讀和學術的詮釋，往往會與文學創作本身有一個時間的滯後。

第二節　略說兩漢的經術時代和詩學觀

　　一向所說的「文學自覺」，主要是針對建安文學對兩漢文學的易代革命而言，故先要辯明兩漢文學之不自覺的狀態。

　　由漢代到建安時代的政治文化，可以概括為由經術時代到通脫時代的解放，由群體循吏時代到士人個性張揚時代的轉型，由功利文化，到審美文化的嬗變以及由群體詩學到個體詩學的嬗變。劉師培所說：「兩漢之世，戶習七經，雖及子家，必緣經術；魏武治國，頗雜刑名，文體因之，漸趨清峻」、「迨及建安，漸尚通侻，侻則侈陳哀樂，通則漸藻玄思。」〔註8〕堪稱經典，士人的生命價值中心，由立功立德立言，而漸次走向了追求個體生命的存在和愉悅，因此，「建安詩歌的最為突出的特點，便是完全擺脫了漢代詩歌那種『經夫婦、成孝敬、厚人倫、美教化、移風俗』的功利主義詩歌思想的影響，完全歸之於抒一己情懷。」〔註9〕從而，實現了建安文學的群體覺醒。

　　兩漢是個經學的時代，其文學觀念，還處在先秦時代「詩言志」的窠臼之內——豈止是窠臼，而且是發揚光大，將詩歌代表的文學，更進一步推向了政治附庸的地位，特別是東漢的文化氛圍於此尤甚。《後漢書・儒林列傳第六十九上》說：「昔王莽更始之際，天下散亂，禮樂分崩，典文殘落。及光武中興，愛好經術，……於是立五經博士，各以家法教授，……建武五年，乃修起太學，……中元元年，初建三雍。明帝繼位，親行其禮，……帝正坐自講，諸儒執經問難於前，冠帶縉紳之人，圜橋門而觀聽者蓋億萬計。」〔註10〕光武帝奠定了這種「愛好經術」的風尚，明帝更發揚光大，推波助瀾，推而廣之，經術風尚，不斷地被東漢歷代帝王推向新的高潮——東漢的皇帝，可能是歷代帝王中最有學問的帝王，最為喜愛經術的帝王，他們會經常「親臨稱制」、「數幸東觀」，並且是「大會諸儒於白虎觀，考詳同異，連月

〔註8〕劉師培著《中國中古文學史講義》，上海古籍出版社，2000，第7頁。
〔註9〕羅宗強著《魏晉南北朝文學思想史》中華書局，1996，第20頁。
〔註10〕范曄撰《後漢書・儒林列傳》，中華書局，第2545頁。

乃罷」，所以能達到「網絡遺逸，博存眾家」，讀書、學習經術、研究經典，成為整個東漢時代從帝王到士人的最為重要的生活。經歷鄧后稱制，「學者頗懈」且「安帝攬政，薄於藝文」，經過「博士倚席不講，朋徒相視怠散」的經術低潮之後，到順帝及梁太后聽政的時候，再次掀起高潮：「乃更修黌宇，凡所造構二百四十房，千八百五十室……」本初元年，梁太后下詔，命令大將軍以下至六百石官員：「悉遣子就學，每歲輒於鄉射月一饗會之，以此為常。自是遊學增盛，至三萬餘生。」〔註11〕帝王帶頭愛好經術，這種風尚幾乎貫徹於整個東漢王朝，一直到東漢滅亡之際的靈帝、獻帝無不如是。安帝「年十歲，好學史書，和帝稱之，數見禁中。」〔註12〕至桓靈時代，帝王之個人興趣有從經書而藝術，由儒家而轉向佛老的趨向，如《桓帝本紀》記載：「前史稱桓帝好音樂，善琴笙」「設華蓋以祠浮屠、老子。」〔註13〕「帝好學，自造《皇羲篇》五十章，因引諸生能為文賦者……並待制鴻都門下。」〔註14〕但也正如有學者所論：「文學觀念的產生，是隨著文學實踐的發展而產生的，沒有資料證明鴻都門學中的人物對文學藝術有較明確的認識或者直接參與文學創作……把鴻都門學看成是『文學自覺』的前奏，這是不大合適的。」〔註15〕士人之主流，仍然以儒家經術為正統，如《蔡邕傳》隨後記載：「七月，蔡邕上封事，斥責之為小才，有類俳優。」

　　瞭解了這個大背景，才能懂得，兩漢長達四百多年，為何僅僅有可數的幾個讀書人寫詩，能夠明白為何兩漢詩壇如此沈寂。士人將畢生的精力都使用到皓首窮經的讀經生活之中了，幾乎沒有人能

〔註11〕 范曄撰《後漢書·儒林列傳》，中華書局，第 2545～2548 頁。

〔註12〕 范曄撰《後漢書卷五·孝安帝紀第五》，中華書局，第 203 頁。

〔註13〕 《後漢書·桓帝本紀》，中華書局，第 320 頁。

〔註14〕 《後漢書·蔡邕列傳》，1982，中華書局，1991 頁。

〔註15〕 張新科《文學視角中的「鴻都門學」》，原載《陝西師範大學學報》，2005 年第 1 期；摘引自《中國古代文學年鑒》，陝西師範大學出版社，2008，第 194 頁。

意識到，可以使用「詩」這種方式來抒發自我的情懷，描寫自己的日常生活；少有的幾個人寫作詩歌，也是和政治緊密相連的，要合於「詩言志」的傳統觀念。這是一個觀念問題，幾乎沒有人能夠脫離出來，所以，兩漢人不存在寫作十九首、蘇李詩那樣的大環境。如同有的學者所論：「文學的『自覺』絕不是一種孤立的現象，它是以人的個體意識的覺醒為先導的，沒有對人的自身價值的認識和肯定，沒有尊重人的個性人格的觀念的形成，就不可能有文學『自覺』時代的來臨。因為藝術的創造，從來就是一種個體的精神活動，沒有創作主體的相對自由，就談不上文學的『自覺』發展。這一點，只有歷史的車輪進入魏晉之後才有可能。」「只有到東漢末年社會大亂，儒學一統天下的格局被衝垮，其他思想才有可能迅猛地發展。尤其是『莊』學的復興，成為漢魏之際思想解放潮流的一面大旗。風靡魏晉南北朝數百年之久的玄學，實際上主要就是『莊』學在新形勢下的新發展。」〔註16〕

　　先秦兩漢時代的文藝觀，可以「詩言志」概括之，而魏晉時代的文藝觀，則可以使用「詩賦欲麗」和「詩緣情而綺靡」來概括之。從時代的詩學精神來說，兩漢是詩言志的時代，「詩者，志之所之也，在心為志，發言為詩。」「風，風也，教也，風以動之，教以化之。」(《詩大序》)，詩歌以及整個文學，都成為政治教化的載體和工具；最能典型地體現兩漢人的文藝觀和詩學觀的，莫過於班固《藝文志》：

　　古者諸侯卿大夫交接鄰國，以微言相感，當揖讓之時，必稱《詩》以諭其志，蓋以別賢不肖而觀盛衰焉。故孔子曰：「不學《詩》，無以言」也。春秋之後，周道浸壞，聘問歌詠不行於列國，學《詩》之士逸在布衣，而賢人失志之賦作矣。大儒孫卿及楚臣屈原離讒憂國，皆作賦以風，咸有惻隱古詩之意。其後宋玉、唐勒，漢興枚乘、司馬相如，下及揚子雲，竟為侈麗閎衍之詞，沒其風諭之義。是以揚子悔

〔註16〕李文初著《漢魏六朝文學研究》，廣東人民出版社，2000，第91頁。

之，曰：「詩人之賦麗以則，詞人之賦麗以淫。……」自孝武立樂府
而採歌謠，於是有代趙之謳，秦楚之風，皆感於哀樂，緣事而發，亦
可以觀風俗，知薄厚云。〔註17〕

　　兩漢由於文學尚未自覺，因此，尚未有對於詩學進行探討的專門
篇章，故東漢班固的這篇《藝文志》，對於兩漢時代人的文人觀念，
具有標本性的認識價值：

　　1. 兩漢人對於「詩」（《詩》）的敬畏感。由於詩人在兩漢時代
所面對的，僅僅是《詩經》的詩歌經典，兩漢文人還不能自覺到，詩
並非聖賢所專有，而是士人都可以寫作的一種文學體裁，在這個時代
的詩學觀念中，還沒有形成廣義的「詩」的文學自覺觀念，說到「詩」，
還僅僅是作為儒家經典之一的《詩經》，詩者，《詩》也；同時，在
兩漢時代，屈原的楚辭，還沒有進入到後人的廣義的詩歌史範疇之中，
還僅僅是「咸有惻隱古詩之意」，而屈原楚辭之所以有「惻隱古詩之
意」，在於屈原等「離讒憂國，皆作賦以風」，就是說，由於楚辭在
對文學作品的諷諫上，即在文學的對於當時政治的干預上與《詩經》
有了共同點，楚辭才得到了承認。

　　2.《詩》的本質特徵在對於當時政治教化的緊密關係上，「古者
諸侯卿大夫交接鄰國，以微言相感，當揖讓之時，必稱《詩》以諭其
志，蓋以別賢不肖而觀盛衰焉」，這段論述，充分說明了《詩》在先
秦時代政治地位之所以重要，是由於《詩》在先秦時代是諸侯卿大夫
進行外交活動的必不可少的政治語言，必不可少的交流媒介，在這個
意義上，孔子才說「不學詩，無以言。」以此為衡量標準，《楚辭》
等由於具有一定的「風」意而接近《詩》，而從宋玉到揚子雲，「競
為侈麗閎衍之詞，沒其風諭之義」，班固認為，這就偏離了文學的政
治教化意義，因此，是要受到批評的；而漢樂府是「感於哀樂，緣事
而發」，也可以同《詩》一樣，達到「觀風俗，知厚薄」的興觀群怨

〔註17〕班固撰《漢書》卷三十《藝文志第十》，中華書局，1982，第 1755～
　　　　 1756 頁。

的作用，因此，能夠得到肯定。可知，班固的《藝文志》，完全是以「風」（風教）來作為衡量詩歌的價值，這幾乎就代表了整個兩漢時期的文藝觀。

而魏晉時代，則出現曹丕的《典論·論文》，明確提出「詩賦欲麗」的詩歌美學觀念，將詩歌從兩漢政治附庸的載體解放了出來，成為了具有獨立審美意義的美學範疇，到陸機《文賦》，更明確提出「詩緣情而綺靡」的觀念，指出詩歌的本質是情感，因為情感而美麗感人。孔子的「興觀群怨說」和《詩大序》的影響，遠遠大於曹丕的《典論·論文》，這是一個事實，但這絲毫不影響曹丕和陸機的新興的詩學觀念，代表了魏晉以來文學的覺醒。《詩大序》的文學政治說，也確實影響著整個封建社會，到了中唐時代，仍然有白居易的新樂府運動和韓愈的古文運動，但那已經是文學自覺之後的向古典的回歸，我們不能因此就說唐代文學仍然是不自覺的時代。

論者多引用班固提出的「競為侈麗閎衍之詞」的說法，以論證兩漢已經有「詩賦欲麗」的思想，從而認為「詩賦欲麗」並非曹丕所首先提出的，其實，華麗的追求，也並非開始於漢賦，魯迅在《漢文學史綱要》中就曾指出屈原楚辭的四個特點，其中之一就是「其文甚麗」：「較之於《詩》，則其言甚長，其思甚幻，其文甚麗，其旨甚明。」〔註18〕對於「麗」的追求，這其實是人類的某種天性，自有文學和詩歌產生的時候開始，就有了對於「麗」的追求，而楚辭發端、漢賦承接的楚漢文學，也確實是以「侈麗閎衍」為審美追求的，但「侈麗閎衍」卻並非是文學的自覺。

就文學本體的演進而言，由兩漢的鋪張揚厲的漢大賦，轉型為建安以來的抒情小賦和以精練抒情為特徵的抒情五言詩，這才是文學自覺的表現。漢賦所具有的鋪采摛文、「侈麗閎衍」的審美特質，並非文學自覺的標誌，恰恰相反，它正是建安文學所要變革的主要內容之一。

〔註18〕魯迅著《漢文學史綱要》，人民文學出版社，2006，第31頁。

　　那麼，又怎麼理解曹丕所說的「詩賦欲麗」和漢大賦「侈麗閎衍」之間的關係呢？

　　首先，華美並非文學自覺的主要標誌，文學自覺的標誌主要是從政治附庸而自覺為主體情感的抒發：就賦體文學而言，兩漢之賦與建安之賦，又不是同一個類型。兩者之區別，概言之：兩漢之賦，其文甚長，乃是為文造情；建安之賦，相對而言，漸次走向簡約，一變而為為情寫文之賦。兩漢之賦，不見作者主觀之情感、身世等，純為外在物象之摹寫，而建安文賦，開始出現以作者個人的身世為背景，融入作者個人的喜怒哀樂，以情貫穿，則其華美之詞藻，皆有所附麗，而兩漢洋洋大賦，卻如同匠人拼搭積木，華美之詞藻，皆無靈魂，這種原因，與兩漢時期禁錮個性的時代特徵相一致，所以，兩漢大賦雖然華美，仍然不能說是文學的自覺。華麗與華麗還有不同，建安時代詩賦的華麗，與漢代詩賦的華麗是兩個完全不同的特質；而從詩歌的角度來看，詩歌的開始走向華美，肇始於楚辭，漢詩並不華美，而多為「質木無文」，直到建安曹丕、七子及曹植時代，五言詩歌興起，才走向了華美之途，而這種華美，由於有著情感的寄託，就與漢大賦的侈麗閎衍劃清了界限。

　　故文學之是否表達作家的個性化情感，實為兩漢文學與建安文學的重要區別，也是文學是否自覺的最為重要的標誌之一。但這一標誌，一直到西晉的陸機，才提出「詩緣情而綺靡」，這才將文學自覺的本質特徵標示出來。文學的情感性，是建安才開始進入到文學寫作之中的，但直到西晉的陸機，才將這種特性從理論上總結了出來，這是理論滯後於創作的緣故。

　　曹丕的「詩賦欲麗」，與漢賦的侈麗閎衍，並非同一種「麗」，麗在不同的時代，有著不同的內容，有著不同的形態：漢大賦洋洋灑灑，以「侈麗閎衍」為特質，以歌功頌德的大賦為表現載體，鋪排辭藻為表現手段，試看從《子虛》《兩京賦》，又有哪篇漢大賦作品實現了「華麗好看」了呢？它們只是華麗而不好看；而曹丕時代的文學，

不論是散文、賦，還是五言詩，都幾乎是不約而同地進行著文學體制方面的變革，由閎衍而精約，由追求辭藻而追求表達慷慨悲越的情感，是這一時代的共同思潮。曹丕所說的「文章」，已經是涵納了這種獨立於政治功利的文學，是「文以氣為主，氣之清濁有體」的文學，故曹丕提出：「蓋文章，經國之大業，不朽之盛事」，已經將文學的地位提到一個新的高度。其文學的功用，並非「經國之大業」的表層意思，而是指文章可以「不假良史之辭，不託飛馳之勢，而聲名自傳於後」，也就是可以不依託於政治權勢，而「聲名自傳於後」，因此，其落腳點或說是本質含義，是指文學寫作審美的不朽性，與傳統的建立在政治道德功業的「立功立德立言」並不是一個範疇的立論：「年壽有時而盡，榮樂只乎其身，二者必至之常期，未若文章之無窮。」

其次，曹丕強調「氣」，正是建安時代激情寫作的結果，漢賦之作，激情泯滅於辭藻，而建安詩文，無不有一種「氣」貫徹其中。「氣」，也就可以視為激情的別樣說法，有情感，特別是激越的悲情，才能產生貫穿於全篇的「氣」和統帥各種寫作材料的「意」。因此，曹丕的文論，雖然未能如同後人那樣明確指出「詩緣情而綺靡」的情感地位，但若能就其具體內容而作全面的理解的話，仍然與《詩大序》劃出了楚河漢界。

即便是漢大賦代表的這種「侈麗閎衍」，其實，也是在班固的批評之內的：「其後宋玉、唐勒，漢興枚乘、司馬相如，下及揚子雲，競為侈麗閎衍之詞，沒其風諭之義。是以揚子悔之，曰：「詩人之賦麗以則，辭人之賦麗以淫。……」也就是說，就漢代的文學觀來說，即便是這種創作中出現的「侈麗閎衍」，也仍然不能為經學之下的文藝觀所容納。

再以揚雄為例。揚雄模擬《離騷》而作《反離騷》，漢大賦大多模擬之作；這裡面就派生出了另外一個問題，由於漢賦中有受到批評的司馬相如、揚子雲一派的「麗以淫」之作，有學者因此認為漢賦之追求華美也是一種文學的自覺，這是另外的一種誤解——文學之對於

政治的依附觀念，一直要到魏晉的曹丕時代、陸機時代，才漸次得到扭轉的。揚雄等人其實也仍然是以先秦時代的作品作為「仰山而鑄銅」的參照物、模仿物來寫作的。揚雄「實好古而樂道，其意欲求文章成名於後世，以為經莫大於《易》，故作《太玄》；傳莫大於《論語》，作《法言》，史篇莫善於《倉頡》，作《訓纂》；箴言莫善於《虞箴》，作《州箴》；賦莫深於《離騷》，反而廣之；辭莫麗於相如，作四賦；皆斟酌其本，相與放依而馳騁云。」〔註19〕可知，以揚子雲之才華，其所能面對的傳統，只能是在當時散文觀念之範疇之內，寫作《法言》《太玄》之巨製、《甘泉》《反離騷》等長篇，而基本不寫詩。這也是兩漢文人觀念的一個典型範例。即便是如此，揚雄的文學寫作（其實是先秦時代文史哲合一式的寫作），也仍然不能見容於當時：「諸儒或以為雄非聖人而作經，猶春秋吳楚之君僣號稱王，蓋誅絕之罪也。」〔註20〕可知揚雄雖然處處模仿先秦的典範，但仍然不能見容於當時，以經典為效法之藍本而受到如此之非議，在這種觀念之下，又怎能寫作出十九首和蘇李詩之類的抒情五言詩這種完全創新的文學體制呢？

　　因此，中國的文學，最為不自覺的時代，只有兩個朝代，那就是秦、漢。秦、漢兩個朝代同樣之不自覺，卻是有著決然不同的歷史原因，前者是由於暴力，焚書坑儒，故秦無文學而言，漢代卻是相反，漢武之後，罷黜百家，獨尊儒術，文學被壓抑在濃鬱的經術氛圍之中，難有自己的生存空間。兩漢的哲學、政治、學術、文學、藝術、以及文學批評，無不在一種僵死的經學思維模式的籠罩之中。漢賦雖然華麗之極，卻是一種僵死的華麗，如果說，在漢武之前的時代，還有賈誼的《鵩鳥賦》這樣的承接屈騷傳統而表達出悲憤的激情，則司馬相如之後的辭賦家，作者們的激情都被淹沒在詞藻的海洋之中，淹沒在長篇巨製的構建之中。在經學統治之下，兩漢的詩歌也同樣成為了經

〔註19〕　《漢書・揚雄傳》一一，卷八十七下，3583 頁。
〔註20〕　《漢書・揚雄傳第五十七下》，第 3585 頁。

學統治之下的附庸，兩漢時間長達四百餘年，詩人寥若晨星，詩歌作品更是鳳毛麟角，文人窮畢生之精力，皓首窮經，奉獻於學術章句，少數士人寫作文學，也都是模仿式的，而非創作式的，鋪采摛文的洋洋大賦，成為了這個時代的顯學，而賦體文學，特別是漢賦的寫作模式，典型地體現著文學不自覺的狀態。因此，所說「文學的自覺」，主要針對的文學歷史，是兩漢時代文學的不自覺。所以，若說是中國文學自漢代始，則中國文學就沒有不自覺的時代了──先秦時代的詩三百和楚辭，其成就都遠遠高於兩漢詩歌，先秦散文遠遠高於漢大賦和漢代散文。難道中國文學自其誕生之時開始，就已經進入了一個自覺的時代了嗎？

　　先秦時代，雖然也不能說是文學自覺，但先秦時代，是一個學術和文學都自由的時代，這一點，和曹操時代的通脫倒是相似的，只不過，由於文學產生的歷史相對還短，先秦時代的重心還在功利的政治文化範疇之中，文學自然處在邊緣的位置，文學自身的積累也還遠遠未能達到自覺的境界，因此，還處在一個不能真正「認識自己」的必然王國之中。先秦文學，只能說是中國文學的濫觴時期，濫觴時期不等於就沒有優秀的文學作品，正像是一個人的童年時代，若是寫出一些優秀的文學作品，我們雖然承認其作品的優秀和這位作家的天才稟賦，但我們仍然會擔心這位天才在後來的文學道路上能否真正的成為大作家，因為，他的這種少年之作中，含有著一些偶然的、不自覺的因素。對於中國文學來說，也同樣如此，由於先秦時代雖然有著孔子的「興觀群怨說」等文學附庸於政治的看法，但先秦時代畢竟還是一個相對自由的時代，還沒有儒家獨尊的政治文化氛圍，《詩經》更是寫作於孔子之前，所以，先秦文學中，有著許多自由的因素，但這並不等於先秦時代的文學家就已經實現了文學的自覺，就詩三百和屈騷來說，詩歌並沒有從散文和音樂中脫離出來，詩人們也還沒有自覺到詩歌、文學的本質，從而有意識地進行文學寫作，到了兩漢時代，儒家一統，詩歌的地位衰落，只有洋洋大賦和流行於民間的樂府歌謠，

成為了這個時代文學的主潮。漢代文學成為兩漢經學的附庸，這就充分說明，先秦時代的文學本體，還沒有實現文學的自覺。

第三節　建安文學自覺的標誌

　　綜上所述，以筆者所見，鈴木先生和魯迅先生等人提出「魏晉文學自覺說」，就其本質是不錯的，但還需要繼續建構以下方面的內容：首先，在具體的提法上，應該更為準確地表述為「建安文學的自覺」——建安時代確實是對兩漢經術時代文學桎梏的一次解放，是從兩漢文學迷失中的自覺，中國文學的易代革命，是從兩漢時代的政治附庸，而走向了自由的、緣情的、審美的文學世界。同時，對於文學自覺的具體標誌和內容，應該給予重新的表述，以文學自身的自覺為主體特徵的重新認知，或說是將文學批評涵納入文學本體之中的重新認知：

　　1. 建安文學自覺的時代變革標誌：中國文學的自覺，應該開始於曹操。宏觀一點來說，可以說，三曹的時代，是中國文學自覺的時代，由曹操首先自覺，進行了長時間的探索，隨後，經曹丕、曹植兄弟和七子（除孔融之外）的共同探求，最終實現了文學的自覺，以後中國文學的道路，其中雖然還有暫時的迷失，但其主流難以移易。沈德潛《古詩源》說：「孟德詩猶是漢音，子桓以下，純乎魏響。」沈德潛首次提出「漢音」和「魏響」的概念，表明了「魏響」之於「漢音」，乃是兩個不同的時代，但說曹操的詩歌還是漢音，卻並不屬實，黃侃《詩品講疏》所說：「魏武諸作，慷慨蒼涼，所以收束漢音，振發魏響。」〔註21〕「收束漢音，振發魏響」，這八個字說得非常精闢，也就是說，曹操既是漢音的最後收束者，同時，又是開闢一個新時代的魏響的開啟者。「漢音」和「魏響」，也就意味著這兩個時代的不同。建安文學的自覺，有著一個漸進的過程，以建安十六年為標誌，建安的前十五年，還僅僅是建安文學形成的早期階段，其中只有曹操在進

〔註21〕黃侃《詩品講疏》，上海古籍出版社2000年第一版，第29頁。

行著新興的詩歌寫作體制的探索，在思想上，也還未形成後來的那種易代革命的雄心和「通倪」自由的思想，魯迅解釋通脫之意說：「通脫即隨便之意。此種提倡影響到文壇，便產生多量想說什麼便說什麼的文章。」〔註22〕隨著曹操官渡之戰（建安九年攻取鄴城）的勝利和建安十三年的收取荊州，曹操才開始逐漸真正形成易代革命的思想，漸次形成曹魏政權的鄴下文化，其中的重要標誌，就是建安十五年頒發的《求賢令》，這是建安文學自覺的政治基礎。

建安十五年，曹操修建銅雀臺，標誌了清商樂的興起，傳統雅樂的功能在於郊廟祭祀等嚴肅的政治、軍事場合，故其音樂性質樂而不淫，哀而不傷，而清商樂更為注重娛樂性和抒情性，男女相愛的主題以及女性化的歌詩應運而生。這是建安文學自覺的音樂文藝基礎。

建安時期，作家數量激增的原因，除了文學觀念的嬗變之外，還與曹魏政權的文學侍從體制有關。曹操大量延攬文學人才，並分別為曹丕和曹植設置文學侍從的官職，建安七子中除去孔融之外的六子，均為曹丕兄弟的文學侍從，也是開始於建安十六年，曹丕被任命為五官中郎將。其中王粲的地位最高，官至曹操的侍中和丞相掾，十六年，徐幹為五官將文學，十九年改為臨淄侯文學、劉楨為五官將文學，應場為平原侯庶子等，專職進行文學寫作。「人人自謂握靈蛇之珠，家家自謂抱荊山之玉。」〔註23〕因此，從建安十六年到建安二十二年，這七年期間湧現出來的詩人，就比整個兩漢時期的五言詩人還多，除了二曹六子之外，還有繁欽、吳質、邯鄲淳、曹彪等，這是為建安文學自覺所準備出來的創作隊伍的人事基礎。

2. 五言詩的興起：文學形式變革所體現出來的自覺標誌：五言詩的興起，是建立在建安時代的政治、文藝、詩學觀念等多方面變革的時代氛圍基礎之上：五言詩的成立：五言詩的出現，不僅僅是

〔註22〕魯迅著《魏晉風度及文章與藥及酒之關係》，《魯迅全集》第 3 卷，
　　　　人民文學，1956，第 381 頁。
〔註23〕趙幼文校注《曹植集校注》，人民文學出版社，1984 年版，第 153 頁。

一種新興詩歌體裁的出現，而且，是建安時代文學自覺的重要標誌之一。

　　關於五言詩成立的時間，繆鉞先生認為五言詩成立的時間在建安、黃初之間，曹植是五言詩的奠基人：「曹植之前，似只能稱之為五言詩之發生期，建安、黃初間，始為五言詩之成立期。」並說：「曹植為最早奠定五言詩體之人，故其所作亦為五言詩之規範也。」〔註24〕這些論述，都是非常有見地的，但五言詩，作為一種新興的詩體形式，非一人之力，也非一時之工，而是有著一個相當長的醞釀準備時間，這一點，也正如繆鉞先生所說：「就中國文學史中考之，有一種新文學體裁之產生，必經多年之醞釀，多人之試作，至偉大之天才出，盡其全力，多方試驗……於是此種新體裁始能成立，始能盛行。」〔註25〕十九首是成熟的五言詩，劉勰稱其為「實五言之冠冕也」，〔註26〕而曹植也被稱為是「第一個給五言詩奠定基礎的文人」，〔註27〕那麼，此二者之論，孰對孰非？筆者認為，五言詩成熟於建安，十九首是建安時代的作品，因此才能成為「五言之冠冕」，因此，此兩說是一致的。

　　五言詩的成立，首先是五言詩作者作品數量的飛躍：先秦兩漢的作家，特別是詩人，還是偶然出現，寥若晨星，從數量來說，東漢以來能作五言詩的詩人不足十人，詩作十餘首而已（不算民間樂府詩和有爭議的「古詩」）陸侃如、馮沅君指出：到東漢方漸漸有作純粹五言詩的詩人，其中可考者計八人：1.應亨（公元60年）2.班固（32～92）3.蔡邕（133～192）4.秦嘉（160年左右）5.酈炎（150～177）6.趙壹

〔註24〕　繆鉞著《繆鉞全集・曹植與五言詩體》，河北教育出版社，2004，第31～32頁。

〔註25〕　繆鉞著《繆鉞全集・曹植與五言詩體》，河北教育出版社，2004，第31頁。

〔註26〕　參見周振甫注《文心雕龍注釋》，人民文學出版社，1981，第49頁。

〔註27〕　王瑤《中古文學史論・曹氏父子與建安七子》，北京大學出版社1986年第1版，第217頁。

（180 年左右）7.高彪（140？～184）8.蔡琰（200 年左右）。而建安時代則形成中國文學史上的第一個詩人作家集團，著名的詩人就有三曹七子等。單單建安七子中的六位，就有五言詩作六十餘首之多，加上曹丕的五言詩（大多是這個時期的產物）和曹植此時期的作品，則建安十六年至二十三年之間八年的五言詩作，幾乎是兩漢四百年全部五言詩作的十倍。

其次，建安五言詩是與兩漢五言詩不同性質的五言詩，也就是所謂魏響與漢音的不同。沈德潛《古詩源》說：「孟德詩猶是漢音，子桓以下，純乎魏響。」沈德潛首次提出「漢音」和「魏響」的概念，表明了「魏響」之於「漢音」，乃是兩個不同的時代，但說曹操的詩歌還是漢音，卻並不屬實，黃侃《詩品講疏》所說：「魏武諸作，慷慨蒼涼，所以收束漢音，振發魏響。」「收束漢音，振發魏響」，這八個字說得非常精闢，也就是說，曹操既是漢音的最後收束者，同時，又是開闢一個新時代的魏響的開啟者。「漢音」和「魏響」，也就意味著這兩個時代的不同。

魏響與漢音之不同，同時，也是五言詩的成熟之標誌，大體有以下幾點：

（1）由五言字的散文體，轉型為五言音步的五言詩，這是詩本體外形式的轉型：有學者曾例舉《詩經・魏風》「十畝之間兮」和《詩經・大雅・縣》「予曰有疏附，予曰有先後」等詩句證明五言詩早已有之，〔註28〕這是不能成立的，因為這還僅僅是一種散文句法的偶然五個字而已，每個字單是一個音步，並沒有形成真正意義上的建立在五言音步上的五言詩。

（2）實現由言志詩向抒情詩的轉型，這是詩本體內形式的轉型：兩漢五言詩，直到孔融，都在言志的窠臼之內，一直到曹操，才開始了向抒情詩的轉型，這是筆者隨後將要詳細論證的內容。兩漢五言詩

〔註28〕 隋樹森《古詩十九首集釋》，中華書局，1955 年，第 8 頁。

背離審美而言志，背離內心和外界現象而空泛議論。鍾嶸所說：五言詩「指事造形，窮情寫物」為眾作中有滋味者也。抒情和寫物，是五言詩寫作方式的兩個基本要素，而這兩個要素，在兩漢五言詩中都不具備。言志與抒情之間的區別，並非只是「志」（政治指向）和「情」（個人情懷）的不同，而是具有從形式到內容的廣泛內涵：鍾嶸《詩品》說：「五言居文詞之要，是眾作之有滋味者也」，其特質是「指事造形，窮情寫物，最為詳切」〔註29〕，則是否擁有「指事造形，窮情寫物」的審美特徵，是五言詩成熟的第二個標誌。

　　建安五言詩所體現出來的文學自覺精神，影響了或說是輻射於整個建安時代的各種文學體裁：曹操的早期五言詩「惟漢二十世」，是以四言詩的方式寫作五言詩；而曹操後期的四言詩作，《觀滄海》的「東臨碣石」，《短歌行》的起首「對酒當歌」，也是同樣將作者置身於一個具體的場景之中，以後即使是多有議論，也是這「對酒當歌」中具體的、鮮活的、生動的對酒中的曹操所發出的感慨，因此，也就擁有了具象感。是以五言詩精神來寫作四言詩，如同胡應麟所說：「曹公『月明星稀』，四言之變也。」〔註30〕此外，五言詩精神也深刻影響著其他的文學體裁的嬗變，漢代文學佔有統治地位的是賦，而建安開始的文學，佔有統治地位的文學體裁是五言詩，這種由鋪張揚厲、歌功頌德的洋洋大賦向個人抒發懷抱「窮情寫物」五言詩的轉型，本身就是文學自覺的產物，而賦體文學，也同樣在實現著自身的轉型。正如同五言詩的出現，在東漢時代就有著班固以來的涓涓溪流，賦體文學的轉型，大概從張衡的《歸田賦》就開始了，這是辭賦史上第一篇反映田園隱居樂趣的作品。趙壹的《刺世疾邪賦》，則標誌了抒情小賦的開始出現，但其主題，仍然是言誌主題。到了建安時代，如王粲的《登樓賦》的出現，開始標示了建安賦體文學的轉型。

〔註29〕鍾嶸撰《詩品》卷上，見陳延傑注《詩品注》，人民文學出版社，1961年，第2頁。

〔註30〕胡應麟撰《詩藪》內編卷二，上海古籍出版社，1979，第31頁。

3. 建安文學實現了作家由群體化向個體化的轉型：從作家的質地來說，呈現從群體寫作向個體寫作的轉型。所謂群體寫作，是一種類型化寫作。錢志熙提出：「從《詩經》時代到漢代的詩歌史，都是以群體詩學為主流的詩歌史，漢為群體詩學成熟期。而魏晉南北朝的詩歌史則轉入以個體詩學為主體。此後的整個文人詩史，其最基本的事實是個體詩學的高度發展。但也必須指出，文人詩的個體詩學淵源於前期的群體詩學，所以在個體詩學發展階段過程中，群體詩學的原則仍起到一定的支配作用，這些都決定了中國古代詩歌史的狀貌。」〔註31〕這無疑具有宏觀的認識意義。三百篇固然是群體詩學，屈原楚辭以及兩漢文人詩，已經開始了個人詩學的探索歷程，但從宏觀上、從本質上，論者仍將其視為群體詩學的範疇，說明論者對於詩歌史的宏觀把握具有非常的思辨力，與那些只要有一特例就要給予否定的學者之思維模式不可同日而語；十九首已非群體詩學之所能牢籠者，而是個體詩學開端時代的產物，其怊悵述情，窮情寫物，驚心動魄，一字千金，非個體詩學無以詮釋。個體詩學實肇始於建安時代，這是由中國政治、文化、詩歌多種因素風雲際會的產物。

4. 寫作方式的轉型：建安時代精神的飛躍，促進了建安文學家、詩人寫作方式的轉型。「言志」不僅僅是詩歌的內容，更決定了詩歌的寫作方法。王夫之所說的「一詩而寫一時一事，自十九首至陶謝皆然」，其實，這種寫作方式開始於曹操。從文學的寫作來說，建安之後，不再以像如張衡創作《二京賦》那樣的「精思傅會，十年乃成」（建安之後也有，如左思寫作《三都賦》，屬於少數特例，就詩歌寫作來說，已經逐漸走向了即興寫作），文學創作不再像是一個巨大的工程，像是寫作一本博大精深的學術專著，而更多的是曹子建式的感興而發，酒席宴會，當場即興而作。建安詩歌在曹操、王粲的早期詩作中，還都是滿口經典，多用古字、難字、生僻字，到了建安十六年之

〔註31〕錢志熙《從群體詩學到個體詩學》，原載《文學遺產》2005 年第 2 期，摘錄於《社會科學報》，2005 年 5 月 26 日，《學術看臺》版。

後的詩歌寫作，由於多是宴會寫作，所以，多用熟悉的字，重在抒情寫景，這才是文學的自覺。這種現象的出現，正是由於文學觀念的不同而造成的。

5. 文學題材的自覺：從寫作題材的嬗變來說，兩漢詩歌多為類型化寫作，難以區別出不同的題材，建安時代，詩歌易代革命，題材競出，山水題材、遊宴題材、女性題材，可以說是建安詩歌的三大題材。此外，軍旅、送別、遊仙、詠史、述懷、贈答等題材時有出現。從建安時代文學的自覺，直到唐詩的鼎盛，除了中間陶淵明開拓了田園題材，建安詩的諸多題材，可以說是後來唐人邊塞詩、山水詩、送別詩、遊仙詩，以及唐宋詞女性題材、宋詩日常生活等諸多題材的濫觴。

兩漢文學是中國古典文學濫觴時期的結束，而建安文學是中國古典文學傳統的真正開端。過去的一個說法，是建安文學是中國文學史上的第一個高潮，有學者說：「中國後來的古典詩歌的直接淵源是在漢代民間詩樂中孕育產生的新興的五言詩體。將五言詩這種最初被看作俗體的新的詩體從民間引入文人詩壇，使它終於成為詩壇的正體，這一發展過程就是魏晉詩的發展過程。在這同時，中國古代的文人詩傳統也真正確立起來了。」〔註32〕說五言詩是由「民間引入文人詩壇」，這當然是還受著五四以來民眾學說的影響，但指出了建安自覺之後，中國詩歌史成為了一個新的開端，這還是正確的。

〔註32〕錢志熙著《魏晉南北朝詩歌史述》，北京大學出版社，2005，第5～6頁。

參考文獻

一、專書

1. 〔清〕嚴可均校輯《全上古三代秦漢三國六朝文》，中華書局 1958 年版。

2. 逯欽立輯校《先秦漢魏晉南北朝詩》，中華書局 1983 年版。

3. 丁福保編《全漢三國晉南北朝詩》，中華書局 1959 年版。

4. 〔明〕張溥著；殷孟倫注《漢魏六朝百三名家集題辭》，人民文學出版社 1960 年版。

5. 〔宋〕郭茂倩編《樂府詩集》，中華書局 1979 年版。

6. 費振剛等輯校《全漢賦》，北京大學出版社 1993 年版。

7. 〔南朝梁〕蕭統等編〔唐〕李善注《文選》，中華書局 1977 年版。

8. 〔三國魏〕曹操、曹丕撰；黃節注《魏武帝魏文帝詩注》，人民文學出版社 1958 年版。

9. 宋戰利著《魏文帝曹丕傳論》，河南大學出版社 2009 年版。

10. 〔三國魏〕曹植撰；趙幼文校注《曹植集校注》，人民文學出版社 1984 年版。

11. 〔三國魏〕曹植撰；黃節注《曹子建詩注》，人民文學出版社 1957 年版。

12. 傅亞庶著《三曹詩文全集譯注》，吉林文史出版社 1997 年版。

13. 黃節注《黃節注漢魏六朝詩六種》，人民文學出版社 2008 年版。

14. 隋樹森集釋《古詩十九首集釋》，中華書局 1955 年版。

15. 俞紹初輯校《建安七子集》，中華書局 2005 年版。

16. 吳雲等校注《建安七子集校注》，天津古籍出版社 1991 年版。

17. 郁賢皓等箋注《建安七子詩箋注》，巴蜀書社 1990 年版。

18. 韓格平校注《建安七子詩文集校注譯析》，吉林文史出版社 1991 年版。

19. 〔三國魏〕王粲撰；俞紹初輯校《王粲集》，中華書局 1980 年版。

20. 〔三國魏〕王粲撰；吳雲、唐紹中注《王粲集注》，中州書畫社 1984 年版。

21. 〔晉〕嵇康撰；戴明揚校注《嵇康集校注》，人民文學出版社 1962 年版。

22. 〔晉〕阮籍撰；陳伯君校注《阮籍集校注》，中華書局 1987 年版。

23. 〔晉〕陸機撰；郝立權注《陸士衡詩注》，人民文學出版社 1985 年版。

24. 余冠英選注《三曹詩選》，人民文學出版社 1956 年版。

25. 余冠英選注《漢魏六朝詩選》，人民大學出版社 1957 年版。

26. 〔南朝梁〕徐陵編〔清〕吳兆宜、程琰刪補穆克宏點校《玉臺新詠箋注》，中華書局 1985 年版。

27. 〔南朝梁〕劉勰撰；范文瀾注《文心雕龍注》，人民文學出版社 1958 年版。

28. 〔南朝梁〕劉勰撰；周振甫注《文心雕龍注釋》，人民文學出版社 1981 年版。

29. 〔南朝梁〕鍾嶸撰；陳延傑注《詩品注》，人民文學出版社 1998 年版。

30. 〔南朝梁〕鍾嶸撰；曹旭集注《詩品集注》，上海古籍出版社 1994 年版。

31. 〔南朝梁〕劉義慶撰；余嘉錫箋疏《世說新語箋疏》，中華書局 1983 年版。

32. 〔南朝梁〕劉義慶撰；徐震堮校箋《世說新語校箋》，中華書局 1984 年版。

33. 〔北魏〕酈道元撰；陳橋驛校證《水經注校證》，中華書局 2007 年版。

34. 周振甫譯注《詩經譯注》，中華書局 2002 年版。

35. 〔唐〕李商隱撰；董乃斌注《李商隱詩》，人民文學出版社 2005 年版。

36. 〔元〕伊世珍輯《琅嬛記》，中華書局 1991 年版。

37. 〔日〕弘法大師撰；王利器校注《文鏡秘府論校注》，中國社會科學出版社 1983 年版。

38. 〔唐〕歐陽詢《藝文類聚》，上海古籍出版社 1999 年版。

39. 〔唐〕徐堅等撰《初學記》，中華書局 1985 年版。

40. 〔宋〕李昉等編《太平廣記》，中華書局 1961 年版。

41. 〔宋〕李昉等編《太平御覽》，中華書局 1960 年版。

42. 〔清〕阮元校刻《十三經注疏》，中華書局 1980 年影印本。

43. 〔清〕何文煥輯《歷代詩話》，中華書局 1981 年版。

44. 丁福保輯《歷代詩話續編》，中華書局 1983 年版。

45. 〔清〕王夫之等撰；丁福保編《清詩話》，上海古籍出版社 1963 年版。

46. 郭紹虞編選《清詩話續編》，上海古籍出版社 1983 年版。

47. 〔清〕吳景旭著《歷代詩話》，京華出版社 1998 年版。

48. 〔宋〕劉克莊撰；王秀梅校點《後村詩話》，中華書局 1983 年版。

49. 〔明〕胡震亨撰《唐音癸籤》，上海古籍出版社 1981 年版。

50. 〔明〕胡應麟撰《詩藪》，上海古籍出版社 1979 年版。

51.〔清〕沈德潛《古詩源》，中華書局 1963 年版。

52.〔清〕王夫之撰《薑齋詩話》，人民文學出版社 1961 年版。

53.〔清〕王士禎撰《池北偶談》，中華書局 1982 年版。

54.〔明〕吳納著；于北山校點《文章辨體序說》，人民文學出版社 1962 年版。

55.〔明〕徐師曾著；羅根澤校點《文體明辨序說》，人民文學出版社 1962 年版。

56.〔明〕許學夷著；杜維沫校點《詩源辨體》，人民文學出版社 1987 年版。

57.〔清〕劉熙載著；王氣中箋注《藝概箋注》，貴州人民出版社 1986 年版。

58. 郭紹虞主編《中國歷代文論選》（四卷本），上海古籍出版社 1979 年版。

59. 張少康等編選《先秦兩漢文論選》，人民文學出版社 1996 年版。

60. 郁沅等編選《魏晉南北朝文論選》，人民文學出版社 1996 年版。

61. 周祖譔編選《隋唐五代文論選》，人民文學出版社 1990 年版。

62. 黃霖著《文心雕龍匯評》，上海古籍出版社 2005 年版。

63.〔漢〕司馬遷撰《史記》，中華書局 1959 年版。

64.〔漢〕班固撰《漢書》，中華書局 1962 年版。

65.〔南朝宋〕范曄撰《後漢書》，中華書局 1965 年版。

66.〔晉〕陳壽撰《三國志》，中華書局 1982 年版。

67.〔唐〕房玄齡等撰《晉書》，中華書局 1982 年版。

68.〔南朝梁〕沈約撰《宋書》，中華書局 1982 年版。

69.〔北齊〕魏收撰《魏書》，中華書局 1982 年版。

70.〔魏〕魚豢撰《魏略》，中華書局 1982 版。

71.〔魏〕魚豢撰；張鵬一輯《魏略輯本》，《關隴叢書》本。

72.〔南朝梁〕蕭子顯撰《南齊書》，中華書局 1982 年版。

73.〔唐〕魏徵等撰《隋書》，中華書局 1982 年版。

74. 〔後晉〕劉昫等撰《舊唐書》，中華書局 1982 年版。

75. 《二十五史》，上海古籍出版社 1986 年版。

76. 〔唐〕杜佑撰《通典》，中華書局 1988 年版。

77. 〔南宋〕徐天麟著《西漢會要》，上海人民出版社 1977 年版。

78. 〔南宋〕徐天麟著《東漢會要》，上海古籍出版社 2006 年版。

79. 〔清〕錢儀吉撰《三國會要》，上海古籍出版社 2006 年版。

80. 〔宋〕王溥撰《唐會要》，中華書局 2006 年版。

81. 〔南朝宋〕范曄撰；〔清〕王先謙著《後漢書集解》，中華書局 1984 年影印本。

82. 〔晉〕陳壽撰；盧弼著《三國志集解》，中華書局 1982 年影印本。

83. 〔清〕趙一清撰《三國志注補》，《續修四庫全書》，上海古籍出版社影印。

84. 〔清〕潘眉《三國志考證》，《續修四庫全書》，上海古籍出版社影印。

85. 〔清〕朱緒曾纂輯《曹集考異》，《續修四庫全書》，上海古籍出版社影印。

86. 〔清〕洪頤煊撰《諸史考異》，叢書集成初編，中華書局 1991 年版。

87. 〔清〕永瑢等撰《四庫全書總目》，中華書局 1965 年影印本。

88. 中國大百科全書出版社編輯部編《中國大百科全書·中國文學》，中國大百科全書出版社 1986 年版。

89. 譚其驤主編《中國歷史地圖集》，中國地圖出版社 1982 年版。

90. 中國藝術研究院音樂研究所編《中國音樂詞典》，人民音樂出版社 1984 年版。

91. 辭海編輯委員會編《辭海》，上海辭書出版社 1989 年版。

92. 吳小如等編著《漢魏六朝詩鑒賞辭典》，上海辭書出版社 1992 年版。

93. 徐嘉瑞著《中古文學概論》，上海亞東圖書館 1924 年版。

94. 陳一百著《曹子建研究》，商務印書館 1928 年版。

95. 胡懷琛著《曹子建及其詩》，光華書局 1931 年版。

96. 沈達成著《建安文學概論》，北京樸社 1932 年版。

97. 沈達成著《曹植與〈洛神賦〉傳說》，上海華通書局 1933 年版。

98. 陳鍾凡著《漢魏六朝文學》，商務印書館 1933 年版。

99. 陳家慶著《漢魏六朝詩研究》，安徽大學出版社 1934 年版。

100. 梁啟超著《中國之美文及其歷史》，中華書局 1936 年版。

101. 馬雍著《蘇李詩制作時代考》，商務印書館 1944 年版。

102. 魯迅著《魏晉風度及文章與藥及酒之關係》，《魯迅全集》，人民文學出版社 1956 年版。

103. 姜亮夫著《陸平原年譜》，古典文學出版社 1957 年版。

104. 侯外廬等著《中國思想通史》，人民出版社 1957 年版。

105. 游國恩等編《中國文學史》，人民文學出版社 1963 年版。

106. 胡適著《白話文學史》，臺北中央研究院胡適紀念館 1969 年版。

107. 張壽平著《漢代樂府與樂府歌辭》，臺北廣文書局 1970 年版。

108. 龍榆生著《唐宋詞格律》，上海古籍出版社 1978 年版。

109. 張清鍾著《兩漢樂府詩之研究》，臺灣商務印書館 1979 年版。

110. 郭紹虞著《中國文學批評史》，上海古籍出版社 1979 年版。

111. 陳寅恪著《金明館叢稿初編》，上海古籍出版社 1980 年版。

112. 傅斯年著《五言詩之起源》，《傅斯年全集》，臺北聯經出版公司 1980 年版。

113. 河北師範學院中文系古典文學教研組編《三曹資料彙編》，中華書局 1980 年版。

114. 朱光潛著《朱光潛美學文集》，湖南人民出版社 1980 年版。

115. 王力著《漢語史稿》，中華書局 1980 年版。

116. 胡國瑞著《魏晉南北朝文學史》，上海文藝出版社 1980 年版。

117. 沈祖棻著《唐人七絕詩淺釋》，上海古籍出版社 1981 年版。

118. 馬茂元著《古詩十九首初探》，陝西人民出版社 1981 年版。

119. 李澤厚著《美的歷程》，文物出版社 1981 年版。

120. 王運熙著《漢魏六朝唐代文學論叢》，上海古籍出版社 1981 年版。

121. 〔德〕黑格爾著；朱光潛譯《美學》，商務印書館 1981 年版。

122. 劉大杰著《中國文學發展史》，上海古籍出版社 1982 年版。

123. 江建俊著《建安七子學述》，文史哲出版社 1982 年版。

124. 張岱年著《中國哲學史大綱》，中國社會科學出版社 1982 年版。

125. 劉大杰著《中國文學史》，上海古籍出版社 1982 年版。

126. 葉慶炳著《中國文學史》，臺灣學生書局 1982 年版。

127. 張可禮編著《三曹年譜》，齊魯書社 1983 年版。

128. 翦伯贊著《秦漢史》，北京大學出版社 1983 年版。

129. 馮沅君、陸侃如著《中國詩史》，人民文學出版社 1983 年版。

130. 逯欽立著《漢魏六朝文學論集》，陝西人民出版社 1984 年版。

131. 鍾憂民著《曹植新探》，黃山書社 1984 年版。

132. 常振國等編《歷代詩話論作家》，湖南人民出版社 1984 年版。

133. 《藝譚》編輯部編《建安文學研究文集》，黃山書社 1984 年版。

134. 山東大學文史哲研究所主編《中國歷代著名文學家評傳》，山東教育出版社 1985 年版。

135. 陸侃如著《中古文學繫年》，人民文學出版社 1985 年版。

136. 梁啟超著《清代學術概論》，臺灣商務印書館 1985 年版。

137. 羅根澤著《羅根澤古典文學論集》，上海古籍出版社 1985 年版。

138. 劉知漸著《建安文學編年史》，重慶出版社 1985 年版。

139. 任繼愈主編《中國哲學發展史‧秦漢卷》，人民文學出版社 1985 年版。

140. 王瑤著《中古文學史論》，北京大學出版社 1986 年版。

141. 曹道衡著《中古文學史論文集》，中華書局 1986 年版。

142. 王運熙著《文心雕龍探微》，上海古籍出版社 1986 年版。

143. 張可禮著《建安文學論稿》，山東教育出版社 1986 年版。

144. 韓兆琦著《漢代散文史稿》，山西人民出版社 1986 年版。

145. 徐復觀著《中國藝術精神》，春風文藝出版社 1987 年版。

146. 馬積高著《賦史》，上海古籍出版社 1987 年版。

147. 李曰剛著《中國詩歌流變史》，臺北聯貫出版社 1987 年版。

148. 余英時著《士與中國文化》，上海人民出版社 1987 年版。

149. 王鍾陵著《中國中古詩歌史》，江蘇教育出版社 1988 年版。

150. 李澤厚、劉綱紀著《中國美學史》，中國社會科學出版社 1989 年版。

151. 葛曉音著《八代詩史》，陝西人民出版社 1989 年版。

152. 詹鍈義證《文心雕龍義證》，上海古籍出版社 1989 年版。

153. 〔日〕鈴木虎雄著、許總譯《中國詩論史》，廣西人民出版社 1989 年版。

154. 葛曉音著《漢唐文學的嬗變》，北京大學出版社 1990 年版。

155. 褚斌傑著《中國古代文體概論》（增訂本），北京大學出版社 1990 年版。

156. 姜濤著《古代散文文體概論》，山西人民出版社 1990 年版。

157. 羅宗強著《玄學與魏晉士人心態》，浙江人民出版社 1991 年版。

158. 曹道衡、沈玉成主編《南北朝文學史》，人民文學出版社 1991 年版。

159. 王巍著《建安文學概論》，遼寧教育出版社 1991 年版。

160. 程章燦著《魏晉南北朝賦史》，江蘇古籍出版社 1992 年版。

161. 錢志熙著《魏晉詩歌藝術原論》，北京大學出版社 1993 年版。

162. 王強模著《古詩十九首評譯》，貴州人民出版社 1993 年版。

163. 馬植傑著《三國史》，人民出版社 1993 年版。

164. 王巍著《建安文學研究史論》，吉林大學出版社 1994 年版。

165. 趙敏俐著《漢代詩歌史論》，吉林教育出版社 1995 年版。

166. 王運熙、顧易生主編《中國文學批評通史》（七卷本），上海古籍出版社 1996 年版。

167. 羅根澤著《樂府文學史》，東方出版社 1996 年版。

168. 羅宗強著《魏晉南北朝文學思想史》，中華書局 1996 年版。

169. 章培恒、駱玉明主編《中國文學發展史》，復旦大學出版社 1996 年版。

170. 劉師培著《中古文學論著三種》，遼寧教育出版社 1997 年版。

171. 金春峰著《漢代思想史》，中國社會科學出版社 1997 年版。

172. 穆克宏著《魏晉南北朝文學史料述略》，中華書局 1997 年版。

173. 劉躍進著《中古文學文獻學》，江蘇古籍出版社 1997 年版。

174. 詹福瑞著《中古文學理論範疇》，河北大學出版社 1997 年版。

175. 于迎春著《漢代文人與文學觀念的演進》，東方出版社 1997 年版。

176. 王力堅著《由山水到宮體》，臺灣商務印書館 1997 年版。

177. 蕭滌非著《漢魏六朝樂府文學史》，人民文學出版社 1998 年版。

178. 劉大杰著《魏晉思想論》，上海古籍出版社 1998 年版。

179. 吳小平著《中古五言詩研究》，江蘇古籍出版社 1998 年版。

180. 韓格平著《建安七子綜論》，東北師範大學出版社 1998 年版。

181. 劉季高著《東漢三國時期的談論》，上海古籍出版社 1999 年版。

182. 孫明君著《三曹與中國詩史》，清華大學出版社 1999 年版。

183. 徐公持主編《魏晉文學史》，人民文學出版社 1999 年版。

184. 袁行霈主編《中國文學史》，高等教育出版社 1999 年版。

185. 周勳初著《魏晉南北朝文學論叢》，江蘇古籍出版社 1999 年版。

186. 張亞新著《漢魏六朝詩：走向頂峰之路》，廣西師範大學出版社 1999 年版。

187. 劉師培著《中國中古文學史講義》，上海古籍出版社 2000 年版。

188. 錢志熙著《漢魏樂府的音樂與詩》，大象出版社 2000 年版。

189. 李炳海著《漢代文學的情理世界》，東北師範大學出版社 2000 年版。

190. 黃侃著《文心雕龍札記》，上海古籍出版社 2000 年版。

191. 李文初著《漢魏六朝文學研究》，廣東人民出版社 2000 年版。

192. 范子燁著《中古文人生活研究》，山東教育出版社 2001 年版。

193. 程湘清著《漢語史專書複音詞研究》，商務印書館 2003 年版。

194. 繆鉞著《繆鉞全集·曹植與五言詩體》，河北教育出版社 2004 年版。

195. 梅家玲著《漢魏六朝文學新論——擬作與贈答篇》，北京大學出版社 2004 年版。

196. 阮忠著《中古詩人群體及其詩風演化》，武漢出版社 2004 年版。

197. 〔日〕佐藤利行著周良行譯《西晉文學研究》，中國社會科學出版社，2004 年版。

198. 李炳海等主編《中國文學史》，吉林人民出版社 2004 年版。

199. 葉嘉瑩著《嘉陵論詩叢稿》，中華書局 2005 年版。

200. 曹道衡、劉躍進著《先秦兩漢文學史料學》，中華書局 2005 年版。

201. 錢志熙著《魏晉南北朝詩歌史述》，北京大學出版社，2005 年版。

202. 王玫著《建安文學接受史論》，上海古籍出版社 2005 年版。

203. 梁思成著《中國建築史》，百花文藝出版社 2005 年版。

204. 魯迅著《漢文學史綱要》，人民文學出版社 2006 年版。

205. 〔清〕戴震著；趙玉新點校《戴震文集》，中華書局 2006 年版。

206. 許雲和著《漢魏文學考論》，上海古籍出版社 2006 年版。

207. 王力著《中國語言學史》，復旦大學出版社 2007 年版。

208. 趙敏俐著《兩漢詩歌研究》，臺灣文津出版社 2008 年版。

209. 宋戰利著《魏文帝曹丕傳論》，河南大學出版社，2009 年版。

二、期刊論文

1. 胡懷琛《古詩十九首志疑》，《學術世界》1 卷 3 期 1935 年。

2. 王成藎《古詩十九首與古樂府》，《文學雜誌》（臺北）四卷四期 1958 年 6 月 20 日。

3. 葉嘉瑩《談古詩十九首之時代問題——兼論李善注之三點錯誤》,《現代學苑》(臺北)第二卷第四期 1965 年 7 月。

4. 勞幹《古詩十九首與其對於文學史的關係》,《詩學》(臺北)1976 年 10 月。

5. 吳世昌《〈秦女休行〉本事初探》,《文學評論》1978 年第 5 期。

6. 俞紹初《曹植年譜》,《鄭州大學學報》1963 年第 3 期。

7. 徐公持《曹植詩歌寫作年代問題》,《文史》第 6 輯 1979 年。

8. 俞紹初《秦女休行本事探源質疑》,《文學評論叢刊》第 5 輯 1980 年。

9. 徐公持《曹植生平八考》,《文史》第 10 輯。

10. 傅璇琮、沈玉成《建安文學史料繫年》,《藝文志》第 3 輯。

11. 傅璇琮、鍾元凱《古代文學的整體研究評議》,《文學遺產》1990 年 1 期。

12. 傅如一《樂府古辭〔飲馬長城窟行〕考索》,《文學遺產》1990 年 1 期。

13. 屈文焜《兩個故事,兩種命運——杞梁妻故事與孟姜女故事比較研究》,《寧夏大學學報》,1992 年第 1 期。

14. 朴現圭《曹植集編纂過程與四種版本之分析》,《文學遺產》1994 年第 4 期。

15. 錢志熙《樂府古辭的經典價值——魏晉至唐代文人樂府詩的發展》,《文學評論》1998 年第 2 期。

16. 王忻《從顏氏家訓管窺魏晉時期漢語詞彙複音化的發展》,《古漢語研究》1998 年第 3 期。

17. 劉明瀾《魏氏三祖的音樂觀與魏晉清商樂的藝術形式》,《中國音樂學》1999 年第 4 期。

18. 俞紹初撰《曹植初次就國時地考辨》,《中州學術論集·古代文學卷第一輯》,中華書局 2000 年版。

19. 趙敏俐《20世紀漢代詩歌研究綜述》,《文學遺產》2002年第1期。

20. 諸葛憶兵《採蓮雜考》,《文學遺產》2003年第5期。

21. 錢國祥《由閭闔門談漢魏洛陽城宮城形制》,《考古》2003年第7期。

22. 曹麗芳《論建安士風之嬗變》,《山西師範大學學報》2005年第1期。

23. 張達科《文學視角中的「鴻都門學」》,《陝西師範大學學報》2005年第1期。

24. 錢志熙《從群體詩學到個體詩學》,《文學遺產》2005年第2期。

25. 趙敏俐《「魏晉文學自覺說」反思》,《中國社會科學》2005年第2期。

26. 陳恩維《傅玄擬作與魏晉之際文學變遷》,《寧夏大學學報》2005年第4期。

27. 梁春勝《曹植佚文輯考》,《古籍整理研究學刊》2008年第5期。

28. 周郢《孟姜女故事與泰山》,《文史知識》2008年第6期。

29. 李如龍《漢語和漢字的互動與和諧發展》,《吉林大學社會科學學報》2009第2期。